Michael Kirchschlager

Der Crako
und das Giftmädchen

Historische Thriller

FESTA

1. Auflage September 2007

Lektorat: Malte S. Sembten
Druck und Bindung: CPI Moravia Books s.r.o., Pohorelice

ISBN 978-3-86552-053-1

Und tötet keinen Menschen, den Euch Allah verwehrt hat,
es sei denn um der Gerechtigkeit willen.
(Koran, 17. Sure, Vers 35)

Krosigk, Friedrich Freiherr von: preußischer Criminalkommissarius; am St.-Georgs-Tag A. D. 1700 auf Gut Rathmannsdorf im Fürstenthum Anhalt geboren.

Vater: Generalmajor d. Inf. Heinrich Georg Freiherr von Krosigk.

Mutter: Freiin Elisabetha Kunigunda von Krosigk, geborene Baroness von Guddenstein.

Frühzeitiger Eintritt in die Armee S. M. König Friedrich Wilhelms von Preußen, 1715 Kornett, 1722 Leutnant, 1725 Hauptmann, 1731 Major. Im gleichen Jahr ehrenvoller Austritt aus der Armee S. M. des Königs und Wechsel zum Ministerium de Justice. 1733 Oberstleutnant, 1736 Oberst, 1742 Generalmajor. Vorgesetzter: Großkanzler Freiherr von Cocceji. Beginn des Dienstes als Criminalkommissarius S. M. – Adjutant seit 1731: Hauptmann Karl Freiherr von Kosemaul.

Ermittelte in den Bereichen Aberglauben, Mord und Amtsmissbrauch. Löste bedeutende Fälle, wie z. B. den Gierfraß-Fall von Ostpreußen (1731), den Mord an Baron von Helffersdorf (1732), den Mord an Criminalkommissarius Rüdiger Freiherr von Buckow (1734) usw. und führte die Menschenschlächter von Kranove (1738) zu ihrer gebührlichen Strafe.

Galt als aufrichtiger, mutiger Offizier. Man beschrieb ihn als mittelgroß, von schlanker, kräftiger Statur, mit dunkelbraunen Haaren und hellenistischem Profil mit markanten Zügen. Galt als exzellenter Reiter, Fechter, Schwimmer und Ringkämpfer. 1740 Kopulation mit der kaiserlich privilegierten Dichterin Sidonia Hedwig Zeunemannin. Tod seiner Frau im gleichen Jahr. Seit 1750 verschollen.

Aus: *Personen-Lexikon zum Gebrauch für den preußischen Polizeimann, Berlin 1837, S. 112 f.*

PROLOG

Um der Enge und dem Gestank Damaschs* zu entfliehen, hatte Baron von Helffersdorf das Angebot seines türkischen Freundes Ali ibn Mohammed angenommen und war in ein stattliches und bequem eingerichtetes Haus außerhalb der Stadt unterhalb des Dschabal** Qasiun gezogen. Dabei stank es hier nicht ärger als in einer vergleichbaren europäischen Stadt, aber mehr noch als die übel riechenden Straßen stießen ihn deren Bewohner und die hier herrschenden Sitten ab.

Das Haus war eher ein Palast, ein lang gestrecktes, einflügeliges, aus weißem Kalkstein ausgeführtes Gebäude mit zahlreichen kühlen Zimmern, Kammern und Nischen. Der Palast wurde bevölkert von einer Heerschar Dienerinnen und Dienern, die dem deutschen Baron das Leben hier versüßen und so angenehm wie möglich gestalten sollten. Zwei Dutzend Janitscharen*** patrouillierten ständig innerhalb und außerhalb der steinernen Mauer und sorgten dafür, dass ihm niemand zu nahe kam oder von seinen Unternehmungen etwas erfuhr. Letzteres war nicht wenig dem Umstand zu schulden, dass sein

* Damaskus.

** Berg.

*** Türkisch ›neue Truppe‹, vom Staat besoldete Infanterie-Elitetruppe (oft 100.000 Mann stark), durch Zwangsaushebung aus der christlichen Bevölkerung und Kriegsgefangenen erstmalig 1328 von Sultan Urchan rekrutiert, lebten kaserniert und ehelos, kommandiert vom Janitscharen-Aga, der gleichzeitig zu den höchsten Beamten des ›äußeren‹ Hofstaates und zur Zentralregierung zählte. Schon am Ende des 16. Jahrhunderts begann die Korrumpierung dieser Truppe. Wegen späterer Privilegierung traten viele junge Türken und auch Christen freiwillig in das Korps. Jede Orta (Abteilung, insgesammt 196 Ortas) hatte ihre eigene Oda (Kaserne). Bereits 1481 erster Janitscharenaufstand, dem weitere folgten, die am Ende des 18. Jahrhunderts selbst dem Sultan gefährlich wurden. Ein Versuch, ihre Macht zu beschränken, kostete Sultan Selim III. das Leben. 1826 wurde die Truppe von Sultan Mahmud II. blutig aufgelöst.

Freund Ali ibn* Mohammed der Aga der Janitscharen und Festungskommandant von Damaskus höchstpersönlich war.

Von Zeit zu Zeit ließen sich hochrangige Beamte aus Kairo, Halab und Damaskus bei ihm sehen, und die ganzen Heimlichkeiten, die dabei gepflogen wurden, hätten einen scharfsinnigen Beobachter schlussfolgern lassen, dass hier streng geheime Staatsangelegenheiten besprochen wurden. Offiziell war König Friedrich Wilhelm von Preußen, in dessen Diensten der Baron stand, ein neutraler Herrscher. Man führte keine Geheimverhandlungen oder schloss gar Kriegsbündnisse mit dem türkischen Sultan, und dennoch sollte niemand von den Gesprächen im Haus des Barons etwas erfahren. Zu groß war die Gefahr, Frankreich, Österreich, Russland oder sonst eine fremde Macht auf den Plan zu rufen.

Insgeheim hatte ihn Generalmajor von Schwerin nach Damaskus gesandt, um alle möglichen Informationen zu sammeln und – wie hatte es der General ausgedrückt? – ›Eventualitäten vorzubereiten‹. Der Baron hatte, um eben die Beziehungen zu führenden Köpfen des türkischen Reiches in Ägypten und speziell in Syrien in einem gewissen Grade freundschaftlich zu gestalten, reichlich Bares in seinen Kisten, und monatlich kamen nicht unbedeutende Summen aus Potsdam hinzu.

Der preußische Gesandte fragte nicht nach dem Verbleib des Geldes. Er wollte auch gar nicht wissen, in welche dunklen Kanäle die preußischen Goldtaler verschwanden. Ihm reichten Dankesschreiben höchster Würdenträger, Zusagen im ›Falle des Falles‹ (selbst wenn der Baron die Türken für ein unzuverlässiges Pack hielt) oder diverse Gegengeschenke, die aus kostbaren Sachen bestehen konnten, wie eine Tabaksdose aus geschnitztem Elefantenbein, eine goldene Wasserpfeife oder eine ganze Herde Kamele. Kurzum, die Aufgabe des Barons bestand darin, sich die Freundschaft oder zumindest die Neutralität der Türken zu erkaufen, ihre Minister zu bestechen, selbst wenn einige von denen aus ihren Ämtern schieden, und das manchmal mittels der Seidenen Schnur.

* Sohn. Ali ibn Mohammed bedeutet so viel wie Ali, der Sohn Mohammeds.

Die Goldene Pforte*, vor dem großen Krieg einst ein gefürchteter Feind, ging auf Krücken. Alles war desolat: Staatsfinanzen, Wirtschaft, Militär. Korruption, wohin man schaute, und zu allem Überfluss erhoben sich auch noch die Janitscharen – und nicht nur die. Überall bildeten sich Gruppen von Aufrührern, besonders in Ägypten und Syrien, wo man nach Unabhängigkeit strebte. Nirgendwo waren die Türken verhasster als hier in Arabien, selbst auf dem Balkan nicht.

Baron von Helffersdorf saß an diesem Abend wie so oft in seinem großzügig eingerichteten Salon. Er hatte sich extra einen bequemen mit Rindsleder überzogenen Stuhl von einem hiesigen Tischler fertigen lassen, weil er beim Rauchen des Tabaks nicht unbedingt in Kissen liegen wollte. Ansonsten hatte sich der Preuße an das Leben im Orient gewöhnt. In den ersten Wochen seines Aufenthaltes in diesen heißen Gefilden hatte er sich partout weder von seinen Kleidern noch von seiner Perücke oder den eng anliegenden Strümpfen trennen wollen, dann jedoch musste er feststellen, dass es viel bequemer war, sich der hiesigen Mode anzupassen. Seine europäische Kleidung war obendrein seinen Handlungen nur hinderlich, konnte man an ihr doch nur zu schnell seine Herkunft erkennen. Nur den Spazierstock, den ihm der König höchstpersönlich geschenkt hatte, legte er nicht ab, sondern hielt ihn in Ehren und führte ihn auf Schritt und Tritt mit sich. Auch die Küche, die ihm anfänglich schwer zu schaffen gemacht und ihm mehr als einmal den Wanst aufgetrieb hatte wie eine Wassermelone, mundete ihm jetzt. Nur das über offenem Feuer gebratene und ungesalzene Hammelfleisch und die zahlreichen süßsauren Linsengerichte verschmähte er immer noch.

Der Baron war ein starker Raucher, und nichts konnte ihm die gute Laune mehr vergällen als Gäste, die ihm eine gute Pfeife abschlugen und dann womöglich noch mit den Händen den Qualm vertrieben. Hierin ähnelte er stark dem König. Gerade als er sich von einem Diener eine neue Tabakspfeife bringen lassen wollte, klopfte sein Leiblakai an die Tür.

»Ja, was gibt es?«, fragte er ihn in barschem Deutsch.

* Umgangssprachlich für das Reich des Sultans.

Die Araber, und besonders deren Kinder, lernen schnell fremde Sprachen, was die Sache für den Baron vereinfachte. So hielt er sich ohne nennenswerte Probleme eine Dienerschaft, die seine Sprache, die noch dazu keine einfache war, beherrschte. Außerdem standen unzählige Dolmetscher zur Verfügung, die ihre Dienste anboten und unter denen sich schon manchmal ein vertrauenswürdiger Kerl finden ließ.

Die Zimmertür schwang auf. Der Lakai verbeugte sich und verkündete in gebrochenem Deutsch: »Verzeiht, Baron, Exzellenz, die Mädchen ist da!«

»Ah«, schnalzte der Baron. »Gut. Sie soll hereinkommen.«

Der Lakai schob eine Gestalt in den Raum. Sie war tief in türkisfarbene Seide gehüllt, die allerdings so dünn war, dass sie die weibliche Nacktheit darunter nur sehr ungenügend verbarg.

»Wir sie durchsucht, Exzellenz, Baron. Alles in Ordnung. Sie hat nichts.«

Der Lakai spielte auf eine ziemlich unkeusche Leibesvisitation an, welcher er das Mädchen unterworfen hatte, denn nichts fürchteten der Baron und seine türkischen Freunde mehr als Attentäter oder gar Attentäterinnen. Bei dieser Sicherheitsvorkehrung musste sich jede Frau, bevor sie Zutritt zum preußischen Gesandten erlangte, vor dem Adjutanten von Zarrentin splitternackt entkleiden, was diesem ebenso peinlich war wie der Entblößten. Der Leiblakai und die anwesende Gruppe Janitscharen hingegen sparten nicht an zotigen Bemerkungen. Doch die Frauen ertrugen die ehrverletzende Behandlung still, denn sie waren kraft ihrer Profession an lüsterne Männerblicke gewöhnt, und der hässliche Mann aus dem fernen Königreich bezahlte sie fürstlich.

»Sie nicht sprechen, weil Zunge ausgeschnitten, Exzellenz.«

Der Baron zog die Augenbrauen zusammen.

»Er bringt mir eine ...«

»Nein, nein, Herr, sie unschuldig«, versicherte der Lakai hastig, worauf er sich sogleich mit einer unterwürfigen Verbeugung dafür entschuldigte, seinen Herrn unterbrochen zu haben. »Ein Versehen. Kommt vor.«

Der Lakai setzte eine betretene Miene auf und zuckte bedauernd die Achseln. Dann schob er das Mädchen dicht vor den

Baron hin, sodass dieser in ihre schwarzen Augen blicken und die Umrisse des nackten Körpers unter dem Seidenstoff erkennen konnte.

»Sie die Schönste und sehr gut, sagte mir ihre Herren!«

»Hm«, raunte der Baron, »wie heißt sie?«

»Sie nannten sie Sari.«

»Geh Er jetzt und lass Er mich in Ruhe für den Rest des Abends und die Nacht. Ich frühstücke morgen gegen neun.«

»Sehr wohl, Herr Exzellenz«, erwiderte der Lakai, verbeugte sich zum dritten Mal und ging.

Baron von Helffersdorf musterte die schwach verhüllte Schöne. Sein Leiblakai besorgte die Mädchen über eine recht zweifelhafte Kaschemme in einem noch zweifelhafteren Stadtviertel, die zwei Ägypter führten. Mehr wusste er nicht, mehr wollte er auch nicht wissen. Lediglich sauber und ohne Krankheiten sollten sie sein, weshalb es ihn bevorzugt nach sehr jungen Mädchen gelüstete.

»Versteht Sie mich?«

Das Mädchen nickte scheu.

»Ist Sie bereit?«

Jetzt nickte sie wieder.

»Gut. Reiche Sie mir die Tabakspfeife dort und zünde Sie sie mir an.«

Der Baron ließ sich auf seinen Stuhl nieder, streckte die Beine von sich und beobachtete das Mädchen ganz genau. Er liebte es, wenn sie blutjung waren und nicht so fett wie die meisten arabischen Frauen. Außerdem besaß er ein Faible für samtige, sanft gebräunte Haut. Die meisten Mädchen kamen sehr gern zu ihm, denn er entlohnte sie reichlich. Seinen Lieblingshuren vermachte er teure Geschenke, und nicht wenige Piaster verschwanden auf diesen Wegen in den dunklen Gassen von Damaskus.

Zwar kam ihnen sein Gebaren ein wenig fremd und sein Äußeres nicht übermäßig anziehend vor, aber für einen Mann Ende fünfzig war er noch gut beisammen. Seine Leibesbeschaffenheit war hager, sehnig und zäh. Sein Gesicht besaß eine unnatürlich weiße Färbung, die auf eine dicke Puderschicht zurückzuführen war, die den Orientalinnen jedoch wie krankhaft-fahle Leichenblässe erschien. Dieser aufgeschminkte Teint erschreckte so manches arme Mädchen, das vermeinte, dem leibhaftigen Tod gegenüberzustehen.

Der Leiblakai, der dem Baron die Gespielinnen zuführte, kannte dessen Geschmack und spezielle Neigungen gut und bemühte sich redlich, seinen Herrn mit der getroffenen Auswahl zufriedenzustellen.

An diesem Abend hatte er dem Baron zum ersten Mal ein stummes Mädchen zugeführt, vielleicht sogar eine ganz gemeine Verbrecherin. Aber Helffersdorf vertraute seinem Bediensteten. Und da er die hiesigen Gepflogenheiten der Rechtsprechung kennengelernt hatte, schien es ihm durchaus glaubhaft, dass einem Mädchen die Zunge ›versehentlich‹ herausgeschnitten worden war.

Schade eigentlich, dachte er und zog an der Tabakspfeife, die ihm das Mädchen gereicht hatte. Sie trat zurück und blieb wie angewurzelt stehen.

»Zieh Sie sich aus«, verlangte der Baron, »aber langsam.« Er nahm seinen Spazierstock, der an der Stuhllehne ruhte, zwischen seine Knie und umfasste den Knauf mit beiden Händen, sich darauf stützend.

Das Mädchen hob den Schleier und ließ langsam die seidenen Hüllen fallen.

Der Baron sah zu, während seine Erregung stieg. »Knie Sie sich auf den Boden.«

Sie gehorchte.

»Jetzt beuge Sie sich vor und stütze sich auf die Arme!« Der Baron erhob sich und ging bedächtig um das anmutige Geschöpf herum, dabei seinen Spazierstock mit beiden Händen hinter dem Rücken haltend. Seine gierigen Blicke schweiften über den Mädchenkörper, der reglos vor ihm verharrte. Gewisse anatomische Details schien er förmlich mit den Augen zu verschlingen.

Trotz des Tabakqualms, den er in Abständen bedächtig zur Decke blies, waren seine Geruchssinne ganz auf das Mädchen fixiert, denn nichts liebte er mehr, als ihre Leiber zu riechen, bevor er sie fühlte. Seine Nüstern bebten. Sari strömte einen Duft aus, als hätte man sie wochen-, ja, monatelang in wohlriechenden Ölen gebadet. Das Mädchen spürte, wie der Baron sich mühte, ihren Körperduft aufzunehmen.

Ihre schlanken Finger zitterten. Sie hatte den Kopf gesenkt, sodass ihre dichten schwarzen Haare über den Teppich flossen und den Bogen eines zarten Nackens entblößten. Ihre Brüste waren eher klein und fest. Über den Rippen und der Hüfte glänzte ihre Haut wie lackiertes Edelholz, auf den Rundungen der leicht gespreizten Schenkel und prallen Pobacken schimmerte sie wie Seide.

Er blieb hinter ihr stehen, beugte sich leicht vor. Was er zu erblicken meinte, entlockte ihm ein lustvolles Stöhnen. Der Frucht zwischen ihren Beinen entquoll ein einzelner Tropfen weiblichen Nektars, der eine glänzende Spur über die Innenseite ihres Schenkels zog.

Im Munde des Barons sammelte sich Speichel.

Gierig blähte er seine Nüstern. Der köstliche, mit nichts zu vergleichende, in keine Worte zu fassende erotisierende Duft, der von dem Mädchen emporströmte, brachte jede Faser seines Körpers zum Vibrieren.

»Dreh Sie sich um zu mir!«, befahl er mit einem Beben in der alten Stimme.

Das Mädchen gehorchte, und gerade als sie unter ihren dunklen Wimpern zu ihm aufblickte, hatte der Baron seine Kleider gerafft und stand halb entblößt und in erigiertem Zustand vor ihr.

Das Mädchen erkannte sein Begehren und teilte langsam die Lippen. Ihre Zähne schimmerten wie aufgereihte Perlen. Die Mundhöhle schien mit Schwärze gefüllt.

»Näher!«, stöhnte der Baron, und noch ehe er begriff, wie ihm geschah, hatten zwei schlanke Hände seine Männlichkeit im Griff und schoben sie zwischen ein Paar weiche warme Lippen. Der Baron neigte den Oberkörper vor und strich dem Mädchen durchs duftende Haar.

Anfangs hatte er seine Berufung nach Damaskus für eine Art Strafversetzung gehalten; es erforderte keine großen Fähigkeiten, die korrupten türkischen Beamten zu bestechen und ihren aufgeblähten Apparat zu unterlaufen. Schnell jedoch hatte er sich an die Annehmlichkeiten gewöhnt, die der Orient – Felix Arabia, genau genommen – für ihn bereithielt. Freunde hatte er leicht gewonnen. Keine wahren Freunde, weder herzlich noch erprobbar, doch wahre Freunde besaß er auch daheim in Preußen nicht. Anders als im straffen, asketischen Staate König Friedrich Wilhelms konnte er allerdings hier, in der üppigen Märchenwelt des Orients, ungezügelt seinen Sinnesfreuden frönen. Selbst Alkohol, den Muselmanen streng verboten, war in Gestalt französischen Weines und Absinths in genügenden Mengen beschaffbar.

Ein leichter Stich ließ ihn zusammenzucken. War es schon so weit? »Nicht so doll«, keuchte er und sah zu dem Mädchen hinunter.

Sie hielt inne.

Zugleich gewahrte der ernüchterte Baron etwas Braunes, Fremdartiges in dem aufklaffenden Mund des Mädchens. Etwas, das sich bewegte.

War ihr plötzlich eine Zunge gewachsen?

Eine Zunge mit einem Paar kleiner, runder Augen, die ihn zwischen ihren Zahnreihen anstarrten ...

Dann schoss etwas zwischen ihren Lippen hervor.

Abermals schoss ein stechender Schmerz durch sein Gemächt. Er wollte etwas sagen, doch ihm gelang nur ein entsetzter, gurgelnder Laut.

Jetzt hielt das Mädchen etwas in der Hand, das er nicht genau erkennen konnte, denn urplötzlich begann sein Blick zu verschwimmen. Der Baron stieß sie von sich und taumelte durchs Zimmer. Ein Brennen erfasste seinen Körper und schnürte ihm den Hals zu. Er rang keuchend nach Luft. Auch seine Männlichkeit schmerzte immer stärker und schwoll blau an. »Was hat Sie mit mir gemacht, Hure?«, röchelte er fast unverständlich.

Das Mädchen erhob sich mit einer geschmeidigen Bewegung und trat einige Schritte zurück. Sie raffte ihr Gewand vom Boden auf und hüllte sich langsam in die grünen Seidenbahnen, dabei den Baron nicht aus den Augen lassend.

Der preußische Gesandte wurde von einem Krampf erfasst, unter dem binnen kürzester Zeit sein gesamter Körper zuckte. Seine Hände flatterten, Speichel schäumte aus seinem Mund, troff über sein Kinn. Von Schmerzen überwältigt, brach er zu Füßen des Mädchens zusammen. In seinem Leib schien sich eine steinharte Faust zu ballen. Unter kraftlos hängenden Lidern quollen ihm die Augen aus den Höhlen.

Helffersdorf versuchte den Rittmeister von Zarrentin zu rufen, doch seine Stimme versagte den Dienst. Er hoffte, sein Leiblakai werde nach dem Rechten sehen, doch er blieb allein mit dem verräterischen Mädchen.

Voller Todesangst sah er in ihre dunklen Augen, auf der verzweifelten Suche nach dem *Was?* und dem *Warum?*.

Doch Sari würdigte ihn nur eines kalten Blickes voller Verachtung.

Er sah noch, wie sie etwas Längliches, Braunes vorsichtig zurück in ihren Mund schob. Dann erbrach er sich erneut und starb unter furchtbaren Krämpfen.

Aus den Aufzeichnungen
des Freiherrn Friedrich von Krosigk,
seines Amtes Criminalkommissarius Seiner Majestät
des Königs Friedrich Wilhelm I. von Preußen
und in besonderen Diensten
Seiner Exzellenz des Herrn Justizministers
Samuel Freiherr von Cocceji stehend.

I

Ich war noch nicht lange aus Ostpreußen zurückgekehrt, da erwartete mich eines Tages vor der Tür meines Hauses ein berittener Gendarm mit einer neuen Order. Es war eine Expresse* des *Ministre de Justice.*

Neben dem Gendarm stand Kosemaul und grinste breit. »Ick glowe, wir müssen wüller rann!«, rief er mir in seinem unverwechselbaren ›Machdeborjerisch‹ zu und rieb sich die geröteten Hände, denn mein Adjutant hatte die Angewohnheit, nie Handschuhe zu tragen. Die beiden Männer mussten gerade erst eingetroffen sein, denn Herr Siebenwirt, mein Großknecht, war noch nicht herbeigeeilt, um sich der Pferde anzunehmen. Ich selbst, der gerade von einem Ausritt zurück war, klopfte meinem Graukopf mehrfach dankbar den Hals und stellte mich neben Kosemauls Stute, wohl wissend, dass sich beide Pferde zueinander hingezogen fühlten. Und tatsächlich, so groß die Freude war, meinen Adjutanten, den alten Haudegen, so schnell wiederzusehen, so überschwänglich war auch die Freude bei unseren Pferden.

Gleichzeitig war ich aber auch ein wenig überrascht. Kosemaul schien die Frage, die mir auf der Zunge lag, zu erraten, denn er polterte prompt: »Hawe ne Order von Seiner Exzellenz dem Herrn Minister jekriecht, mit Euch schnellstmöchlich Kontakt offzunehmen, und nu bin ick hier. Dat wir zwee«, und damit meinte er sich und den Gendarmen, »gleichzeitich hier sind, iss blanker Zufall.« An Zufälle glaubte ich jedoch nicht, wohl aber kannte ich Seine Exzellenz den Herrn Minister von Cocceji.

»Lange nicht gesehen, Hauptmann!«, erwiderte ich mit einem Anflug von Ironie.

»Kann man woll sagen.«

* Schnellpost.

Inzwischen waren wir abgestiegen, und noch den Zügel des Graukopfs in der Hand, reichte ich meinem Adjutanten die Hand zum Wiedersehen. Er hatte noch immer den bärenstarken Griff. Inzwischen kam Herr Siebenwirt herzugeeilt, grüßte freundlich und zog den Graukopf und Kosemauls Stute in Richtung Stall davon.

Ich nahm dem Gendarmen die Expresse aus der Hand und dankte ihm. Dieser sprang wieder auf sein Pferd und ritt nach Potsdam zurück. Ich sah dem Boten noch einen kurzen Augenblick nach und schob dann unvermittelt meinen guten Kosemaul mit seinem mächtigen Leib durch das Eingangsportal in die Empfangshalle meines Hauses. Frau Siebenwirt, die unsere Stimmen vernommen hatte, kam herbeigeeilt, begrüßte Herrn von Kosemaul auf ihre mütterliche Art und nahm uns unsere Mäntel und Dreispitze ab.

»Macht uns einen guten Kaffee, Frau Siebenwirt, oder möchte Herr von Kosemaul lieber ein gutes Bier?«

Ich wusste zwar, dass Kosemaul das Türkengetränk verabscheute, stellte aber doch diese provokante Frage in der Hoffnung, eine humorige Antwort zu kriegen – und tatsächlich.

Kosemaul räusperte sich verlegen, galt es doch mittlerweile als schicklich, einen Kaffee anzunehmen, sagte aber dann doch: »Wenn der Herr von Krosich jestatten, würde ick liewer'n Bier trinken, denn von dem andern Zeuch krieje ich flüssijen Bauch.«

Ich verkniff mir ein Lachen und schob Kosemaul die Treppe hinauf in meine Bibliothek. Auf dem Weg dorthin öffnete ich die Expresse und begann zu lesen. Als ich das Wichtigste überflogen hatte, faltete ich sie wieder zusammen und steckte sie in meine Jackentasche. Als wir in der Bibliothek waren, wandte ich mich Kosemaul zu und fragte unumwunden: »Was macht eigentlich eure Diebesbande?« Es war nämlich so, dass man Kosemaul vor unserer Jagd auf den Gierfraß mit der Observation einer Diebesbande beauftragt hatte und er sich nach unserer Heimkehr wieder den ›Machdeborjer‹ Langfingern widmen konnte.

Der Gefragte kniff die Augen zusammen und antwortete genüsslich: »Die ham mer einjelocht. Werden woll alle am Strang enden.« Und er machte die typische Handbewegung des Aufknüpfens, erst mit dem rechten Zeigefinger von links nach rechts an der Kehle vorbei und dann steil nach oben.

Kosemaul hatte die zwölfköpfige Diebesbande, unter der auch einige Weibspersonen und Kinder waren, in einem Wirtshaus nahe Calbe an der Saale gestellt und sie mit Soldaten der Festung Magdeburg ›ausjeräuchert‹. In Ketten führte er das ›Diebsjesindel‹ nach Magdeburg, wo man ihnen nun den Prozess macht. »Ick glowe, die Weiwer werden offjeknüppt. Die ham ooch Kirchen erbrochen, ziemlich schlimm. Die Kinder kommen zu anderen Leuten. Iss nich so einfach mit dem Diebsjesindel. Wenn man arm iss, brauch mer doch nich zu klaun? Oder?«

»Kommt darauf an«, antwortete ich ihm und zog den Brief hervor.

Wir streckten uns auf den bequemen Tafelstühlen* aus und warteten auf Frau Siebenwirt mit den Getränken. Zum Glück hatte ich recht kräftig einheizen lassen, sodass sich die Kälte aus unseren Gliedern schnell verlor. Meine Wirtin ließ nicht lange auf sich warten und brachte auf einem Tablett meine Tasse Kaffee und Herrn von Kosemaul ein großes Glas Bier. Ich selbst trank ja gelegentlich auch schon einmal einen Humpen, aber zu so früher Stunde brachte ich keinen Schluck herunter. Kosemaul war da ganz anders. Eine wahre Bärennatur!

»Gute Frau Siebenwirt«, sagte ich zu meiner Hausmuhme und Köchin, »eile Sie an Ihren Herd und brate Sie uns etwas Gutes!«

»Bin schon unterwegs«, gab diese zurück. »Ich mache den Herren einen schönen Schweinebraten.«

»So 'ne Wirtin hätte ich ooch jerne«, sagte Kosemaul und verzog das Gesicht zu einem feisten Grinsen, dabei das Bierglas nehmend, den Inhalt abschätzend und es dann flugs in einem Zuge leerend.

Ich trank einen Schluck heißen Kaffee und las erneut den Brief. Mein Gefühl hatte mich nicht betrogen, denn Seine Exzellenz der Herr Minister forderte mich in der Expresse auf, am

* *Gepolsterter Stuhl mit Armlehnen.*

morgigen Nachmittag gegen vier Uhr nach Wusterhausen zu kommen.

Ich las den Brief laut vor, sodass ihn Kosemaul hören konnte. Nicht von ungefähr fanden sich Formulierungen wie ›höchst kompliziert‹, ›sehr gefährlich‹ und ›vielleicht höchst gefährlich‹. Abschließend schrieb Seine Exzellenz der Herr Minister: »Herr von Kosemaul dürfte sich ebenfalls schon bei Ihnen eingefunden haben. Teilen Sie ihm den Inhalt dieses Schreibens mit, denn ich möchte, dass die beiden Herren sich des Falles annehmen.«

Kosemaul schien gerührt. So eine große Ehre hatte er nicht erwartet.

»Was schaut Ihr so verdutzt, Kosemaul? Ihr habt den Gierfraß gejagt und seid ein Crako! Würde mich nicht wundern, wenn Ihr noch in diesem Jahr den Majorsrang erhaltet!«

Kosemaul wurde rot und glühte über beide Ohren. »Wirklich?«

»Ich sage es Euch!«

Die folgende Stunde brachten wir mit vergnüglichen Plaudereien zu, wobei Kosemaul schon für das zukünftige Fohlen seiner Stute nach einem Namen suchte.

»Ich glaube, das Fohlen gehört mir!«, warf ich ein und erntete Protest. Schließlich einigten wir uns auf eine gemeinsame Zucht auf Kosemauls väterlichen Gütern bei Magdeburg.

Als Frau Siebenwirt in der Küche das Fleisch unter verlockendsten Bratendüften aufschnitt, saßen wir schon mit gehörigem Appetit an der Tafel. Als sie es auftrug, sah ich Kosemauls glänzende Augen. Er würde wohl zwei Drittel alleine verspeisen.

Der Schweinebraten meiner Wirtin war köstlich, und ich konnte nicht umhin, ihr dafür das allergrößte Lob zu zollen. Auch Kosemaul beteiligte sich überschwänglich daran und aß, wie ich es vermutet hatte, den Großteil des Bratens und noch ein übergroßes Stück Brot allein.

»Der Herr von Kosemaul hat wohl in Ostpreußen nichts Vernünftiges gekriegt?«, fragte meine Frau Siebenwirt nicht ohne ein Fünkchen Biestigkeit.

Ich musste an das Bankett des Generals denken, und schon blieb mir der Schweinebraten im Halse stecken.

Erschrocken sah mich meine liebenswerte Frau Siebenwirt, die mich schon als Amme auf den Armen getragen hatte, an. »Schmeckt er Euch nicht, Herr?«

»Nein, nein, alles in Ordnung«, beschwichtigte ich sie und aß ohne jeglichen Appetit weiter.

Kurz nach dem Abendmahl gingen wir ins Raucherzimmer und bestellten uns Bier. Kosemaul und ich tranken an diesem Abend ganze zwölf Maß.

Sein Schnarchen und ›Sägen‹ hörte ich demzufolge nicht.

Wir schliefen völlig unmilitärisch bis Mittag, nahmen ein kräftiges Frühstück, bestehend aus dreißig Rühreiern und Schinken, ein und brachen kurz nach ein Uhr in Richtung Wusterhausen auf, um Seine Exzellenz den Herrn Minister zu treffen. Wir ritten stracks drei Stunden und kamen pünktlich gegen vier Uhr des Nachmittags in des Königs Wusterhausen an.

Als wir am Wassergraben vor der Schlosswache anlangten, nahm uns schon ein Kammerherr in dickem Mantel, Schal und mit tief ins Antlitz gezogenem Dreispitz in Empfang. »Um Ihre Pferde kümmert sich ein Stallknecht«, sagte er kurz.

Der Offizier der Wache, Sekondeleutnant Hans Karl von Winterfeldt*, ein Langer Kerl des Königs Regiments Nr. 6, der mich mindestens um eineinhalb Köpfe überragte, nahm uns die Pistolen ab. Dieser junge Offizier besaß, wohl auch wegen seiner stattlichen Erscheinung, das Vertrauen des Königs. Er und seine Kameraden schoben heute Wache, an anderen Tagen lag Winterfeldts Bataillon in der Residenz Potsdam.

Der Kammerherr, ein hochgeborener Mann, dessen Dreispitz auf den Locken einer gepflegten Perücke saß und der auch sonst einen würdevollen Habitus pflegte, hatte genaue Anweisungen. »Der Herr Minister erwartet Sie schon«, informierte er mich. »Bitte folgen Sie mir, Herr von Krosigk, Seine Exzellenz spaziert im Park. Ihr Adjutant geht indessen mit Sekondeleutnant von Winterfeldt in die Offiziersstube.«

Der Wachoffizier grüßte Kosemaul, der den Gruß erwiderte.

* Winterfeldt, Hans Karl von: preußischer Generalleutnant, geboren 1707, gefallen 1757, diente den beiden großen Preußenkönigen Friedrich Wilhelm I., dem Soldatenkönig, und Friedrich II., dem Großen. Besaß herausragende militärstrategische Fähigkeiten.

Der Hüne machte auf der Stelle kehrt und marschierte zackig Richtung Unterkünfte.

Kosemaul folgte ihm nicht ganz so forsch. Er zog leicht das linke Bein nach, ein schmerzliches Andenken an einen Unfall während seiner Militärzeit, der zu seiner ehrenvollen Entlassung aus der Armee Seiner Majestät geführt hatte. Diese Geschichte und ihre Folgen waren sein wunder Punkt, wie ich nur zu gut wusste.

Kaum waren der Kammerherr und ich in den Garten des königlichen Schlosses getreten, hörte ich die mir sehr vertraute Stimme des Herrn Ministers von Cocceji.

»Ah, Krosigk! Endlich. Ich warte schon auf Euch«, rief er freudig und wandte sich kurz dem Kammerherrn zu: »Ihr könnt jetzt gehen, Herr von Bernsdorf, und haltet die Tasche für den Herrn von Krosigk bereit.« Er lächelte leicht. »Schön, Euch zu sehen. Habt ganz schön Staub aufgewedelt ... Na ja, so ein Gierfraß ist ja auch nicht ohne. Wie geht es Euch?«

»Ich befinde mich durchaus wohl, Exzellenz«, erwiderte ich, aber als ich hinzufügen wollte, dass ein paar weitere Ruhetage mein Befinden noch um einiges mehr anheben würden, unterbrach er mich, nun nicht mehr lächelnd.

»Wir haben ein großes Problem.«

»Hm«, machte ich unbestimmt.

Offenbar hatte Seine Exzellenz mehr Interesse erwartet. »Es geht Euch doch gut?«, hakte er nach, mich scharf musternd.

»Ja, ja, Exzellenz, ganz ausgezeichnet«, flunkerte ich, vom gestrigen Tag mit leichten Kopfschmerzen gestraft.

»Gut, dann hört zu.« Seine Exzellenz nahm mich am Arm und zog mich in Richtung Lindenallee, der östliche Teil des Schlossgartens, der durch den Nottekanal begrenzt wurde. Da es auch hier in Wusterhausen schneite und frostig war, schloss der Minister seinen Mantel und drückte seinen Dreispitz noch tiefer ins Gesicht.

»Ich will es kurz machen und nicht um den heißen Brei herumreden, auch muss ich bald zum König. Er hat mich heute ins Tabakskollegium eingeladen. Seine Majestät brennt darauf, dass ich ihm die Geschichte des Gierfraßes erzähle. Doch hört, was ich Euch zu sagen habe.« Der Minister schaute sich um.

Niemand war zu sehen, selbst Wachsoldaten des Regiments nicht, die ansonsten in regelmäßigen Abständen durch das Schloss und den Park patrouillierten.

»Unser, nun sagen wir, Abgesandter oder besser Vertreter in Damaskus«, begann er leise, »Baron von Helffersdorf, wurde auf grausamste Weise ermordet. Wir kennen nur vage die näheren Umstände. Über die Hintergründe wissen wir noch weniger. Die Sache ist äußerst heikel und sehr delikat. Gewiss ist nur, dass er kurz vor seinem Tod ...« Der Minister hüstelte betreten, um dann doch fortzufahren: »... noch Damenbesuch hatte.«

»Damenbesuch?«, fragte ich begriffsstutzig.

Der Herr Minister schien verlegen. »Nennen wir es nicht Damenbesuch ... Sagen wir lieber, der Baron hatte an diesem Abend ...« Seine Exzellenz stockte. »Was solls. Er hatte eine Hure bei sich.«

Der *Ministre de Justice* murmelte abfällig, mehr zu sich selbst: »Irgendwann musste ihm seine Wollust das Genick brechen. So ein Tor, steht in geheimen Diensten, agiert in strengstvertraulicher diplomatischer Mission und lässt sich mit leichten Weibern ein.«

»Demnach ist der Mord ein, äh, Deliktum im galanten Milieu?« Ich verstand allerdings nicht, was eine solch banale, wenn auch für die Diplomatie recht peinliche Sache mit mir und meinem Amt als Crako zu tun haben sollte. Der Herr Minister schüttelte bedauernd den Kopf.

»Nein, mein lieber Krosigk. Wir – dass heißt General von Schwerin, in dessen Auftrag der Baron in Damaskus weilte und ich –, wir gehen von einem politischen Mord aus. Baron von Helffersdorf hatte die Aufgabe, den Kontakt zu den Türken zu halten. Nun ist es dort unten so, dass die Türken scharfen Gegenwind spüren. Es gibt zahlreiche Unruhen und Aufstände und es besteht die Möglichkeit, dass unser guter Baron dort in etwas reingeraten ist, was er mit dem Leben bezahlen musste. Dass Helffersdorf ein Wüstling war, war nicht die Ursache seines Todes, aber es hat seinen Mördern die Arbeit möglicherweise erleichtert.«

Seine Stimme wurde lauter. »Die Lage ist folgende: Im September kam es unter den Janitscharen zu einem Aufstand, in dessen Verlauf Sultan Achmed* gestürzt und sein Neffe Machmud** auf den Thron gesetzt wurde.«

»Ein Aufstand gegen den Herrscher?« Ich war entsetzt.

»Tja, Krosigk, in unserem geliebten Königreich unvorstellbar, aber dort unten ...« Der Herr Minister machte eine kurze Pause. »Doch weiter. Wir müssen den Posten neu besetzen, und zwar möglichst bald. Sonst war alles, was Helffersdorf für seine Majestät erreicht hat, umsonst. Aber bevor wir einen neuen Mann entsenden, möchte ich, dass Ihr den Todesfall aufklärt.«

»Warum residierte Helffersdorf in Damaskus statt in Konstantinopel?«

»In Damaskus ist es besser. In Konstantinopel drängen sich zu viele Mächte. Wir wollen unerkannt bleiben, etwas zumindestens.«

»Gestattet mir eine weitere Frage. Wissen Eure Exzellenz mehr über die Umstände seines Todes, außer dass er grausam war?«

»Schweigt!«, zischte der Minister. Er war plötzlich stehen geblieben. Nun schwenkte er den ausgestreckten Arm, als erschlösse er das Panorama der verschneiten königlichen Gärten, und verwickelte mich in ein Scheingespräch über die zugefrorenen Teiche. Wir waren nicht mehr allein. Ein General in schneebedecktem Mantel und mit weißem Dreispitz war auf der Lindenallee erschienen und schritt zielstrebig auf uns zu. Er erwies sich als Generalleutnant Curd Christoph von Schwerin, Chef des Infanterie-Regiments Nr. 24, dessen Stab in Frankfurt an der Oder sitzt.

Ich hatte natürlich einiges über ihn gehört, war ihm aber noch nie begegnet. Er war ein hochgewachsener Mann mit väterlichen Zügen, ein bekannter Kriegsheld, der Schlachten und zahlreiche Gefechte geschlagen hatte, verwundet wurde und im Geheimen

* Achmed III.: von 1703 bis 1730 Sultan des Osmanischen Reiches, geboren 1673, Sohn Mehmets IV., gestorben 1736, gewährte 1709 nach der Schlacht bei Poltawa dem Schwedenkönig Karl XII. Asyl, wurde nach einem Krieg mit Persien, der in einem Fiasko endete, durch einen Janitscharenaufstand abgesetzt.

** Machmud I.: von 1730 bis zu seinem Tod Sultan des Osmanischen Reiches, geboren 1696, Sohn Mustafas II., gestorben 1754, wurde anstelle seines Onkels Achmed III. nach einem Aufstand der Janitscharen auf den Thron gebracht.

Kabinett des Königs unter anderem auch zuständig für Diplomatie und Geheimnisbeschaffung war.

»Wir können weiterreden«, sagte der Minister, und zu Generalleutnant Schwerin gewandt: »Ah, ich freue mich, General, Euch zu sehen.«

Schwerin verbeugte sich leicht vor dem *Ministre de Justice* und lächelte. »Das ist also Euer viel gerühmter Freiherr von Krosigk«, sagte er, fast ein wenig bewundernd.

»So ist es, mein lieber Schwerin.«

Der General musterte mich nun scharf und durchdringend. »Habt uns mit dem Gierfraß ganz schön was eingebrockt, Krosigk!« Er schmunzelte, zwinkerte Seiner Exzellenz dem Herrn Minister zu und fuhr fort: »Na lieber so als anders.«

Ich verstand – glaubte ich zumindest.

»Habt Ihr ihm schon von unserem Problem erzählt?«, fragte er leise den Herrn Minister.

Dieser bejahte. »Der Herr von Krosigk fragt, ob wir etwas über die Umstände des Todes unseres Freundes wissen.«

»Er weiß um die Hintergründe?«

Der Minister nickte.

Generalleutnant von Schwerin verschränkte die Hände im Rücken. Wir schritten bedächtig die Lindenallee weiter, die nach einer Krümmung nach Süden in die Kastanienallee überging. Schwerin lief in der Mitte.

»Allem Anschein nach wurde er vergiftet. Man fand ihn zusammengekrümmt, völlig aufgedunsen und mit hühnereiergroßen, weit hervorgequollenen Augen auf dem Boden seines Salons. Allerdings in wenig ritterlicher Pose, denn unser guter Baron hatte vorher mit einem Lustmädchen zu schaffen.« Der General räusperte sich. »Also, um es genauer zu sagen, er lag halb nackt und vollgekotzt zwischen seinen Kissen.« Er zog spitz den Mund zusammen und schüttelte den Kopf.

»Vielleicht hat das Mädchen ihn vergiftet«, sprach er weiter, »aber Rittmeister von Zarrentin, sein Adjutant sowie sein Leiblakai haben alle ›Damen‹, die der Baron so empfing, aufs Gründlichste observiert und per intimster Leibesvisitation untersucht. Die Dame«, und er betonte ›Dame‹ besonders, »soll an jenem Abend außer ein paar dünnen Seidentüchern nichts am

Leibe und auch nichts dabeigetragen haben, was auf Gift schließen lässt. Wenn sie es war, stehen wir vor einem Rätsel, und wenn nicht, ebenso.«

»Hat man ihrer habhaft werden können?«

»Nein, sie ist verschwunden. Sie ist auch nicht so wichtig. Wichtiger für uns wäre es zu wissen, wer hinter dem Mord steckt. Denn wird ein Mann des Königs ermordet, so gilt dieser Anschlag dem König selbst.« Er hielt inne und wir gingen wortlos einige Schritte weiter.

Das Schneien hatte aufgehört. Sonnenstrahlen suchten sich ihren Weg durch die Baumwipfel und versuchten die Schneeflocken auf unseren Mänteln zum Schmelzen zu bringen, doch vergeblich. Wir klopften unsere Dreispitze aus.

»Mein guter Krosigk«, schaltete sich nun wieder Seine Exzellenz der Herr Minister ein, »wir möchten, und ich sagte es Euch bereits, dass Ihr nach Damaskus geht und die Sache aufklärt. Allerdings werdet Ihr diesmal inkognito und ohne irgendwelche Freibriefe meinerseits reisen müssen, denn die Sache ist streng geheim.« Der Herr Minister trat auf der Stelle und stampfte im Schnee herum.

»Traut Ihr Euch das zu?«, fragte der General, und wieder musterte er mich.

»Ich glaube, Herr General, ich werde eine Weile weg sein«, sagte ich, was wie eine Zustimmung klingen sollte.

»Gut«, lobte mich der Minister, griff unter seinen Mantel und zog eine stattliche Börse mit etlichen Talern hervor. »Alles Gold, Ihr werdet es brauchen.« Ich nahm sie und schob sie unter meinen Rock. »In der Satteltasche, die der Herr Kammerherr von Bernsdorf bereithält, findet Ihr noch mehr.«

»Wenn ich Euch noch etwas mit auf den Weg geben darf, Krosigk«, warf noch einmal der General ein, »dann traut dort unten keinem Menschen. Ich war selbst vor etlichen Jahren in Konstantinopel und weiß, wie gefährlich es für einen Europäer werden kann. Lediglich der junge Zarrentin ist in alles eingeweiht und genießt mein Vertrauen. Haltet Euch an ihn. Er verkehrt oft im Handelshaus der Familie de Witt in Damaskus und gibt sich für einen Altertumsforscher aus. Geht über Regensburg, Wien und Venedig. Sucht Euch ein Schiff und fahrt nach Kairo, wo die de Witts ebenfalls über eine große Niederlassung verfügen. Von dort schließt Ihr Euch einer der vielen Karawanen an. Ich habe bereits Rittmeister von Zarrentin über Euer Kommen informiert. Er wird Euch in Kairo abholen.« Der General lächelte verschmitzt. »Ich habe niemals an Eurer Zusage gezweifelt, Krosigk. Ich halte Euch, auch nach dem, was Seine Exzellenz über Euch erzählte, für einen fähigen Offizier und guten Mann. Gleiches gilt im Übrigen auch für Euren Adjutanten, den Herrn von Kosemaul. Sein Vater war ein doller Draufgänger!«

»Er auch, Herr General! Danke für das große Vertrauen, welches Sie mir entgegenbringen. Ich werde Ihren Rat befolgen«, antwortete ich, leicht beschämt und etwas irritiert über so viel Lorbeer, und erinnerte mich, was man sich über den General aus Mecklenburg erzählte. Tatsächlich traf Curd Christoph von Schwerin 1713, damals noch als junger mecklenburgischer Oberst, in diplomatischer Mission für seinen Herzog Friedrich im türkischen Bender sogar mit dem Schwedenkönig Karl XII. zusammen. Er sollte damals Depeschen des Königs von Polen überbringen und ein mecklenburgisch-schwedisches Bündnis herbeiführen, aber die Ereignisse überschlugen sich, und so blieb dem jungen Schwerin nichts weiter übrig, als heimzukehren. Dennoch konnte er von sich behaupten, einen der größten Feldherrn des Jahrhunderts kennengelernt zu haben. Aber auch für Preußen, in dessen Dienst er trat, löste er zur überwiegenden Zufriedenheit Seiner Hoheit des Königs so manche Mission auf dem Parkett der Diplomatie.

»Dann wünschen wir Euch viel Glück«, sagte der Minister und winkte Herrn von Bernsdorf heran. Dieser trug eine schwere, vollgestopfte Satteltasche. Inzwischen waren wir fast wieder an den Ausgang des Schlossgartens gelangt, wo mir der Kammerherr die Satteltasche übergab.

»Hier sind nicht nur Goldtaler drin«, sagte noch einmal Minister von Cocceji, »sondern auch einige Beschreibungen, die Ihr lesen solltet und die für Eure Reise von Nutzen sein könnten. Auch eine Abschrift der letzten Dossiers des Barons habe ich für Euch beigefügt. Lest auch die, und dann verbrennt sie! Und nun geht, Krosigk!«

»Sehr wohl, Exzellenz«, antwortete ich, verneigte mich vor den beiden Herren und ging.

Die Satteltasche wog schwer. Mit den Goldtalern in der Börse samt denen in der Tasche hätte man ein kleines Schloss kaufen können. So brisant war also der Tod des Barons ...

II

Am Schlosstor wartete bereits mein guter Kosemaul auf mich, vor Kälte von einem Bein auf das andere tretend. Winterfeldt stand reglos daneben.

»Ich dachte, Ihr sitzt im Warmen, Kosemaul?«, fragte ich belustigt meinen Adjutanten.

»Nee, nee, Herr von Krosich. Die Jungs sind zum Exerzieren, und alleene wollte ich da ooch nich rumsitzen.«

»So kenne ich Euch. Übrigens, großes Lob aus dem Munde des Herrn General von Schwerin an Euch. Kannte sogar Euren lieben Herrn Vater!«

»Ach was, wirklich?« Kosemaul schwoll die Brust. »Großartijer Jeneral, wenn ooch keen richtijer Preuße. Wenn man das ma saren darf.«

Ein Pferdeknecht hielt bereits unsere Pferde parat, denen die Kälte nichts auszumachen schien. Im Gegenteil! Graukopf tänzelte um Kosemauls Stute wie ein junger Bursche verlegen um ein schönes Mädchen. Wir trennten die Verspielten und saßen auf. Die Sonne verschwand und es begann erneut zu schneien.

Ich grüßte noch einmal Winterfeldt und gab dem Graukopf die Sporen.

Auf dem Heimritt, den wir behutsam angingen, berichtete ich Kosemaul umständlich, wohin unsere nächste Reise gehen würde und was uns bevorstand.

»Nach Damaskus? Wo liecht'n dit?«

»Weit weg«, antwortete ich. »Ich weiß es selbst nicht ganz genau. Aber es gehört zur Goldenen Pforte.«

»Was, zun Türken?«, rief Kosemaul entsetzt.

»So ist es!«, antwortete ich und klopfte Graukopf den Hals.

»Na, Prost Mahlzeit. Die fressen uns off.«

»Euch zuerst, Kosemaul, Euch zuerst!«

Als wir abends heimkehrten, erwartete uns meine gute Wirtin

mit einer heißen Fleischbrühe, einem ganz vorzüglichen Schinken und einem schönen Stückchen Käse.

Nachdem wir uns gestärkt und im Salon aufgewärmt hatten, gingen wir in meine Bibliothek. Herrn Siebenwirt trug ich auf, einen bequemen Stuhl für Herrn von Kosemaul herbeizuschaffen. »Und vergesst nicht, ausreichend Bier heranzuschaffen«, zwinkerte ich ihm zu. »Herr von Kosemaul und ich haben Durst!«

Als ich das Herrenhaus von einem heruntergekommenen Freiherren, dessen Namen ich verschweige, kaufte, ließ ich es nicht nur gründlich renovieren, sondern im gleichen Zug auch massive, aber schön verzierte Regale für meine 500 Bände umfassende Bibliothek anfertigen. Ebenso ließ ich den Estrich neu mit Parkett belegen. Das Prachtstück meiner Bibliothek, neben den Büchern natürlich, war aber mein komfortabler, gepolsterter Tafelstuhl. Zur Ablage für Bücher, Briefe und den Aschennapf diente mir ein verschnörkelter, gleichsam ausreichend großer Tisch.

Aus meinem Karten- und Sticheschrank zog ich eine Karte der ganzen Welt, zumindest der bekannten Welt. Es war ein koloriertes Exemplar des Gerard Mercatoris von 1631. Ich hatte sie einst von einem Leipziger Verleger bezogen.

Nach einer kurzen Weile brachte Frau Siebenwirt eine große Kanne Bier und zwei Tabakspfeifen in die Bibliothek, worauf Kosemaul sein Lob über meine gute Wirtin bekräftigte. Dann pflanzte er sich gemächlich in meinen Tafelstuhl und ließ seinen Blick über die Bücherregale schweifen. Herr Siebenwirt stellte einen weiteren Stuhl hinzu.

»Jestattet mir 'ne Frare, Krosich. Habt Ihr die alle wirklich jelesen?« Kosemaul deutete mit der Pfeife und hochgezogenen Brauen zu den Büchern.

»Ja, selbstverständlich. Einige sogar zweimal.« Ich zog einen schönen Druck, mit etlichen Kupfern illustriert, aus dem Regal. »Seht, mein Freund. Hier haben wir ein schönes Exemplar. Es zeigt die Ermordung des Magisters Hahn zu Dresden Anno 1725.«

»Der Kerl war nicht janz dicht, glowe ick ma.« Womit er nicht den einfältigen Priester, sondern den geistig verwirrten Mörder Franz Laubler meinte, den man am 18. Juli 1726 von oben herab gerädert hatte.

»So ist es. Doch seht Euch das gute Stück hier einmal an.« Ich reichte dem braven Kosemaul einen Einzeldruck. »Der Mord an dem Müller zu Fockendorf bei Altenburg.«

Der Kupferstich zeigte ein großes überdachtes Kastenbett, in welchem der Müller Lange auf scheußlichste Art und Weise ermordet wurde. Seine Ehefrau und deren Geliebter hatten dem armen Mann eine Schlinge um den Hals gelegt und waren auf dem Stich gerade im Begriff, ihre Tat auszuführen. Hinter den Mördern standen Teufel. Rechts am Bettrand lehnte ein Scharfrichterbeil, Hinweis auf die drohende Strafe. Unter dem Bett kroch allegorisch eine Schlange dahin. Des Weiteren saßen zwei Katzen sowie ein Hund und ein Hahn auf dem Himmel des Bettes.

»Sie hängten dann den Müller auf, um ein Suicidium vorzutäuschen, und sollen sich anschließend in diesem Bett noch dreimal fleischlich vermischt haben.«

»Na, off sone Braut kann mer verzichten!« Kosemaul schüttelte ungläubig den Kopf. »Wat ham dien jekricht?«

»Er wurde von unten auf gerädert, sie gesäckt.«

»Jesäckt? Wann war'n das?«

»Es ist schon eine Weile her. Der Stich stammt von 1689. Vielleicht wird einer Eurer Fälle auch einmal gedruckt?«

Ich breitete nun die Karte auf dem Tisch aus. Kosemaul erhob sich behäbig, schnappte sich eine Bierkanne, nahm einen kräftigen Schluck und zog vergnüglich an seiner Pfeife.

Nach eingehendem Studium des Reisewegs beschloss ich, wie es General Schwerin gesagt hatte, den Landweg über Regensburg, Wien bis nach Venedig zu nehmen. Unsere geliebten Pferde würden wir bei Herrn Siebenwirt in meinem Stall zurücklassen, denn danach, den guten Graukopf auf dieser nicht ungefährlichen Reise zu verlieren, stand mir nicht der Sinn. Gleiches galt für Kosemauls Stute. Ich hatte noch mehr Reitpferde im Stall, deren Verlust nicht so hoch wog.

Kurz und knapp erklärte ich Kosemaul das Vorhaben.

»So machen wir's!«, bekräftigte dieser und leerte seine Kanne in einem Zug. »Hoffentlich ham die Türken jutes Bier!« Mit diesen Worten stand er auf und begab sich in sein Zimmer.

An diesem Abend nahm ich mir noch die Beschreibungen

und Dossiers des Barons zur Hand und las sie. Was ich fand, war nichts Spektakuläres, viele fremdartige Namen und ein einziges Durcheinander an Beziehungen und Intrigen. Müde legte ich mich zu Bett. Kosemaul war in einem anderen Flügel des Hauses untergebracht, wo er nach Herzenslaune schnarchen konnte.

III

Als wir am nächsten Morgen Kleider, Waffen und allerlei andere nützliche und angenehme Dinge, wie Tabakspfeifen und Tabaksdosen, Zahnbürsten, Feuerzeuge und Rasiermesser, in unseren Satteltaschen verstauten, überreichte mir meine Wirtin noch ein großes in Tuch eingeschlagenes Paket. »Junger Herr, ich habe Euch noch einen schönen geräucherten Hinterschinken und Brot eingepackt. Den esst Ihr doch so gern.« Ich musste schmunzeln. Die gute Frau Siebenwirt! Der Hinterschinken wog mindestens fünfzehn Pfund, und so konnten wir Gewissheit haben, zwischen Berlin und Venedig nicht zu verhungern.

Mit den Worten »Wer das meiste davon isst, der soll ihn auch schleppen«, übergab ich ihn Kosemaul. Doch als ich sah, dass sein Reitpferd schon allein an seinem Gewicht schwer zu tragen hatte, nahm ich den Schinken wieder an mich.

Wir verabschiedeten uns von den Siebenwirts, wobei Kosemaul versprach ›off mich offzupassen‹, und ritten stracks in Richtung Süden.

In Erfurt ging ich zu einem Verleger und Buchhändler und fragte nach weiteren Reisebeschreibungen, die die Länder des Morgenlandes behandelten. Die Ausbeute war jedoch mager, denn der Buchhändler konnte mir lediglich ein fast 125 Jahre altes, dabei seltenes und deshalb teures Exemplar des Predigers Salomon Schweigger* anbieten. Ich kaufte es trotzdem, denn

* Schwäbischer Prediger, geboren 1551, gestorben 1622. Um ferne Länder zu sehen, schloss er sich 1577 einer österreichischen Gesandtschaft an, mit der er sich bis 1581 in Istanbul (Konstantinopel) aufhielt. Mit der Veröffentlichung seiner Reiseeindrücke entsprach Schweigger dem starken Bedürfnis seiner Zeitgenossen nach Informationen über das Osmanische Reich, welches allerdings nach der vergeblichen Belagerung Wiens im Jahre 1683 seinen Machtzenit überschritten hatte. Seine *Newe Reyßbeschreibung auß Teutschland nach Constantinopel und Jerusalem* zählt zu den Klassikern der historischen Reiseliteratur.

unvorbereitet wollte ich auf keinen Fall auf die Reise gehen. Der Band war schön in Leder gebunden. Der Buchhändler versicherte mir, dass er zu den frühesten und genauesten Reisebüchern über die Türkei zählte. Er trägt den Titel *Newe Reyßbeschreibung auß Teutschland nach Constantinopel und Jerusalem* und wurde 1608 in Nürnberg gedruckt. In jeder freien Stunde studierte ich das äußerst merkwürdige Werk und unterließ es nicht, Kosemaul von den wichtigsten Dingen und der Morgenländer Religion, die uns begegnen würden, zu unterrichten. Manchmal las ich dem guten Kosemaul auch einfach ein Kapitel vor, wenngleich das Deutsch Schweiggers sehr altertümlich war. In einem Kapitel beschrieb der Prediger, dass die Türken die Köpfe ihrer Gefangenen auf Lanzen spießten. Ein Kuriosum, welches ich meinem Adjutanten nicht vorenthalten wollte.

»Dit hat mein Vater ooch erzählt«, bestätigte dieser erstaunt, dessen Vater gegen die Türken gekämpft hatte.

Die Leib- und Lebensstrafen glichen in etwa den unsrigen, wenn auch in abgewandelter Form. Da ich wusste, dass Kosemaul ein Verfechter harter Strafen ist, zitierte ich den Strafkatalog der Türken, wiewohl gültig vor 125 Jahren.

»Hört, Kosemaul, so verfährt man bei den Türken mit den Missetätern: Einem Totschläger wird der Galgen zuerkannt. Doch er wird nicht mit dem Strang gerichtet. An ihren Galgen sind etliche eiserne armdicke Haken angebracht. In solch einen wird der Übeltäter gehängt oder besser gespießt, sodass ihm der Haken zu der einen Seite hinein und zu der anderen wieder herausgeht. In dieser Pein werden etliche bis zu drei Tagen gemartert. Etlichen aber wird die Gnade zuteil, dass man ihnen die Gurgel abschneidet oder den Kopf abhaut. Landesverräter werden gespießt oder mit Pferden zu Tode geschleift. Die Diebe werden geköpft, Ehebrecher im Meer versenkt und Knabenschänder von den Kirchtürmen zu Tode gestürzt ...«

»'n bisschen verquer, find ick«, unterbrach mich Kosemaul und spielte auf das Köpfen der Diebe und das Hängen der Mörder an.

Bei uns ist es zum Glück noch üblich, die Diebe zu hängen und die Mörder zu enthaupten oder zu rädern, wobei Letzteres ziemlich barbarisch ist. Ich las weiter.

»Zu den allgemein üblichen Strafen zählt folgende: Einem Beklagten werden die Füße an einem starken Bengel eingeknebelt, den zwei Mann halten müssen. Dann wird jeder Strafwürdige auf den Boden niedergelegt, sodass die Füße gen Himmel zeigen. Nun schlägt ein Sergeant mit einem ägyptischen Rohr so oft auf die entblößten Fußsohlen, wie viele Streiche der Richter zuerkannt hat. Für jeden Streich muss der Delinquent noch einen halben Batzen geben.« Wir sahen später diese Tortur mehr als einmal. Die Türken nennen sie die Bastonade.

Kosemaul war entzückt. »Dit finde ick in Ordnung. Da könn die Spitzbuwen nich mehr lofen.«

Auf diese Art und Weise informierten wir uns über das Morgenland und waren nicht wenig begierig, es kennenzulernen.

Unsere Reise führte uns weiter nach Regensburg, wo wir ein kleines Schiff bestiegen und direkt nach Wien schipperten. Hier fiel mir schon auf, dass mein guter Kosemaul eine echte Landratte war, denn er äußerte sich mehr als einmal ziemlich mürrisch und missmutig zur Fahrt mit diesem ›Kahn‹. Von Wien ging es weiter nach Triest. Hier bestiegen wir erneut einen Segler, der uns endlich nach Venedig brachte. Es gäbe schon von diesem kurzen Stück unserer Reise viel zu erzählen, zum Beispiel von den italienischen Gastwirten und ihren recht ominösen und zum Teil finsteren Machenschaften (einmal waren wir bei einer Erstürmung eines Wirtshauses dabei, wo sich die Wirtsleute als wahrhaftige Halsabschneider entpuppten!), aber ich überlasse das den Reiseschriftstellern.

IV

Wir erreichten die Lagunenstadt an einem herrlichen Tag. Das schöne Venezia zu beschreiben ist eine Kunst für sich und gebührt einem Dichter! Derjenige, der die grünblauen, klaren Kanäle durchfahren, der den Sankt-Markus-Platz betreten und die vielen prächtigen, teilweise etwas morbid anmutenden Paläste sehen durfte, wird sich dieses herrlichen Anblicks ein Leben lang erinnern. Stolzes Venedig, Herrin des Adriatischen Meeres!
Wir gingen zwischen Lido und Murano vor Anker, fuhren ohne größere Umschweife mit einer Gondel in den Kanal des Arsenals ein, dann vorbei am Palast des Dogen und den Gefängnissen und landeten gegen fünf Uhr nachmittags bei einem Gasthaus, wo wir Quartier nahmen. Unmittelbar nach unserer Ankunft ließen wir uns von einem weiteren Gondoliere zu einer holländischen Kaufmannsniederlassung bringen, wo wir uns als mutige Reisende vorstellten, mit der Bitte, uns bei der Suche nach einem möglichst sicheren Schiff behilflich zu sein, das uns auf dem schnellsten Wege nach Kairo bringen könnte. Wir hätten historische, naturkundliche und geografische Untersuchungen in Damaskus zu betreiben, seien also reine Forschungsreisende. Mehr noch als unsere Erklärungen halfen aber wohl einige Goldtaler dabei, die Holländer hilfsbereit zu stimmen. Noch am gleichen Abend brachte ein Bote die Nachricht in unser Losament*, die besagte, dass uns ein geeignetes Schiff als Passagiere erwarte.

Bereits nach drei Tagen bestiegen wir ein Schiff und traten die Reise nach Kairo an. Bei dem Schiff handelte es sich um einen armierten venezianischen Kauffahrer, eine Brigg, die Weine geladen hatte, die deren Besitzer in Kairo an die zahlreichen Europäer (und auch Muslime!) verkaufen wollte. Das Schiff segelte im Konvoi mit zahlreichen anderen venezianischen und

* Quartier, Unterkunft.

holländischen Handelschiffen und wurde sicher von drei mit jeweils vierzig Kanonen bestückten venezianischen Fregatten* geleitet. Das reichte, um nordafrikanische und türkische Korsaren auf Distanz zu halten und sie gehörig zu verschrecken. Die Fregatten, die den Löwen von Sankt Markus am Toppmast** führten, zählten zu den schönsten und formvollendetsten Segelschiffen, die ich während unserer Reise sah.

Kosemaul, der noch nie ein solch großes Schiff bestiegen hatte – ich im Übrigen auch nicht –, wurde auf den schlingernden Planken mit jeder Stunde blasser, und je mehr das Schiff unter Segeln stand, umso schlimmer wurde sein Zustand.

Der Kapitän, ein spitzbärtiger kluger Mann in den Fünfzigern, ich glaube, er war ein Spanier, versicherte mir, dass es sich um eine völlig normale Seekrankheit handle, die sich dadurch äußerte, dass der von ihr Heimgesuchte an dauernder Übelkeit und Erbrechen litt. Heilung gäbe es dafür keine. Von den empfohlenen Kuren – Seewasser trinken, Pfefferkörner essen oder gar einen an einer Schnur befestigten Stein hinunterschlucken und wieder aus dem Magen hervorziehen – rate er indessen ab. Derjenige, der von ihr befallen sei, müsse sehen, dass er sich ruhig halte und viel liege, so es beim Schlingern und Schwanken des Schiffes möglich ist. An Deck mochte es noch gehen, zumal bei ruhigem Seegang, aber im glucksenden Bauch des Venezianers, trotz all der Annehmlichkeiten unserer teuer bezahlten Kajüte, erging es ihm furchtbar.

Es war erschrecklich zu sehen, wie dieser Kraftmensch dahinvegetierte und kaum noch zu gebrauchen war, ja, nicht einmal den Rum der Seeleute vertrug, sondern ihn bei jeder Gelegenheit wieder über Bord gab.

Doch ich will den Leser nicht mit der Beschreibung der Reise und unserer Unannehmlichkeiten langweilen, denn es geschah nichts Außergewöhnliches. Schrecken und Mitleid ergriffen uns allerdings, als wir vom Schicksal eines Jungen hörten, der in einer dunklen Nacht aus der Raah in die tobende, schwarze, unheimliche See fiel und nicht mehr gerettet werden konnte.

Wir steuerten auf unserer Reise, die direkt Kairo oder, um

* Schnelles, dreimastiges Segelkriegsschiff mit bis zu 60 Kanonen.
** Großmast.

genauer zu sein, Alexandrien zum Ziel hatte, nur noch die Insel Kreta an, vor deren Küste eine Flottille aus türkischen Galeeren und Fregatten Jagd auf ein Kriegsschiff der Malteser machte, ohne uns jedoch zu behelligen. Die Türken und die Malteser sind geborene Erzfeinde und schädigen sich, wo sie können. Bei dem Malteser handelte es sich um das Flaggschiff des Großmeisters, die *Deodatus de Gozo*. Das prächtige mit sechzig Kanonen bestückte Schiff trug seinen Namen nach dem Ritter, der im Jahre 1349 die Insel Rhodos von einem menschenverschlingenden Drachen befreit hatte und danach zum Großmeister des Ordens ernannt wurde. Jetzt musste der Drachentöter aber erst einmal fliehen. Ob die Schiffe mit dem Halbmond den Malteser aufbringen konnten und ob der Großmeister selbst an Bord war, habe ich jedoch nie erfahren.

Unbehelligt von den Türken und auf den warmen Schwingen des Schirokko liefen wir an einem schönen Maitag im Hafen von Alexandrien ein, und kaum spürte mein geplagter und von der See und dem schlingernden Schiff gequälter Kosemaul festen Boden unter den Füßen, ging es ihm sichtlich besser und er war von seiner Seekrankheit und allen den ihr eigenen Übeln befreit.

Kaum hatten wir in dem für die Europäer gedachten östlichen, jedoch schlechten Hafen angelegt, überkam uns ein Gefühl der Rettung und Geborgenheit.

Kosemaul, sonst die Ruhe in Person, packte in Windeseile seine Bagage und verließ das Schiff ohne Wehmut. »Ick warte dort drüwen off Euch«, verkündete er überschwänglich und wies mit dem Zeigefinger auf die größte Spelunke im Hafen.

Ich, gerade im Begriff mich von unserem Kapitän zu verabschieden, verzog ungläubig das Gesicht. »Er glaubt, dort ein vernünftiges Bier zu erheischen, aber ich glaube, unser lieber Kosemaul wird wohl enttäuscht werden.«

Der Kapitän schüttelte mir lachend die Hand. »Allah ist barmherzig«, sagte er mit einem zweideutigen Ton und wandte sich von mir ab, um seinen Seeleuten Anweisungen für die Löschung der Fracht zu geben. Für die Rückfahrt wollte er anschließend Safranon laden, ein gelbes überaus begehrtes und deshalb sehr teures, hohen Profit versprechendes Gewürz. Vielleicht war es ja ein Zufall, aber den Safranon bezog er von den de Witts ...

Kaum hatte ich die Reede wenige Schritte hinter mir gelassen, bot mir ein Araberjunge in gebrochenem Deutsch und mit einladenden Gesten seine vielfältigen Dienste an. Ich steckte ihm eines der kleinen Geldstücke zu, die ich bei den Seeleuten gegen einen unverschämten Kurs gewechselt hatte, und sagte ihm, wohin wir wollten. Zuvor wandte ich mich jedoch in Richtung Spelunke, gelangte aber erst gar nicht bis zum Eingang, denn schon trat ein sichtlich enttäuschter Kosemaul aus dem verräucherten Dunkel ins Tageslicht.

Er erblickte mich und brammelte verbittert: »Die ham nischt, und verstehn tun die mich ooch nich.«

Verstohlen grinsend, konnte ich ihm nur tröstend auf die Schulter klopfen. »Ich glaube, wir werden hier sehr viel Kaffee trinken!«

»Um Jottes willen, Krosich, dit iss nich Euer Ernst?«

»Doch, das ist er!«

Der Junge führte uns nun zu einer Gruppe von Männern mit Pferden, und einer von ihnen brachte uns auf schnellstem Weg zur Handelsniederlassung der niederländischen Familie de Witt, das heißt, wir ritten über Land vorbei an einer weiteren Stadt namens Rosette oder Raschid, wie sie die Ägypter zu nennen pflegen, folgten dem Lauf des Nils und zogen schon bald durch das Bab-el-fituch-Tor von Kairo oder Al-Kahira, wie es die Muselmanen nennen. Ich bin kein ausgesprochener Geograf oder Reisebeschreiber, selbst wenn wir uns aus Gründen, die der Leser kennt, als solche bezeichneten, daher will ich mich auf Weniges und Wichtiges beschränken.

Al-Kahira – die Reiche – ist eine gewaltige Stadt, die man am besten vom Berg Mokattam übersehen kann. Man findet in Kairo, wie übrigens in allen orientalischen Städten, zahlreiche Kirchen, die die Muselmanen Moscheen nennen, und von denen ein Muezzin, ich würde meinen ein Gebetausrufer, die Muselmanen zu unterschiedlichen Zeiten zum Gebet ruft. Neben den vielen Moscheen fielen uns die zahlreichen Teiche und Brunnen in der Stadt auf. Das Besondere an Kairo sind aber seine Altertümer, und damit meine ich die gewaltigen Pyramiden, die einst von ihren Königen errichtet worden. Zu den Häusern der Ägypter oder Araber im Allgemeinen komme ich an späterer Stelle.

Die de Witts unterhielten zwar, wie alle europäischen Kaufleute, ihre offizielle Handelsniederlassung in Alexandrien, was wohl mit den fiskalischen Besonderheiten hierzulande zu tun hat (hauptsächlich aber will man die fremde Konkurrenz besser beobachten), ihr Haupthaus liegt jedoch in Kairo, welches wir am späten Nachmittag erreichten. Der Oqal* oder Khan* der de Witts, ein großes, von starken Mauern aufgeführtes Gebäude mit vielen kleinen Kammern und Warenlagern, wurde strengstens bewacht, sowohl von Holländern als auch von Muselmanen.

Herr de Witt war, wie viele Niederländer, von hohem Wuchs und entstammte einer alten, weitverzweigten und angesehenen Familie. Er besaß hellblonde Haare und ein kantiges, von der ägyptischen Sonne braun gegerbtes Raubvogelgesicht. Er trug türkische Kleidung, hatte im Gürtel einen krummen, reich mit Rubinen verzierten Dolch stecken und auf dem Kopf einen Turban sitzen. Er benahm sich überaus freundlich, und seine gut gelaunte Stimmung war wohl auch darauf zurückzuführen, dass die Safranernte in diesem Jahr besonders ertragreich war und ihm somit ein schönes Quäntchen einbringen würde. Nicht weniger übrigens als die preußisch-königlichen Papiere an der Amsterdamer Börse, deren Mitinhaber die de Witts waren, was seine bereitwillige Zusammenarbeit mit uns in dieser Angelegenheit erklärte.

Er schickte sofort nach zwei Dienern, die sich um uns kümmerten, die uns unsere Bagage abnahmen, uns in unsere Kammern führten und mit einem unbekannten köstlichen Getränk erfrischten. Später erfuhr ich, dass es sich dabei um den Saft des Granatapfels handelte.

Die Zimmer waren europäisch eingerichtet, sprich, sie waren mit Stühlen, hölzernen Betten und jeweils einem Schrank ausgestattet. Nach einer guten Stunde, in der Kosemaul und ich ein wenig ausruhten, stellte uns Herr de Witt, so wie es mit dem Grafen Schwerin abgesprochen war, den jungen Rittmeister von

* Eine Karawanserei (auch Khan oder Oqal) war eine ummauerte Herberge an Karawanenstraßen. Reisende konnten dort mit ihren Tieren und Handelswaren sicher nächtigen und sich mit Lebensmitteln versorgen. Große Karawansereien dienten zugleich als Warenlager und Handelsplatz für Im- und Exportwaren.

Zarrentin vor, den Adjutanten des Barons von Helffersdorf. Er selbst zog sich diskret zurück. Zarrentin weilte bereits seit etwa vier Wochen in Kairo und war durch einen holländischen Kaufmann, einem Kompagnon der de Witts, von unserem Kommen informiert.

Der ehemalige Adjutant des Barons war ein stattlich gebauter, kluger und seinem Äußeren nach einnehmender junger Mann mit schönen und ehrlichen Gesichtszügen. Er hatte dunkelblonde zum Zopf gebundene Haare, trug keine Perücke, wohl aber einen Dreispitz, ein kleiner Kontrast zu der Tracht eines vornehmen Türken, in die er sich hüllte. Der junge Mann von vielleicht zwanzig Jahren war weniger ein Militär denn ein Diplomat, und wie mir schien, schlummerte in seiner Brust die Seele eines Gelehrten oder, noch schlimmer, die eines Philosophen.

Das bestätigte mir auch Kosemaul, der nach dem Gespräch etwas verstimmt meinte: »Der Bengel scheint nich jerne Soldat zu sein!«

Nachdem er uns herzlich begrüßt hatte, fragte Zarrentin freundlich: »Ich hoffe, die Herren hatten eine angenehme Reise?«

Kosemaul verdrehte die Augen. »Na ja, ’nen bisschen schwindlich war mir schon ab und zu.«

Ich sah meinen Adjutanten erstaunt an und antwortete: »Der Kapitän war ein zuvorkommender Mann, der es uns an nichts fehlen ließ.«

»Das freut mich. Gestatten Sie mir jedoch, bevor wir uns auf die Reise nach Damaskus machen, ein paar Anmerkungen zu den landesüblichen Sitten.« Zarrentin räusperte sich verlegen und sah Kosemaul mitleidig, ja, betroffen gar, aus den Augenwinkeln an.

»Wir sind ganz Ohr«, sagte ich und ließ mich bequem in einen Polsterstuhl zurückfallen.

Kosemaul zog vergnügt an seiner frisch entzündeten Pfeife. »Dass die Türken ihre Diewe köpfen, weeß ick schon!«, sagte er mit einem Schuss Übermut und lachte.

Zarrentin wurde noch verlegener. »Nun ja, wir haben hier, zumindest in Kairo, nicht die gleichen Privilegien wie bei uns zu

Hause. Zuerst einmal empfehle ich eine einheimische, genauer gesagt eine türkische Tracht. Ich habe für die Herren schon einiges vorbereiten lassen. Des Weiteren ...« Zarrentin schwieg mit peinlich berührter Miene. » Des Weiteren stehen uns hier als Europäer keine Pferde zu, wohl aber Esel.«

»Esel?« Kosemaul war bestürzt. Es gelang ihm gerade noch, seine Pfeife aufzufangen, die ihm bei seinem empörten Ausruf aus dem Mund gefallen war. Er blickte Zarrentin finster an, um dann doch beschwichtigend einen beruhigenden Zug aus seiner Pfeife zu nehmen. Mit einem resignierenden Murren sagte er: »Die armen Viecher brechen doch unter mir zusammen!«

»Besser ist es aber, zu Fuß zu gehen. Da weichen wir jedem Ärger aus«, lenkte Zarrentin sichtlich unwohl ein. Ich war ebenfalls nicht begeistert, denn schließlich waren wir Offiziere Seiner Majestät des Königs von Preußen!

»Gestattet mir eine Frage, Herr Rittmeister. Stehen wir hier nicht auf einer Ebene mit Gästen?«

»Nein, nicht hier in Kairo, Herr von Krosigk. Baron von Helffersdorf hatte sein Betätigungsfeld vornehmlich in Damaskus. Dort herrscht Pascha Mustafa, ein weiser Mann. Hier in Kairo aber ...« Er drehte sich um, so als wollte er sich vergewissern, ob wir unbelauscht wären.

Er erhob sich. »Folgen Sie mir bitte, meine Herren, ich möchte Ihnen Ihre neue Kleidung zeigen.« Zarrentin führte uns in einen Raum, wo bereits einige Diener und eine Art Gewandschneider unserer harrten. »Wir haben an nichts gespart!«, versicherte er schließlich und zeigte uns unsere neuen Gewänder.

Auf einigen Bügeln hingen seidene Umhänge, Kaftans, Hosen, diverse andere Beinkleider etc., deren detaillierte Beschreibung ein ganzes Kapitel füllen würde.

Ich muss gestehen, dass die weite orientalische Kleidung überaus bequem ist, dennoch kleideten wir uns anfänglich europäisch. Allein auf die Perücken verzichteten wir, wegen der großen Hitze, die hier überall herrschte. Nach zwei Tagen tauschten wir unsere gewohnten Kleidungsstücke dann doch gegen solche hiesigen Zuschnitts, behielten als preußische Offiziere jedoch die Schärpen und unsere Ringkragen bei. Nicht ohne Stolz zeigte Kosemaul den seinen dem einen oder anderen Janitscharenoffizier, denen wir begegneten.

Man glaubt gar nicht, wie viele unterschiedliche Saschs oder Turbane, Mützen und andere Kopfbedeckungen die Leute hier unten tragen! Es dauerte eine Weile, bevor ich den Unterschied zwischen einem türkischen Kaouk, wie ihn die vornehmen Türken in der ganzen Pforte tragen, und einem Sasch, wie sie von den Arabern bevorzugt werden, unterscheiden konnte. Ein jeder aber trägt unter seinem Turban eine kleine rote Mütze, die sie Fez nennen. Doch belassen wir es mit der Mode der Morgenländer. Kurzum: Für Kosemaul sahen sie alle gleich aus.

Nach dieser uns ehemaligen Soldaten lästig erscheinenden Anprobe zogen wir uns mit dem Rittmeister in einen kühlen Raum zurück. Was wir hier zu hören bekamen, stimmte mich äußerst nachdenklich und schien uns in dem Fall, den wir lösen sollten, nicht sehr weit zu bringen.

Nachdem ich den jungen Zarrentin aufgefordert hatte, frei und ohne Umschweife zu berichten, hörten Kosemaul und ich nichts Erfreuliches. Er begann mit der Entdeckung des Mordes, die mir bereits General Schwerin geschildert hatte – wie man den preußischen Diplomaten verkrümmt, völlig aufgedunsen und mit hühnereiergroßen, weit hervorgequollenen Augen auf dem Boden seines Salons aufgefunden hatte. Mehr wusste auch Zarrentin nicht. Dann hielt er nicht mehr hinter dem Berg, und die ganzen Verwicklungen ließen mich Böses ahnen.

Zusammengefasst erfuhren wir Folgendes: Der einzige nicht korrupte Beamte unter der syrischen Sonne war der Pascha von Damaskus selbst, wiewohl eine rare Ausnahme in diesen Breiten. Zu denen der schlimmsten Sorte zählt ein gewisser Ali ibn Mohammed, Hauptmann der Janitscharentruppe und Oberbefehlshaber der Damaszener Streitkräfte, ein durch und durch verkommenes Individuum, den man getrost als den Erzfeind des Paschas bezeichnen kann. Letzterer strebt permanent, allerdings noch nicht laut, sondern im Geheimen danach, den Pascha abzulösen, konnte aber bisher nicht zum Zuge kommen, da der Pascha neben einer eigenen militärischen Truppe noch einige einflussreiche und mächtige syrische Emire und Beys, und hier besonders den Emir der Drusen, auf seine Seite ziehen konnte.

Diese liberale Haltung den Syrern gegenüber war aber wieder den Janitscharen ein Dorn im Auge. Aus sicherer Quelle wusste Zarrentin zudem, dass der Janitschar Ali ibn Mohammed ein Auge auf die Tochter des Paschas, Prinzessin Melechsala, geworfen hat, was ihn vor einem Mord an Mustafa Pascha noch zurückschrecken ließ. Und wie um diese heikle Lage noch verworrener und gefährlicher zu machen, agierten mehrere Gruppen von Aufrührern, die sich die Beseitigung sowohl des Paschas als auch der Janitscharen, also der türkischen Besatzungsmacht insgesamt, auf die Fahnen geschrieben hatten und diese mit unstillbarem Hass bekämpften.

Zarrentin schloss mit der Bemerkung: »Ich gehe nicht fehl, wenn ich die Mörder des Barons bei diesen Aufrührern vermute.«

»Wie stand der Baron zu Ali ibn Mohammed und zum Militär?«, fragte ich den Rittmeister, der mir für einen ehemaligen Adjutanten des Barons viel zu integer schien.

Zarrentin zuckte die Achseln. »Sie waren eng befreundet. Und genau das, möchte ich mir erlauben anzumerken, gehörte zu den Aufgaben des Barons.«

Über den Charakter des Janitscharenhauptmanns konnte ich mir kein Urteil erlauben, selbst wenn Zarrentin ihn als ›verkommenes Individuum‹ bezeichnete und Baron von Helffersdorf ihn in seinem Dossier nicht als ausgewiesenen Menschenfreund beschrieb. Natürlich mussten wir ihn im Auge behalten. Zunächst genügte mir die beruhigende Vermutung, dass der Baron höchstwahrscheinlich kein Opfer unserer ›Freunde‹ geworden war, sondern vielmehr Verschwörern zum Opfer fiel.

V

Wir verblieben noch etwa zwei Wochen in Kairo, bevor wir uns unter Zarrentins Leitung einer bewaffneten Karawane nach Damaskus anschlossen. Wir ritten allerdings nicht auf Eseln, sondern auf merkwürdigen Tieren, die man Kamele nennt. Zudem hatte Zarrentin für jeden ein Dutzend große mit Leder überzogene Wasserflaschen gemietet.

Kamele sind sehr widerstandsfähige Tiere, brauchen lange Zeit kein Wasser und sind im Orient weithin in Gebrauch. Es gibt zwei Sorten davon. Die einen haben zwei Buckel, sogenannte Höcker, und die anderen, Dromedare genannt, nur einen. Diese Tiere sind um einiges höher als Pferde, besitzen aber nicht annähernd deren Anmut. Ihr Fell ist von einem hässlichen Braun, zottelig und verfilzt. Kamele fressen alles, dessen sie habhaft werden können, Pflanzen, Sträucher, ja selbst stachelige Gewächse, von denen in der Wüste vielerlei Arten wachsen.

Wenn sie Wasser brauchen, saufen sie einen halben Tag. Dann reicht ihr Vorrat fast ein Vierteljahr. Der Blick eines Kamels geht immer ins Leere, und ihre Miene zeugt von gleichgültiger Nichtbeachtung aller Dinge um sie herum. Die Muslime schätzen das Kamel, nicht nur weil es fähig ist, eine lange Zeit ohne Wasser auszukommen, nein, es ist auch in allen anderen Lagen sehr genügsam und treu und so verzeiht man dem Tier seine auf den ersten Blick erscheinende Hässlichkeit.

Das Reiten auf einem Kamel ist ungleich schwerer als auf einem Araberhengst. Um ein Kamel zu besteigen, muss man es dazu bringen, vor seinem Reiter mit den Vorderbeinen in die Knie zu gehen. Kennt man nicht das nötige Kommandowort und besitzt obendrein keine befehlsgebende, gebieterische Festigkeit in der Stimme, bewegt sich das Tier nicht von der Stelle, sondern glotzt einfach durch einen durch. Beim Aufsteigen des Tieres muss man sich gut festhalten, sonst wird man mit einem großen Ruck über das Hinterteil des Tieres abgeworfen. Auch ihr Fleisch ist sehr bekömmlich. Allerdings darf man die Schlachttiere nicht reiten, weil dann das Fleisch ungenießbar und zäh wird.

Was wir nicht bedacht hatten, war der Umstand, dass das in Arabien auch ›Wüstenschiff‹ genannte Kamel genau solche Auswirkungen auf einen Organismus haben konnte wie ein tatsächliches Schiff, will sagen, mein guter Kosemaul wurde auf dem Rücken seines Kamels ebenso seekrank wie zuvor im Bauch des venezianischen Seglers. Er tat es dann den etwa zweihundert ägyptischen Pilgern gleich, die sich auf einer Wallfahrt befanden, und ging zu Fuß. Er hielt es etwa zwei Tage aus, dann musste der brave Zarrentin einem besonders gerissenen Araber einen Maulesel abkaufen – für ziemlich viele Piaster.

Die Karawane bestand aus einem Gemisch von Kamelen, Pferden, Maultieren und Eseln mit den unterschiedlichsten Sätteln und Zaumzeugen. Jedoch noch bunter war das Durcheinander der etwa zweitausend Menschen, von denen nur ein Viertel beritten war. An der Spitze der Karawane ritten auf kräftigen, aber langsam dahinschreitenden Kamelen etwa dreißig stolze, freie und in weiße Gewänder gehüllte Beduinen, die schwer bewaffnet die Sicherung der Karawane übernahmen. Ihnen folgten einige reiche Kahriner mit ihrem stattlichen Gefolge, welches Zelte, Vieh und Waren mit sich führte, und diesen wiederum einige plumpe, schwerfällige Türken mit schaudervoll großen Schnurrbärten. Doch selbst wenn uns beiden Europäern, hier in Arabien nennen sich alle Nationen des Abendlandes Europäer, dieses Völkergemisch schon in Staunen versetzte, dann galt das noch vielmehr für die sogenannten Nubier, völlig schwarzen, kohlrabenschwarzen Menschen. Sie gingen zu Fuß und wurden von ihren Frauen begleitet, die beinahe ganz nackt waren. Die Weibsbilder trugen um den Leib nur ein Gehänge von dünn geschnittenen Riemchen, und die mit ranziger Butter dick beschmierten Haare fielen ihnen in tausend fettigen Löckchen auf den Nacken.

Im krassen Gegensatz zu den unzüchtigen Nubierinnen standen die Frauen der Araber, mit denen man nach der Landessitte kein Wort wechseln durfte und die so gut verhüllt, ja, völlig vermummt waren, dass man kaum ihre Augen erkennen konnte.

Allerdings trugen sie kein Tuch mit zwei Löchern für die Augen vorm Gesicht, wie es die Ägypterinnen taten. Bei ihnen sah man noch die Augenbrauen.

Ich könnte ein ganzes Buch füllen mit all den Eindrücken, die wir hier sammeln konnten, mit den Lebensweisen der Wüstenbewohner, auf die wir während unserer Reise stießen, ihrer Religion, ihrer Kleidung, ihren Waffen und sonstigen Gebräuchen. Wäre ich ein Kupferstecher, müsste ich viele Leben haben, wollte ich alle bedeutenden Bauwerke in ihren Städten stechen. Ich könnte ganze Folianten füllen, wollte ich die Schönheiten der Natur und ihre Fruchtbarkeit beschreiben. Aber was könnte ich nicht alles erzählen von den Grausamkeiten der Türken und ihren absonderlichen Strafen!

Schon aus der Reiseliteratur erfuhren wir darüber so manches Aufschlussreiche, was meinen guten Kosemaul ermunterte, ja, förmlich erheiterte, was wir aber auf unserer Reise zwischen Kairo und Damaskus sahen, übersteigt alles Vorstellbare.

Kurz vor Damaskus erblickten wir auf einem kahlen Hügel einige abgedörrte Bäume, die zu leben schienen, denn trotz Windstille bewegten sie sich von Zeit zu Zeit in eigentümlicher Weise. Was aber noch viel grausiger anmutete, war der Umstand, dass die Bäume klagten und schrien. Anfangs wollten die Reisenden in unserer Karawane nicht haltmachen, um das Schauspiel aus der Nähe zu betrachten, aber einer der Anführer sagte »Wallahi, lakad wadjabat irahatu haedhibi alkanazier almiskienah«, was Zarrentin so übersetzte: »Bei Allah, man könnte die armen Schweine ruhig erlösen.«

Darauf brach eine bewaffnete Gruppe Männer auf, um den Berg mit seinen merkwürdig lebenden Bäumen näher zu inspizieren. Kosemaul und ich schlossen uns den Männern an, zu groß war unsere Neugier.

Je näher wir kamen, umso unheimlicher wurde das, was sich uns schließlich als ein makaberes Spektakel darbot. Es handelte sich hier nicht um lebende Bäume, sondern um empalierte oder, auf Deutsch gesagt, gepfählte Menschen. Wie sich dann herausstellte, waren es gemeine Straßenräuber, dreißig an der Zahl, die während eines Angriffes auf eine vermeintliche Karawane in einen Hinterhalt des Kadis von Damaskus und des Janitscharenhauptmanns Ali ibn Mohammed geraten waren. Man hatte mit ihnen kurzen Prozess gemacht und sie allesamt zur Abschreckung und zum Abscheu hier vor zwei Tagen aufgespießt. Einige der Räuber lebten noch. Einer gab sogar willfährig Antwort und erzählte, wie es zu dem Angriff und ihrer Gefangennahme kam. Er hieß Hasef und faselte immer etwas von dem ›Radjuhn dhu wadjehaini‹*, der sie rächen und die Türken aus Syrien vertreiben würde.

Kosemaul sah kopfschüttelnd und mit einem abfälligen Blick zu den Gepfählten auf. »So was! Bringen sich selwer off die scheußlichste Art und Weise um!«

Ich wusste um Kosemauls Meinung über die Türken, dennoch appellierte ich an seine christliche Erziehung.

»Ja, ja, Krosich, bei uns hätten se die Truppe nur jerädert!« Damit verdrehte er furchtbar die Augen, zog seine Tabakspfeife aus der Tasche und zündete sich selbige an.

Wie Kosemaul so dastand und an seiner Pfeife zog, rief der redselige Gepfählte etwas Unverständliches zu ihm herunter. Kosemaul drehte sich zuerst um, da er meinte, der Delinquent meine jemand anderen, aber nein, wieder rief er etwas und sah mit Bestimmtheit zu Kosemaul. »Saidi, nawilni alghailunata min fadhlika, hatta unadakhina marvatan ukhrah.« Einer aus der Gruppe übersetzte das, was der Mann rief und was so viel bedeutete wie: »Herr, würdet Ihr mir freundlichst eine Tabakspfeife hochreichen, damit ich noch einmal rauchen kann?«

»Na globt mer das?«, feixte Kosemaul und sah sich vergnügt um. Dann reichte er mit weit ausgestreckten Armen seine Pfeife nach oben und brummte etwas.

Der arme Gespießte zog einige Male an Kosemauls Pfeife und schien der glücklichste Mensch auf der Welt zu sein. Wir standen eine Weile und beobachteten das Schauspiel mit einer gewissen Mitleidigkeit. Als die Pfeife ausging, spuckte der Empalierte sie von sich, murmelte noch ein paar Worte und verschied.

»Er lobte Allah und Euch, Herr«, sagte ein Mann zu Kosemaul und schlug vor, die noch restlichen lebenden Gepfählten zu erschießen. Darüber brach allerdings ein Streit aus, denn die

* ›Mann mit den zwei Gesichtern‹

Muslime waren sich uneins, ob man damit nicht gegen den Schiedsspruch des Kadis verstoßen würde. Rein juristisch gesehen waren die Delinquenten zum Sterben am Pfahl verurteilt. Würde man sie erschießen, käme das einem Eingriff in den Richtspruch gleich und wäre sehr wohl eine Einmischung in die Sache des Kadis, was wiederum einen Prozess mit schlimmen Folgen nach sich ziehen könnte. Schließlich schlug ein Mann aus der Wachmannschaft Folgendes vor: Seiner Meinung nach würden die Gepfählten sterben, gäbe man ihnen zu trinken. Warum dies so sei, wisse er nicht. Er habe aber schon mehrfach davon gehört. Diesem Ratschluss folgte man und reichte den letzten vier noch lebenden Gepfählten einen Krug mit Wasser, und tatsächlich, kaum hatten die schmählich Gespießten davon getrunken, blubberte es in ihren Bäuchen und Gedärmen, und sie gaben ihren Geist auf.

Später ließ ich mir gegen ein kleines Entgelt von diesem Wachsoldaten und mit der Hilfe eines Kahiriner Dolmetschers erklären, wie die Strafe ausgeführt würde. Das sogenannte Empalieren oder Pfählen ist eine gewöhnliche Strafe und hier unten gang und gäbe, ja, man kann sagen, sie kommt so häufig vor wie bei uns das Rädern von gemeinen Mördern. Die Strafe wird wie folgt vollzogen: Zuerst bindet man dem armen Sünder die Hände auf den Rücken und legt ihn dann mit dem Bauch auf die Erde. Nun öffnet man ihm das Fundament – s. v.* – mit einer Art Schermesser, worauf man dann ein gewisses Pulver streut, um die Blutung zu stillen. Ist das Loch groß genug, steckt man einen Pfahl hinein, der sehr lang und von der Dicke eines Männerarmes ist. Vorher wird er aber gehörig geschmiert. Dieser Pfahl ist am Ende ziemlich scharf und läuft zu seinem anderen Ende allmählich dicker aus. Während man dem Inquisiten das spitze Ende des Pfahls in das Fundament gestoßen hat, schlägt ein Büttelknecht so lange und stark mit einem hölzernen Hammer gegen das andere Ende, bis die Spitze des Pfahls durch die Brust, aus der Schulter oder selbst durch den Kopf des

* Salva venia: abgekürzt s. v., oft in Schriften des 16. bis 18. Jahrhunderts verwendet, bedeutet so viel wie »Der Leser möge verzeihen«, womit man besonders vor anrüchigen Stellen vorwarnen wollte. Auch der Crako verwendet *s. v.*

armen Sünders hervorkommt. Hierauf richtet man den Pfahl samt dem Menschen auf und pflanzt ihn in die Erde.

VI

Ende Mai gelangten wir endlich an unser Ziel. Damaskus oder Asch-Scham, wie die Syrer sagen, wird beherrscht vom Qasiungebirge, das sich schützend wie ein breiter Gürtel um die Stadt legt. Im Osten erstreckt sich die syrische Wüste und beschert den Damaszenern häufig die unangenehmsten Überraschungen in Form von räuberischen Beduinenstämmen. Das Hauptgebäude der Stadt ist zweifellos die farbenprächtige Umayyaden-Moschee, in deren Gebetsraum ein Schrein steht, der angeblich das Haupt von Johannes dem Täufer birgt. Überhaupt verbindet die Muslime mehr mit uns Christen, als ich anfänglich glaubte. So soll Jesus vor Damasch dem Paulus erschienen sein, worauf sich dieser zum Christentum bekannte!

Der Rittmeister von Zarrentin hatte beim Pascha von Damaskus, Mustafa Pascha, einem alten, erfahrenen und gütigen Herrscher, mit nicht wenig Aufwand und viel Geld um eine Audienz ersucht, die ihm aber aufgrund des schlechten Gesundheitszustandes des Paschas nicht gewährt worden war. Stattdessen lud uns sein erster Minister, Ali Hassan Bey, zu einer Unterredung, sodass in dessen statt des Paschas Schatulle unser gutes Geld floss.

Der Palast des Beys lag in Sichtweite zur Zitadelle und war, wie alle Regierungsgebäude in Damasch, ein stattliches Bauwerk.

Am Eingangstor des Palastes lümmelte sich eine Handvoll Janitscharen, die uns erst nach mehrmaliger Aufforderung ins Innere des Palastes führten.

»Na, denen hätte ick was erzählt!«, brammelte Kosemaul missmutig und hinkte fluchend neben mir her.

Im Palastinneren wurden wir von einer Art Kammerherr über den sonnigen Hof mit seinem sorgsam gemauerten Brunnen in eine Empfangshalle geführt, wo bereits zwei weitere hohe Herren warteten. Der Ältere von beiden war ein Emir der Drusen, jenes mächtigen Völkerstammes, welcher im Lande und auf dem Berg

Libanon lebt. Den anderen erkannte ich an seiner Art Uniform und seinem auffälligen Turban, die ihn als Janitscharenhauptmann ausgaben. Das muss Ali ibn Mohammed sein, fuhr es mir durch den Kopf.

Kosemaul musterte die beiden Männer mit einer abgrundtiefen Verächtlichkeit.

Rittmeister von Zarrentin, reichlich verlegen, suchte die unverhohlen bösartigen Blicke Kosemauls auf sich zu lenken. »Meine Herren«, flüsterte er, »ich bitte Sie inständig, sich an mich zu halten und auch nur mir das Sprechen zu überlassen.« Und angespannt flüsternd fuhr er fort: »Herr von Kosemaul, bitte mustert diese Herren nicht so auffällig, es sind große Herren!«

Ich unterstützte die Ermahnung des Rittmeisters, indem ich Kosemaul scharf und eindringlich ansah.

Schließlich, es musste gegen ein Uhr mittags sein, tauchte der Zeremonienmeister auf und führte uns fünf in den Audienzsaal des Beys. Hier hieß er uns warten. Den Boden bedeckten prächtige persische Teppiche, die teilweise übereinanderlagen. In einem kleinen marmornen Brunnen sprudelte klares Wasser, welches die Luft im Saal mit einer angenehmen Kühle und Feuchtigkeit erfüllte. An den Wänden hingen Felle von Löwen, Leoparden und Bären, die wohl den Besitzer des Saales oder besser des Palastes als großen Jäger auszeichnen sollten. Auf einem etwas erhobenen aus Zedernholz gezimmerten Diwan saß ein ziemlich feister Muslim von vielleicht sechzig Jahren, wobei man sich bezüglich des Alters der sonnengebräunten Orientalen schnell verschätzen kann. Ali Hassan Bey begrüßte seinen türkischen und seinen drusischen Gast mit freundlichen Worten und bat sie, vorn bei ihm auf den vielen in zwei Längsreihen angeordneten Kissen Platz zu nehmen. Zarrentin gegenüber lächelte er ebenso höflich, ließ uns aber durch seinen Kammerherrn etwas weiter seitlich setzen. Der Bey trug einen prächtigen Turban, der nicht nur mit zwei bunten Federn, sondern auch mit Edelsteinen besetzt war. Sein dunkles Gesicht zierte nach Türkenart ein breit unter seiner Nase verlaufender Bart. Daneben verriet es ein wohlwollendes, freundliches Wesen, das weniger auf Intrigen denn auf Laster und Völlerei ausgerichtet war.

Wir trugen alle noch unsere Waffen, was mich ein wenig verblüffte. Die Leibwachen standen in respektvollem Abstand und hätten einen Anschlag kaum verhindern können. Aber der Bey vertraute auch nicht seinen Leibwächtern als vielmehr seinen beiden Lieblingshunden, Munkar und Nakir, so benannt nach den beiden Wächterengeln des Koran, und wahrlich, selten sah ich so treue, gut gebaute Tiere. Es waren Englische Doggen, wahrscheinlich ein Geschenk eines britischen Kapitäns oder Kaufherrn.

Auf Geheiß des Zeremonienmeisters betraten drei anmutige ägyptische Sklavinnen den Saal und begannen Musik aufzuspielen. Die Ualem, hübsche braun gebrannte Tänzerinnen, waren nicht verschleiert und nur mit durchsichtigem leichten Tuch bekleidet. Es müssen drei Schwestern gewesen sein. Sie hatten langes schwarzes Haar mit eingeflochtenem Goldschmuck darin. Die Jüngste flötete auf einer Dschuak, während die Mittlere auf einer langhalsigen, fünfsaitigen Tambura spielte. Die Älteste zupfte an einer übergroßen Harfe und sang bisweilen. Begleitet wurden sie von einer Handvoll Trommlern, die auf große Tabbels und kleine Durbekken schlugen. Die ganze Musik, ja, selbst der Gesang, klang für meine Ohren furchtbar schrill.

Ich bemerkte, wie mich Ali ibn Mohammed ziemlich eindringlich musterte, wandte aber den Blick, um keine unnötigen Irritationen hervorzurufen, von ihm ab und sah den musizierenden Tänzerinnen zu. Der Bey klatschte indessen dreimal in die Hände, das Zeichen für die Diener, aufzutafeln. Diese brachten auf schildgroßen, ovalen Silbertafeln saftigen Hammel, gebackenen und gekochten Fisch sowie zartes Kamelfleisch. Zwischen den Tafeln verteilten sie Schälchen mit süßen Datteln, Nüssen und Granatäpfeln. Aus Letzteren gab es wohlbekömmlichen Saft zu trinken, den uns die Dienerschaft in Glaspokalen der feinsten Art darreichte.

Während wir aßen, eröffnete der Bey das Gespräch, von dem wir allerdings nicht viel verstanden, da er türkisch sprach. Ich nutzte die Gelegenheit, um ausführlich Ali ibn Mohammed zu studieren. Dieser Mann, mir fielen besonders seine Augen auf, war ein Feind, den man sich nicht wünschen mag. Seine Augen, klein und schwarz, dabei tief liegend, funkelten angriffslustig und unbezähmbar. Die Nase, leicht gebogen, verriet Entschlossenheit. Unter dem linken Auge verlief quer eine zwei Zoll* lange purpurne Narbe. Mich nahm es kein Wunder, dass dieser Mann in die schlimmsten Intrigen und Mordpläne verstrickt war, die man sich denken kann. Ein Mann wie dieser, und noch dazu in solch einer exponierten Stellung, konnte nur Unglück bringen. Vor dem galt es, sich in Acht zu nehmen. Er hatte eine zähe Statur, war nicht besonders groß oder muskulös gebaut, dabei jedoch von einer inneren Tücke, die mich an die Charakterzüge einer bösartigen Katze erinnerte. Seine ganzen Bewegungen, seine schlanken Finger, alles beunruhigte mich. Mir war eines sofort klar: Würde ich in die Hände dieses dunklen Mannes fallen, egal, wie und warum, waren meine Tage gezählt. Mein Instinkt sagte mir, dass ich schon auf der schwarzen Liste derer stand, die er auszuschalten trachtete.

Später befragte ich Kosemaul, was er vom Hauptmann der Janitscharen für eine Meinung hegte, und erhielt ein kurzes »Dit iss ein janz falscher Hund!« zur Antwort.

Endlich ließ der Bey einen Dolmetscher rufen. Kosemaul und ich wurden von Zarrentin als Offiziere Seiner Majestät des Königs von Preußen vorgestellt und bekamen vom Bey wortreich zu hören, dass ihm der Tod des Barons von Helffersdorf unendlich leidtäte und er nichts unversucht gelassen habe, den Kadi von Damaskus sowie den Hauptmann der Janitscharen, ja, überhaupt alle nur zur Verfügung stehenden Kräfte zu mobilisieren, um die Täterin oder deren Hintermänner zu finden und gebührend zu bestrafen.

»Ali ibn Mohammed, der Hauptmann unserer Janitscharen, wird Euch eine persönliche Eskorte zur Verfügung stellen, die Euch überall des besonderen Schutzes des Paschas und meiner Wenigkeit versichert. Gleiches gilt für meinen Freund, Ahmad ibn Murhaf, den edlen und großen Emir der Drusen. Allah sei Euch gnädig.«

Ich verneigte mich ehrerbietig vor dem Bey und versicherte gleichfalls, alles zu unternehmen, um den Mord aufzuklären.

Ali ibn Mohammed nickte ebenfalls und erklärte kalt: »Ich

* Altes Längenmaß, 1 Zoll entspricht ca. 2,5 Zentimeter.

habe sechs meiner besten Janitscharen für Euch hierher beordert. Sie werden Euch auf Schritt und Tritt bewachen.«

Ich bemerkte, wie Kosemaul diese doppeldeutigen Worte kommentieren wollte, konnte ihn aber noch rechtzeitig davon abbringen.

Ali Hassan Bey, der während des Gesprächs unaufhörlich aß und seine fetten Finger ableckte, winkte dem Zeremonienmeister, der einen Brief brachte. Wohlgelaunt beglaubigte ihn der Bey mit seinem großen Siegelring. »Hiermit erhaltet Ihr einen Geleitbrief, der Euch alle Türen und Tore öffnet, Euch unter den Schutz des Paschas und meiner Person stellt und Euch auch sonst von Nutzen sein möge!«

Ich bedankte mich abermals und nahm das wertvolle Schriftstück, ein gerolltes Pergament in türkischer Sprache, entgegen. Das Siegel des Beys hing an einem kräftigen golddurchwirkten Faden.

»Mein Freund, der Emir, wird Euch bei den Befragungen begleiten und unterstützen. Er ist ein weiser Mann, und ich glaube, er wird Euch von großen Diensten sein. Schließlich liegt uns die Aufklärung dieser scheußlichen Geschichte sehr am Herzen, ganz zu schweigen von der Bedeutung für den Staat.« Hierauf lächelte der Emir und schenkte uns ein höfliches Neigen des Kopfes.

Kurz darauf waren die Audienz und das Mahl beendet. Als wir in den heißen Nachmittag hinaustraten, standen sechs Janitscharen vor dem Palast des Paschas. Sie bildeten fortan unsere Leibwache. Ohne Zweifel bewachten sie nicht nur unser Leben. Ihr Hauptmann, Ali ibn Mohammed, ging ohne ein Wort von dannen.

Der Drusenemir allerdings, Ahmad ibn Murhaf, wandte sich mit freundlichen Worten an uns: »Meine edlen Herren, ich wüsste, wie man das Rätsel um den Mord lösen könnte. Falls Ihr es gestattet, komme ich morgen in aller Frühe zu Euch.«

Ohne lange zu zögern, willigte ich ein.

In unserem Quartier berieten Kosemaul, Zarrentin und ich unsere unmittelbare Vorgehensweise. Wir beschlossen, am folgenden Tag getrennt zu handeln. Kosemaul, unterstützt von Zarrentin, sollte in der Stadt Erkundigungen einziehen. Ich selbst wollte Ahmad ibn Murhaf, den Emir der Drusen, erwarten.

Über die Drusen, ihre geheime Religion, ihre Bräuche und Lebensarten brachte ich im Verlauf unseres syrischen Abenteuers Folgendes in Erfahrung, was ich der geschätzten europäischen Leserschaft nicht vorenthalten will, da ich es für äußerst interessant halte und es zudem einiges über den Charakter Ahmad ibn Murhafs verrät. Die Adligen der Drusen nennen sich Schechs. Ihr Oberhaupt wird Emir genannt, residiert in einer Art Burg und regiert über den größten Teil des Berges Libanon. Die Drusen waren wohl ursprünglich Syrer und erhielten ihre Religion vor über tausend Jahren. Einige Leute behaupteten, so ein Diener aus dem Hause der de Witts, dass man sie an der spitzen Form ihrer Köpfe erkennen könne, was ich nun wahrlich nicht bestätigen kann. Auch behauptete dieser, es muss ein ausgemachter Dummkopf sein (übrigens leider ein Deutscher), dass sie ein Kalb anbeten und ihre Schwestern und Töchter heiraten. Die Drusen teilen sich in Akal, Geistliche oder Weise, und in Dsjehel, Weltliche oder Unwissende. Die Geistlichen beten für die Weltlichen und verachten sie, weshalb bei einem Drusengottesdienst nur Akals und deren Weiber zugelassen sind. So umgibt sich die Religion der Drusen mit einem dunklen Schleier des Geheimnisses. Obwohl ich später Freundschaft mit dem Emir schloss, wollte er mir darüber nichts erzählen.

Die größten Leidenschaften der weltlichen Drusen sind Gastfreiheit, Ehrbegierde, Tapferkeit, die oft in Tollkühnheit ausartet, und Geiz. Die jungen Adligen lernen früh, körperliche Beschwerlichkeiten auf sich zu nehmen. Sie sind hervorragende Reiter, gute Fechter, verstehen es bestens, mit der Lanze umzugehen, und sind äußerst geschickt, was das Schießen mit dem Gewehr anlangt, von denen sie die neuesten von den Engländern erwerben, egal, wie kostspielig diese sein sollten. Tränen in den Augen verlachen sie. Den Tod erachten sie für nichts. Wird ihre Ehre beleidigt, gilt ein gnadenloses Faustrecht, welches in Preußen durchzusetzen unmöglich wäre. Erschlägt ein Druse einen Christen oder Mohammedaner, lässt der Emir dessen Haus niederbrennen. Nur selten straft der Emir den Mörder am

Leib. Dafür würgen sich die Nachbarn, Freunde oder Verwandten umso heftiger und blutrünstiger. So etwas geschah während meines Aufenthaltes zwar nicht, aber pro Jahr sterben nach dem Faustrecht der Drusen 30 bis 40 Menschen. Und doch ist man als Fremder im Gebiet der Drusen so sicher wie in Potsdams Straßen, vielleicht sogar noch sicherer.

Am anderen Morgen wartete ich gespannt auf den Emir, der mit einigen bewaffneten Drusen pünktlich gegen fünf Uhr aufwartete.

»Herr von Krosigk«, begann der Emir, »ich möchte mit Euch einen nicht ungefährlichen Ausritt wagen und einen alten Freund besuchen. Wollt Ihr mich begleiten?«, fragte der Emir und sah mich vielsagend an.

»Mit dem größten Vergnügen«, antwortete ich, nachdem die Einladung des Emirs übersetzt worden war.

Da wir uns nicht in Kairo befanden, bestieg ich ein Pferd, verabschiedete mich von Kosemaul, der mir mit zusammengekniffenen Mundwinkeln hinterherwinkte, und schloss mich der Gruppe an. Unserer Leibwache machte ich verständlich, dass ich unter dem Schutz der Drusen stand und sie stattdessen meinem Adjutanten und dem Rittmeister von Zarrentin zur Seite stehen sollten.

Unterhalb des Libanongebirges, denn dorthin ging unsere Reise, stoppten wir gegen Abend an einer armseligen *Mokeija,* einem Kaffeehaus, in dem es weder Tische noch Bänke gab. Hier pausierten wir, aßen eine Art Linsenbrei, der mir die halbe Nacht schwer im Magen lag, und ruhten in der Scheune auf Strohballen. So musste sich die Heilige Familie gefühlt haben ...

Den Emir sollten nur ich und sein Diener und Dolmetscher Gamal, ein schlanker, braun gebrannter und kluger Muslim, der im Folgenden alles Gesprochene übersetzte, auf dem Weg ins Gebirge begleiten. In aller Frühe ließ Ahmad ibn Murhaf hinter dem Kaffeehaus drei genügsame Maultiere satteln, genau die richtigen Gefährten für einen strapazenreichen und nicht ungefährlichen Ritt in die Berge, und noch bevor sich die Morgensonne aus dem Wüstensand erhoben hatte, brachen wir auf.

VII

Die Maultiere machten ihre Sache ausgesprochen gut. An schmalen Pässen, wo der Fels sich einerseits steil erhob, um andererseits steil abzufallen, wo Pferde gescheut oder ihre Reiter abgeworfen hätten, trotteten die Maultiere unbeirrt sicher ihres Weges. Die Sonne stand bald über uns, und es gelang den Felsen immer seltener, Schatten zu werfen. Während des ganzen Rittes wechselten der Emir und ich kein Wort miteinander, doch als wir an einen Felsvorsprung gelangten, der jeden Moment abzubrechen drohte, hielt er sein Maultier an und sprach: »Herr von Krosigk, gleich werden wir die Behausung meines Freundes erreichen. Ich bitte Euch, verwundert Euch nicht über ihn. Er lebt in dieser Einöde, so lange ich denken kann, aber sein Wissen ist unbegrenzt.«

Unterhalb der baumlosen Bergspitze stießen wir auf eine Höhle, deren Eingang von einem Baldachin aus Ziegenleder überschattet wurde. Wir banden die Zügel der Maultiere an einen verdorrten, aber kräftigen Ast, der wie ein Arm aus dem Felsen ragte. Gamal brachte einen Kienspan zum Brennen, trat vor die Höhlenöffnung und rief einige Worte hinein. Dann betraten er und Ahmad ibn Murhaf die Höhle. Ich folgte den beiden. Es war, als liefen wir direkt in das schwarze Maul eines gewaltigen Tieres. Je tiefer wir in den Berg eindrangen, desto stickiger wurde die Luft. Ein seltsamer Geruch wehte uns entgegen, und als der Weg schmaler wurde, um dann scharf nach rechts abzuknicken, erleuchteten dicke flackernde Kienspane den weiteren Weg.

Schließlich gelangten wir in eine Art Grotte aus gewachsenem Fels, deren Decke sich tropfenförmig zuspitzte. Weit oben ließ eine kleine Öffnung einen Streifen Tageslicht einfallen, der auf ein Feuer mit einem eisernen Kessel fiel, in dem ein mysteriöser Sud brodelte.

Der Emir ließ sich auf dem blanken Fels nieder und lauschte

in die Höhle hinein. Ich tat es ihm gleich und besah, was sich meinen entsetzten Augen bei dem wenigen Licht erschloss. Auf dem Höhlenboden lagen ein paar vertrocknete Schalen von Früchten und unzählige Olivenkerne herum, genauer gesagt Tausende Olivenkerne. Auf einem grob gezimmerten Tisch standen in einem wilden Durcheinander Tonkrüge, Phiolen, Holzschalen mit weißen, blauen, roten, grünen und silbernen Pulvern sowie zahlreiche stählerne Instrumente. In einem Winkel sah ich einen geflochtenen, drei Fuß* hohen und mit einem schweren Stein beschwerten, bauchigen Korb.

Den seltsamsten Anblick bot allerdings etwas, das von der rußschwarzen Höhlendecke herabhing. Zwar hatte ich schon einige sehr merkwürdige Tiere auf Kupfern gesehen, auch während unserer Schiffsreise von den Seeleuten so manches Garn über schreckliche Ungeheuer gehört, aber das, was hier leibhaftig über mir baumelte, übertraf alles Gesehene und Gehörte. Das Tier war sage und schreibe zwanzig Fuß lang, besaß ein furchterregendes Maul von der Länge meines Armes, gespickt mit Hunderten krumm stehenden und zum Teil fingerlangen, spitzen Zähnen. Seine kurzen, kräftigen Beine gingen in platte Füße über, aus denen ebenso furchterregende Krallen wuchsen. Auf seinem Schwanz erhoben sich mehrreihige, dreieckig verhornte Schilder. Mit seinen Augen schien es mich anzustarren, als wolle es mich fressen, ohne eine innere Regung. Das, was hier über mir schwebte, war, Allah sei Dank, nicht mehr am Leben, dennoch kroch mir eine Gänsehaut über den Rücken. Ohne Zweifel handelte es sich um ein fleischgewordenes Sagenwesen, ein Drachen aus grauester Vorzeit. Ein Krokodil konnte es nicht sein. Die wurden bei Weitem nicht so groß, zumindest wurden sie weder als derartig groß beschrieben noch in Kupfer gestochen.

Der Emir, der das Entsetzen ob dieses Monstrums an meinem Blick erkannte, lächelte nachsichtig: »Nur ein Krokodil, Herr von Krosigk, wenngleich ein ziemlich großes. Mein Freund, der Eremit, hat es in seiner Jugend, als er Ägypten durchwanderte, aus dem Nil gefischt. Dort gibt es sie zu Tausenden, wenngleich nicht alle eine derartige Größe erreichen.«

* Altes deutsches Längenmaß, 1 Fuß entspricht ca. 30,48 Zentimeter.

»Tausende?«, fragte ich ungläubig.

»Zigtausende. Wenn man dort sorglos im Nil schwimmt und Allah sein schützendes Auge von einem nimmt, was meistens Kindern und Abendländern widerfährt, kann es schon passieren, dass man urplötzlich in die Tiefe gezogen wird, um dann unwiederbringlich im Maul eines Krokodils zu verschwinden. Ich habe selbst einmal gesehen, wie ein Knabe unter dem angstvollen Schreien seiner Mutter hinabgerissen wurde und nie wieder auftauchte.«

»Der Knabe warst zum Glück nicht du!«, hallte es in diesem Augenblick hinter mir, gefolgt von einem leisen, röchelnden Lachen. Der Eremit war gekommen.

Er musste wohl mindestens hundert Jahre alt sein, so lang und schlohweiß waren seine Haare und sein Bart. Die Haut, die seine Finger überzog, war faltig wie vertrocknetes Rindsleder und glänzte speckig braun. Sein graues, grob gewebtes, langärmeliges Gewand reichte bis zu den Knöcheln hinab. Als Gürtel diente ihm ein dickes mehrfach um den Leib geschlungenes Seil, an dem ein faustgroßer Lederbeutel hing.

»Ahmad ibn Murhaf, welch eine Freude, dich zu sehen!« Der Emir erhob sich und die beiden Freunde umarmten einander. Nachdem sich die Männer lautstark und heftig gestikulierend, dabei Possen reißend wie die Komödianten, begrüßt hatten, stellte mich der Emir seinem eigentümlichen Freund vor: »Herr von Krosigk, ein weit gereister Mann aus dem Königreich Preußen.«

Worauf ich mich ehrfurchtsvoll vor dem methusalemischen Greis verneigte.

»Setzt Euch doch, in Allahs Namen«, bat der Eremit in bestem Deutsch und verblüffte mich auf das Außerordentlichste. »Darf ich Euch etwas zu trinken anbieten? Ich braue mir gerade einen heilkräftigen Sud, sozusagen ein Experiment. Das Rezept stammt vom alten Hippokrates und soll gut gegen alles Schädliche sein.«

Wir stimmten zu, selbst wenn ich dem Sud oder seiner Heilwirkung nicht richtig trauen wollte.

Nachdem wir also den Trank des Hippokrates verkostet hatten, der im Übrigen gar nicht so unangenehm schmeckte, ließen wir uns in einer mit vielen farbenfrohen Kissen ausgelegten Ecke in der Höhle nieder.

»Ihr, Herr von Krosigk«, begann der Einsiedler, »möchtet etwas über den Tod Eures Barons erfahren?«

»Ja, das stimmt«, antwortete ich ihm.

»Nun, Allah ist mächtig, und es gibt so manches Geheimnis, aber für gewisse Dinge sind doch wir Menschen verantwortlich. Ihr erzähltet meinem Freund«, und dabei sah er vielsagend lächeln zu dem Emir, »in der Nacht seines Todes sei nur ein Mädchen, ein nacktes, aber sehr passables Mädchen, bei ihm gewesen.«

»Ja, das stimmt, leider.«

»Nun, Ihr müsst deswegen nicht den Stab über Euren Diplomaten brechen. Schon vor ihm sind weit mächtigere Männer den Reizen der schönen Lybierinnen erlegen. Ich denke da an einige Römer, aber ich will nicht ausschweifen.«

Er strich sich gedankenvoll durch den Bart. Dann zog er eine kleine Schale voller Oliven unter seinem Kissen hervor und schob sich eine in den Mund.

»Die ganze Geschichte erinnert mich an einen alten Mythos, eine Sage, wenngleich nicht aus unseren Breiten stammend. Als Alexander der Große sich anschickte, den gesamten Weltkreis zu erobern, drang er auf seinen Feldzügen bis nach Indien vor. Hier aber herrschte eine Königin, die schon lange vor Alexanders Erscheinen von ihm und seinen Eroberungsgelüsten gehört hatte. Sie ließ fortan zwei Mädchen mit giftigen Nattern speisen, um sie künftig als willfährige Werkzeuge zu benutzen. Eines der Mädchen starb an der Kost, das zweite jedoch widerstand ihr und wuchs zur vollkommenen, bildhübschen Jungfrau heran. Als nun Alexander in dieses ferne Königreich Indien vorstieß, sandte ihm die Königin jenes schöne Mädchen, in das er sich sofort verliebte. Die Jungfrau war so reizend, schreibt ein alter Autor, dass sie unwiderstehlich die Augen des Königs auf sich zog, denn sie glänzte wie eine Glut. Doch Alexanders großer Lehrer, Aristoteles, erkannte die wahre Natur dieses gefährlichen Geschöpfes, das von Kindheit an mit Schlangengift getränkt und genährt worden war, bis sich seine Natur in die der Schlangen verwandelte. Und hätte er sie in jener Stunde nicht genau beobachtet und den König gewarnt, wäre Alexander des Todes gewesen.«

Der Eremit machte eine kurze Pause und sah mich nachdenklich an. Wahrscheinlich las er mir meine Frage von den Augen ab, denn er schloss: »Alexander ließ einen zum Tode Verurteilten bei dem Mädchen liegen, der dann auch starb. Einer anderen Überlieferung zufolge machte er einen Adligen aus seinem Heer zum Probanden. In jedem Falle aber starben die Beischläfer. Schließlich ließ er dem Weib den Kopf abschlagen, wobei das umherspritzende Blut – oder soll ich besser sagen: ihr Gift – den Rasen verdörrte. Je nach Überlieferung dieser Geschichte tötet das Mädchen durch seinen Biss, durch seinen Hauch oder auch nur durch seinen Blick.«

Der alte, weise Mann hielt inne und las in meiner Miene. Wahrscheinlich war sie allzu ungläubig, denn er stand stirnrunzelnd auf und ging zu dem bauchigen Korb, der mir bereits ins Auge gefallen war. Er griff hinein und holte eine kleine, kaum fingerdicke Schlange heraus, die sich grazil um sein Handgelenk wand. Über ihren Augen erhoben sich zwei kleine Hörnchen.

»Wir nennen sie Lèfaa*, Herr von Krosigk, und glaubt mir, Allah sei mein Zeuge, dass jenes Monster dort oben«, er sah zu dem großen Krokodil an der Decke, »bei Weitem nicht so gefährlich ist wie unsere kleine, aber tödliche Freundin hier.«

»Sollte es möglich sein, dass jemand das Geheimnis der indischen Königin um die Giftmädchen neu für sich entdeckt hat?«, fragte ich den Eremiten, obwohl mir diese Entwicklung der Geschichte höchst sonderbar vorkam. Ein Giftmädchen? Durch die Fütterung mit Schlangen giftig gemacht?

»Herr von Krosigk, Allah ist gütig, aber seine Geschöpfe sind es nicht immer. Hört mir zu. Vor etlichen Jahren, es mögen sechzig oder siebzig oder noch mehr sein, wanderte ich, damals noch ein junger Bursche, in die berühmte indische Haupt- und Residenzstadt Agra.

Dort erzählte man sich von einem Knaben von sieben Jahren, eines Brahmanen** Sohn, der giftigen Tieren, wie Spinnen,

* Alter nordafrikanischer Name für die Hornviper.
** Indischer Priester.

Skorpionen, Schlangen und anderem tödlichen Ungeziefer, so gierig nachstellte, dass er nimmer satt wurde. Ein Jesuit mit Namen Pater Henrich Roth, bei dem ich damals Eure und einige weitere Sprachen erlernte, ein durchaus weiser Mann, wollte den Knaben auf eine Probe stellen, denn Gaukler und Possenreißer gibt es genug auf dieser Welt. Er ließ also diesen Knaben zu sich kommen und versteckte in dem Raum, wo er den Knaben überlisten wollte, einen Korb voll der giftigsten Schlangen, an denen es in diesen warmen Ländern niemals mangelt. Doch kaum hatte der Knabe diesen Raum betreten, da spürte er, vielleicht am Geruch, dass man hier einen Haufen Leckereien vor ihm verbarg. Er stürmte zu besagtem Korb, riss ihn mit Gewalt auf und zog wahllos eine Schlange nach der anderen mit der Hand heraus.«

Die Augen des Eremiten glänzten und hafteten erregt an den meinigen, ganz so als würde er jene entsetzliche Szene plastisch vor sich sehen.

»Wie ein heißhungriger Wolf schluckte er die ganze Brut in sich hinein, ohne die giftige Galle oder das geringste Eingeweide zuvor auszunehmen. Er verzehrte alles vom Kopf bis zum Schwanz! Und glaubt nicht, dass es ihm ekelte, nein, er fraß es mit dem unglaublichsten Appetit, so als würde er die köstlichsten Gerichte und nicht die giftigste, tödlichste Speise in seinen Leib fressen.«

Der mittlerweile fast wahnsinnig anmutende Blick des Eremiten hatte mich in seinen Bann geschlagen, aber mehr noch fühlte ich mich von seiner Geschichte gefesselt.*

»Ich glaube Euch. Ihr seid ein weiser Mann, aber wie soll man ein solch teuflisches oder giftiges Wesen erkennen?«

»Das ist nicht allzu schwierig«, antwortete bedächtig der Einsiedler, der wieder zu sich selbst gefunden hatte und die kleine Lèfaa zurück in den Korb steckte.

Der Emir, der sich die Worte des Eremiten von Gamal übersetzen ließ, und ich blickten einander verdutzt an.

* Die verehrte und hochgeschätzte Leserschaft wird mir hier sicherlich widerspruchslos beipflichten, selten so etwas Abstoßendes gehört zu haben, und dennoch muss ich es hier wiedergeben, denn der gesamte Verlauf dieses mysteriösen Falles kreist um die Sage vom Giftmädchen.

»Es wird eine wunderschöne Frau sein, vielleicht verschlagen, vielleicht sogar äußerst verschlagen. Ihr werdet es im schlimmsten Fall erst merken, wenn es zu spät ist. Doch jetzt geht, ich bitte Euch.«

»Eine wunderschöne Frau?«, wiederholte ich ungläubig die Worte des Einsiedlers. Inzwischen waren die beiden Muslime aufgestanden.

Der Emir klopfte mir schelmisch grinsend auf die Schulter: »Also, Herr von Krosigk, meidet die schönen Frauen!« Dann begann er herzhaft zu lachen.

Auch der Eremit brach in Gelächter aus.

In diesem Moment wusste ich nicht, ob die beiden ihren Scherz mit mir trieben oder nicht. Ein Giftmädchen? Warum eigentlich nicht? Auf Kosemauls Kommentar war ich jetzt schon gespannt.

Der Eremit brachte uns zum Ausgang der Höhle, wo er sich herzlich von seinem Freund Ahmad ibn Murhaf verabschiedete.

Mir schüttelte der alte Einsiedler heftig die Hand. Dabei sah ich in seine Augen, die gleichzeitig den Glanz des Irrsinns und das Leuchten der Genialität besaßen.

Während wir mit unseren Mauleseln den steilen Abstieg wagten, gingen mir die Erzählungen von den Giftmädchen nicht mehr aus dem Sinn. Immer wieder versuchte ich mir vorzustellen, ob es so etwas tatsächlich geben könnte. Doch ich zweifelte. Am Kaffeehaus, am Fuße des Berges, stiegen wir auf unsere zurückgelassenen Pferde um.

Als wir endlich unter dem Schutz der drusischen Reiter den Rückweg nach Damaskus antraten, erzählte der kluge Gamal folgende ebenso unglaubliche, aber von ihm als wahr beeidigte Geschichte.

»Herr«, begann er, »als ich noch in Bagdad weilte und meine Studien betrieb, lernte ich in einem Kaffeehaus einen Mann aus Indien kennen, der allabendlich Geschichten erzählte. Es war ein alter Mann, und niemand verlachte ihn, denn man hielt ihn für weise und gläubig.

Eines Abends erzählte er, dass einer seiner Vorväter vor vielen, vielen Jahren ein Leibwächter des großen Sultans Machmud gewesen war. Dieser hatte die Angewohnheit, jeden Morgen ein wenig Gift zu sich zu nehmen, und wenn er einen vornehmen Mann in den Tod schicken wollte, musste sich dieser nackt ausziehen und vor ihn treten. Darauf spie er dem Unglücklichen im Mund zerkaute, mit Kalk von Austernschalen vermengte Blätter auf den Leib, worauf der arme Mensch eine halbe Stunde später starb. Er hielt, so erzählte es der weise Mann, drei- bis viertausend Weiber.

An jedem Morgen fand man eine davon, die bei ihm geschlafen hatte, tot in seiner Kammer liegen. Tag für Tag hüllte sich der Sultan in neue Gewänder und vermachte die alten seinen Dienern. Doch keiner der Diener legte jemals eines dieser abgelegten Kleider an, so prächtig und wertvoll sie auch waren. Er selbst aber zog jeden Tag neue Kleider an. Der alte Mann erzählte, der Sultan wäre seit frühester Jugend an von seinem Vater ans Giftessen gewöhnt worden.«

Nachdem Gamal seine Geschichte dem Emir auf Arabisch erzählt hatte, hob dieser fasziniert die Augenbrauen. »Allah möge mich hässlich machen, falls ich jetzt lüge, aber auf einer Reise, die mich einmal weit westwärts führte, sah ich während des Ramadan Männer, eine Art Derwische, die die Leute Aissaoua nannten. Zur Freude und zum Ergötzen der Zuschauer, und natürlich gegen Bares, schluckten sie Skorpione und Schlangen.« Die edlen Gesichtszüge des Emirs verzerrten sich zu einer vor Abscheu gezeichneten Grimasse.

Abrupt zügelte ich mein Pferd. *Ja, so könnten sie es ins Werk gesetzt haben!,* schoss es mir durch den Kopf. Die Attentäterin, unser Giftmädchen, hatte eine giftige Schlange geschluckt und vorbei an Zarrentin und den Janitscharen in die Kammer zu Helffersdorf geschmuggelt. Dort hatte sie sie hervorgeholt und den Baron getötet, um dann unerkannt mit dem Tier im Leib wieder zu verschwinden. Kein giftiger Mensch, sondern eine Schlangenschluckerin!

Hat man schon jemals so etwas gehört?

Ahmad ibn Murhaf, der mich bis nach Damaskus vor das Tor im Norden der Stadt begleitet hatte, verabschiedete sich von mir mit herzlichen Worten. Er musste in den Libanon zurück; ein Mordfall brachte dort ein ganzes Dorf in Aufruhr. Ein Mörder glaubte, dass er und seine Familie zu schwach seien, um sich gegen die Familie des Ermordeten zu verteidigen. Also ging er mit einem Strick um den Hals zum nächsten Anverwandten des Ermordeten, entschuldigte sich, dass er als ein Mann von Ehre nicht umhin konnte, den Verwandten zu erschießen, da er ihm kurz zuvor ein ehrenrühriges Wort an den Kopf geworfen habe. Darauf machte er dem Verwandten unterschiedliche Komplimente und erlaubte ihm, ihn auf der Stelle zu erschießen. Nun stand der Mörder schon drei Tage vor dem Anwesen des Verwandten und niemand wusste, wie es weitergehen würde.

Ich erfuhr den Ausgang der Angelegenheit später vom Emir selbst. Bei seiner Rückkehr empfahl er dem Anverwandten des Mordopfers, es könnte ein Bruder oder Schwager gewesen sein, einen Barbier zu holen und dem Mörder den Bart scheren zu lassen. Damit war die Sache erledigt.

Viele Muslime empfinden das Scheren des Bartes als große Schmach, schmählicher noch als die Belegung mit einem Schimpfnamen. Nicht wenige Morde werden bei den Drusen in Folge des Weintrinkens begangen, von dem die Drusen große Freunde sind, ganz im Unterschied zu den Muslimen, denen Weintrinken seitens des Propheten strengstens untersagt ist.

VIII

Während ich mit Ahmad ibn Murhaf, dem Drusenemir, und seinem redseligen Gamal in die Berge ritt, marschierte mein guter Kosemaul mit Zarrentin und sechs Janitscharen an der Seite gegen neun Uhr morgens in die Stadt.

Wohin, wusste er selbst nicht recht, aber er wollte unbedingt irgendetwas in Erfahrung bringen, wie er später felsenfest behauptete. Seine Erfahrungen bei der Observation der Magdeburger Diebesbande hatten ihn gelehrt, dass man einschlägige Informationen am besten in den berüchtigtsten Wirtshäusern und Kaschemmen sammelte. Also beschloss er unverdrossen, die miesesten Spelunken von Damaskus zu erkunden und mit der Machtbefugnis, die ihm der Geleitbrief des Beys und die Janitschareneskorte verliehen, den einen oder anderen Lumpenhund zu verhören, ja, wenn nötig die Hinweise durch einen türkischen Büttel oder Ähnliches aus ihm ›herauskitzeln‹ zu lassen.

Kosemaul war so durch und durch von Gerechtigkeit durchdrungen, dass er dank seiner Unternehmungen beim Kadi von Damaskus zu einer der bestbefreundeten ausländischen Gerichtspersonen avancierte. Zu seinen Erfolgen verhalf ihm nicht zuletzt sein Äußeres.

Wie mir Rittmeister von Zarrentin hinter vorgehaltener Hand eröffnete, mich strikt bittend, es dem guten Kosemaul bloß nicht zu sagen, halten die Orientalen, vornehmlich aber die Araber, blonde Menschen für äußerst hässlich, ja, gar für Schaitani – Dämonen.

Nun halte sich der werte Leser die Physiognomie meines Adjutanten vor Augen: Ein Nest dicker blonder Strähnen auf einem stierartigen Kopf mit grobem, pausbäckigem Gesicht, in dessen Mund zwei eberähnliche Hauer stecken, dazu ein riesenhafter, fassförmiger Rumpf, dem man die gewaltige Körperkraft ansieht, und ein lahmes linkes Bein.

Es fällt nicht schwer, sich auszumalen, welchen Eindruck mein braver Gefährte auf einen kleinen arabischen Dieb machte.

Und tatsächlich, betraten er und die Janitscharen eine Spelunke, sprang alles, was laufen konnte, auseinander. Dies geschah an allen Orten gleichermaßen, bis auf einen, denn hier hielten sich keine Männer auf, sondern nur Frauen, und das waren ganz besondere.

Was nun folgt, ist eine Zusammenfassung dessen, was mir Kosemaul und Zarrentin von diesem denkwürdigen und für einen preußischen Offizier wohl einmaligen Tag gaben.

Beide Erzählungen unterschieden sich zwar in dem einen oder anderen Punkt, aber ich glaube, ich werde der Wahrheit mit der hier vorliegenden Version am gerechtesten.

Während ich mich von Ahmed ibn Murhaf zum Eremiten führen ließ, um hinter das Geheimnis der schönen Attentäterin zu kommen, unterfing sich Kosemaul, die berüchtigtsten Kaschemmen in der Damaszener Altstadt zu inspizieren.

Gestärkt von einem Frühstück, dem ein halbes Kamel zum Opfer gefallen war, marschierte er schnurstracks und nur mit seinem Degen bewaffnet ins Gewimmel von Damaskus. Die Frage, warum er seine Pistolen zurückgelassen hatte, konnte er mir nicht beantworten. Zarrentin und die Janitscharen folgten ihm dabei auf Schritt und Tritt, und es geschah nicht selten, dass Kinder und auch ältere Leute vor der martialischen Männergruppe, angeführt vom schrecklichen Kosemaul, entsetzt auseinanderstoben.

Stolz hinkte er durch die mit Menschen gefüllten Gassen, schob auch den einen oder anderen unliebsamen Bettler beiseite oder entledigte sich auf ziemlich rüde Art vereinzelter Angebote, gegen ein kleines Handgeld geführt oder sonstwie bedient zu werden.

Nach zahlreichen Fehlschlägen in stinkenden Räuberhöhlen blieb Kosemaul vor der schäbigen Fassade eines großen zweistöckigen Hauses stehen. Äußerlich unterschied es sich in nichts von den übrigen schäbigen und grauen Häusern der Umgebung, aber Kosemaul hatte ein irgendwie verstohlenes Kommen und Gehen einiger gut gekleideter einheimischer Männer und Seeleute gesehen. Zarrentin lüftete schließlich das Geheimnis und erklärte, dass hier der Leiblakai des ermordeten Barons die besonderen Mädchen für seinen Herrn ausgewählt habe.

»Wie«, fragte Kosemaul ungläubig, »dit iss'n Bordell?«

Der zurückhaltende Zarrentin nickte zaghaft.

»Hm, da müss mer rin!«, entschied Kosemaul, und an die Janitscharen gewandt, sagte er: »Los Jungs, rinn da!«

Diese benötigten gar keine Übersetzung, um dem Befehl nachzukommen, und ehe der feine Zarrentin etwas einwenden oder gar verhindern konnte, hatten die Janitscharen unter Kosemauls Führung das zweifelhafte Etablissement gestürmt.

Was sich Kosemaul nun an Pracht im Inneren dieses von außen so heruntergekommenen Hauses eröffnete, verdient eine kleine Beschreibung.

Hinter der massiven, mannshohen, mit Eisenbändern beschlagenen Eingangstür, deren zwei vermummte Wächter beim Eintritt der Janitscharen spurlos verschwanden, tat sich eine saubere und kühle Halle auf, deren Wände und Fußboden mit sinnlichen Mosaiken geschmückt waren. Die Mitte des Estrichs zierte eine Szene aus der griechischen Mythologie, die einen Schwan und ein Mädchen zeigte.

Durchquerte man die Halle, trat man in einen Innenhof hinaus, der von einem Arkadengang umschlossen war und in dessen Mitte ein von rotem Marmor eingefasster Brunnen sprudelte.

Auf dem Rand des Brunnens saßen einige leicht bekleidete und unverschleierte Mädchen, die sich einander verspielt mit Wasser bespritzten.

Als sie Kosemaul und seine Janitscharen erblickten, sprangen die Jüngeren erschrocken auf und flohen in die tiefen Gänge des Hauses. Ein paar ältere Huren blieben jedoch sitzen und luden die wackeren Gesellen zum zweifelhaften Verbleiben ein.

Kosemaul, plötzlich irritiert, trat den Rückzug an (so erzählte er jedenfalls). Dabei gelangte er in eine zweite Halle, die durch den Arkadengang zugänglich und durch etliche bunt verzierte Säulen und Bögen unterteilt war. Hinter mehreren Bögen verbargen sich bequeme Nischen, die verschlossen mit dunklen seidenen Tüchern der Kurzweile und anderen Vergnügungen dienten.

Hier konnte man hinter einem schweren seidenen Vorhang

von weiß gekleideten Negerjungen gereichte Wasserpfeifen, Kaffee und Naschwerk genießen. Oder man konnte sich den Umarmungen eines der vielen Mädchen hingeben, was man hinter den Vorhängen zwar nicht sah, aber hörte. Viele der Vorhänge an den zahlreichen Nischen waren zugezogen, doch ebenso viele waren noch offen und luden zum Verweilen ein. Mein guter Kosemaul wähnte sich im tiefsten Sündenbabel.

»Globt mir Krosich, dit war Sodom und Gomorrha!«, schwor er später.

Er wollte umgehend kehrtmachen, als etwas seine Aufmerksamkeit erregte. Hinter einem der Vorhänge schien es nicht mit rechten Dingen zuzugehen. Kosemaul vernahm nicht das übliche Kichern und Keuchen, Seufzen und Stöhnen, sondern derbes Grölen mehrerer Betrunkener und dazwischen das schwache Zetern einer Mädchenstimme. Es waren mindestens drei Kerle, die ihren bösen Willen an dem Mädchen verüben wollten.

Sie hatten jedoch nicht mit dem wackeren Kosemaul gerechnet. Ohne lange nachzudenken, riss er den Vorhang beiseite. Wie schon die französischen Obszönitäten, die hinter dem Seidenstoff hervordrangen, hatten erahnen lassen, waren es keine dunklen, schwarzbärtigen Gesichter, die sich über das nackte strampelnde Mädchen beugten. Derart offen eine wüste Betrunkenheit zur Schau zu stellen hätte überdies ein Moslem selbst an diesem Ort schwerlich gewagt.

Kosemaul jedenfalls fackelte nicht lange, sondern griff beherzt ein und unterzog die drei französischen Matrosen einer derben Behandlung, die die Mädchenschänder mit gebläuten und blutenden Gliedern bezahlten. Sein Eifer als ritterlicher Retter war derart ungestüm, dass die Sache etwas später vor den Kadi kam. Doch dank der Hilfe des Beys und preußischer Gelder konnte sie diskret bereinigt werden.

Nachdem sie ihre ›Dresche‹* bezogen hatten, übergab Kosemaul die Trunkenbolde seinen Janitscharen mit dem Befehl, sie ›irjendwo einzulochen‹.

Das Mädchen aber, ein zartes, sanftes und bildschönes Geschöpf, dankte auf seine Weise und zog meinen Adjutanten,

* Prügel.

unbeeindruckt von seinem angsteinflößenden Äußeren, mit sich fort. Was nun folgte, soll der Leser mit Kosemauls eigenen Worten erfahren:

»Alos jing ick mit der Kleenen, die mick wechschleifte, erst ma in 'nen anderen Raum, ick glowe, der war off der oweren Etage. Globt mir, Krosich, die Kleene war'n wunderhübsches Ding! Mann, hat die Auren jehabt, und richtich jut jerochen, dit kann man jar nich beschreiben. Jeredet hat se awer ken Wort, schade, hätte jerne ihre Stimme jehört, awer ejal, 'n hübsches Ding.«

Kosemaul glühte über beide Ohren wie ein junger Kornett, der auf einer Dorfkirmes zum ersten Mal dem Blick aus den Augen eines jungen Mädchens erliegt.

»Schließlich brachte se mir was zu trinken. War zwar nur so ne Plürre, awer leicht jedreht hats doch. Awer dann kam se mit so ner merkwürdijen Tabakspfeife, mein liewer Mann, die hat mich umjehaun. Ick hawe zwar noch alles jesehn, awer jedreht hat sichs, mein liewer Scholli!«

Auf meine Frage, ob er denn etwas Bedeutsames habe in Erfahrung bringen können, sah er verlegen zu Boden und antwortete kleinlaut: »Nee, so richtich nischt, awer ick hole dit nach.«

An den folgenden Tagen verschwand er Punkt fünf Uhr abends, als die blutrote Abendsonne in der Wüste versank, und kehrte erst gegen Mitternacht wieder zurück. Kosemaul, ein starker Raucher, frönte nämlich einem Kraut, welches die Afrikaner Kif, die Araber aber Hasch nennen. Seine Gesichtszüge, von Natur aus blass, wurden dadurch noch farbloser, und bei unseren allmorgendlichen Brunchs, wie es bei den Engländern heißt, sah ich immer häufiger kalte Schweißperlen auf seiner Stirn.

Auf meine Frage, ob er sich etwa krank fühle, antwortete er: »Nee, Krosich, ist nur een starkes Kraut!«

Nach einer Woche, in der ich mich Tag für Tag um eine Audienz beim Pascha bemühte, hatte Kosemaul dann doch etwas zu erzählen.

IX

Der junge Rittmeister von Zarrentin hatte uns einen lang gehegten Traum erfüllt und uns in ein Hamam, ein Badehaus, eingeladen. Wie alle Gebäude in diesen Breiten, so war auch das Hamam von außen ganz unansehnlich, im Inneren jedoch mit kostbarem farbigen Marmor ausgestattet und Gesprächsort nur der angesehensten und reichsten Damszener.

Als wir eintraten, waren neben dem Badewirt und seinen Dienern etwa fünfundzwanzig Personen anwesend, von denen sich etwa die Hälfte in einem dampffreien großen Raum mit gewölbter Decke von den Strapazen des Dampfbadens ausruhte.

Von Zarrentin winkte einem Badeknecht, einem spindeldürren, pergamenthäutigen Burschen, der uns freundlich begrüßte und mit weichen weißen Handtüchern versah. In einer mit kunstvollen Mosaiken ausgestalteten Nische entkleideten wir uns und schritten mutig zur Prozedur.

Bevor der Badeprozess in einem von einer Kuppel überdachten Dampfbad seinen Anfang nahm, legten wir die sogenannten Kabkab an, eine Art Holzsandalen. Mit einem Handtuch um den Leib und den klappernden Pantinen an den Füßen stiegen wir alsdann in ein Becken, wo uns schwarz gelockte Badeknechte ausgiebig wuschen, uns die Nägel beschnitten und die Bärte stutzten. Die Seereise hatte ihre Spuren hinterlassen.

Dann schritten wir guten Mutes ins Dampfbad, wo etwa zehn Männer schwitzend bei Höllengraden ausharrten. Wir selbst verbrachten eine gute Viertelstunde in der vernebelten Hitze. Kosemaul troff aus allen Poren. Niemand sprach ein Wort. Ich selbst beobachtete durch den Dunst die Männer um uns herum. Sie waren alle wohlbeleibt, teils kahlköpfig, dennoch stark behaart, braun gebrannt und schienen sämtlich reiche Kaufleute zu sein.

Merkwürdig war eine kleine Kammer im Innersten des Gebäudes, in die ich einen verschämten Blick wagte. Mitten in dieser saß auf einem etwa zweieinhalb Fuß hohen Pfahl ein Mann, der sich mittelst einer Salbe, die man hier kaufen konnte, von einem Badeknecht die Haare an den heimlichen Teilen abnehmen ließ.

Nach der Schwitzkur führte uns der dürre Badeknecht, der mir zudem etwas weibisch schien, in einen anderen prachtvollen Raum, worin mehrere Liegen standen. Hier traten noch drei weitere Badeknechte hinzu (um Kosemaul kümmerten sich zwei), die sich die Hände mit Öl einrieben und uns lächelnd aufforderten, auf den Liegen Platz zu nehmen. Dann begann das Kneten des Körpers mit beiden Händen, was die Araber Jadlaka nennen. Mehrmals hörte ich Kosemaul aufschreien und schimpfen wie einen Fuhrknecht, in den Augenblicken nämlich, in denen sich die beiden Badeknechte verbündet zu haben schienen und ihn an Armen und Beinen zogen.

»Die Kerle rissen an mir wie off ner Streckbank. Dit reinste Schinderpack! Awer jut war's trotzdem«, knurrte er hinterher und streckte wohlgelaunt die massierten Glieder von sich.

Zu guter Letzt wurde uns noch eine Spezialität orientalischer Bäder zuteil: das Reiben der Haut mit Rosshaarhandschuhen. Nach dieser Prozedur hüllten wir uns in weiße Gewänder und ließen uns die im ganzen Orient typischen, aber in hundert verschiedenen Formen anzutreffenden Turbane wickeln. Dann führten die Badeknechte uns zurück in den ersten Saal, wo wir uns entspannten und mit den köstlichsten Säften und Fruchtwassern labten.

Während wir nebeneinander auf unseren Holzpritschen lagen, begann mein Adjutant etwas verlegen sein jüngstes Abenteuer zu erzählen. Es hatte meinen guten Kosemaul einmal wieder in das gewisse Etablissement gezogen, wenn auch nur, wie er nicht müde wurde zu versichern, um die dortigen Diener und die Weibspersonen zu examinieren.

»Zufällich sah ick«, berichtete Kosemaul, »in 'nem dunklen, feuchten Innenhof, wie'n Diener nen Käfich voller Ratten in den Hof schüttete, woroff die Viecher dann quiekend auseinanderstoben.«

Er, Kosemaul, beobachtete die ganze Szenerie mit Abscheu, doch was sich seinen Augen anschließend bot, übertraf das natürliche Maß dessen, was ein Offizier Seiner Majestät so imstande ist zu begreifen.

In diesen Innenhof führte keine Tür, man konnte ihn lediglich durch zwei halb mannshohe Fenster einsehen. Hinter einem davon stand Kosemaul. Es war blanker Zufall, dass er hier vorbeikam und durch das Fenster blickte.

»Krosich«, sagte er aufgeregt, »Ihr könnt Euch jar nich vorstellen, wie entsetzt ick war, als ich dit Unjeheuer jesehen hawe. Nee, so was habt Ihr noch nich jesehn! Globt mir!«

Natürlich wollte ich wissen, was er damit meinte, vielleicht eine übergroße Ratte? Doch er entgegnete feierlich und vollkommen ernsthaft: »'ne Schlange, deren Hals sich am Kopp wie ein Schild spreizte, so breit und groß wie die Bretter bei unserm Bäcker.«

Schlangen, die ihren Hals spreizten ...

»Freiherr von Kosemaul, übertreibt nicht so schamlos«, schalt ich ihn aus.

Doch er machte große Augen, in denen ich noch immer einen Funken Entsetzen erkennen konnte. »Krosich, sehe ick aus, als würde ick üwertreiben? Beim Lewen meiner Mutter, dit Vieh war mindestens zwanzig Fuß lang und so dick wie mein Behn.«

Mein Adjutant war jetzt ganz aufgeregt, sodass ich ihm nicht länger widersprach, sondern ihn fortzufahren bat.

»Dat Vieh sah mir in die Augen, und bei Jott, wies so mit der Zunge züschte, wollts mich jlatt beißen, wenn nich jar fressen. Direkt durchs Fenster durch.«

»Und was habt Ihr gemacht?«

»Ick? Ick war entsetzt! Ick konnte jar nischt machen, awer dann kam mir 'n Mädchen zu Hilfe, jenau dit kleene Ding, die ick nen paar Tahre vorher von son paar besoffenen Franzmännern jerettet hawe. Die rief dit Vieh, lechte sich dem Monstro um den Hals und zoch dit Vieh irjendwie zur Erde runner. Dann stürzte sich das Unjeheuer off die Ratten und fraß ene nach der annern. Jott, ham die Viecher jequiekt! Mir jab se dann durch nen Zeichen zu verstehn, dass ick verschwinden sollte, was ick ooch schleunichst jemacht hawe.«

»Und dann?«

»Na, dann setzte ick mich erstma für 'ne Stunde inn Hof.«

Was Kosemaul erzählte, klang ziemlich fantastisch. Jedoch, betrachtete ich die Sache recht, wenn es schon Giftmädchen gab, warum sollte es nicht Schlangen von solcher Größe geben? Und wer weiß, vielleicht stand ›dit kleene Ding‹, von dem Kosemaul so entzückt sprach, irgendwie mit dem Mord in Verbindung, falls es nicht vielleicht das Giftmädchen selbst war!

Dieses Etablissement, wo sich Kosemaul neuerdings so gerne aufhielt, war einer eingehenden Untersuchung auf jeden Fall wert.

X

Bereits am Tag nach unserem Besuch im Badehaus marschierten wir in Begleitung der Janitscharen zu dem äußerlich unscheinbaren, leicht mit anderen Häusern zu verwechselnden Frauenhaus, fanden aber nur freundliche Diener und hübsche ›willige‹ Mädchen vor. Von einer riesigen Schlange oder dem ›kleenen Ding‹ war nichts zu entdecken.

Wir hatten also bisher kaum etwas erreicht, und die sprichwörtliche orientalische Ruhe und Langsamkeit zwangen uns in den folgenden Tagen zum Nichtstun. In diesem Zustand überredete mich Rittmeister von Zarrentin zu einem Jagdausflug zu den in der Nähe der Stadt gelegenen Felsen. Nicht Hirsche oder Wildschweine galt es zu erlegen, nein, von Löwen und Leoparden sprach mein junger Vertrauter und empfahl mir, schon wegen der Seltenheit des Jagdwildes und dem höchst abenteuerlichen Vorhaben an dieser Jagd teilzunehmen. Kosemaul litt unter den Folgen des Haschs und lehnte das Angebot dankend ab.

Ich konnte und wollte nicht widersprechen, zäumte also ein mir zugewiesenes schnelles Pferd, ergriff mein Gewehr und ein Paar Pistolen und ritt mit Zarrentin, zwei verwegenen Holländern sowie einer Handvoll Diener in die unbekannte Felsenlandschaft – ohne einheimische Führer, nur der Sonne vertrauend, was sich sehr bald als großer, lebensgefährlicher Fehler erweisen sollte.

Das syrische Abenteuer nahm seinen Lauf.

Anfänglich stießen wir auf ein paar Spuren, die nach den Aussagen Zarrentins von einem Löwen stammen sollten, aber nach einigen Stunden vergeblichen Nachspürens gaben wir den Löwen auf. Dennoch muss ich gestehen, einige seltsame Tiere gesehen zu haben. Ziemlich merkwürdig sind in diesen Breiten die bizarr gestalteten Eidechsen, deren Vergnügen darin besteht, sich den ganzen Tag zu sonnen. Manchmal schreckten wir einen Hasen auf, der sich aber so schnell davonmachte, dass wir nicht einmal genügend Zeit zum Anlegen fanden. Doch die Großtierjagd sollte noch spannend werden und für uns überaus dramatisch verlaufen. Wie gesagt, einen Löwen oder Leoparden bekam unsere fröhliche Jagdgesellschaft nicht zu sehen, dafür aber eine Bande räuberischer Beduinen*, von denen es hier zahlreiche gibt. Sie kamen wie aus dem Nichts und waren uns an Leuten um ein Vielfaches überlegen. Da wir nur Jagdgewehre und Pistolen mit uns führten und unsere Diener außer ein paar Dolchen und langrohrigen Flinten keine nennenswerten Waffen besaßen, konnte der Kampf mit dieser wilden Horde für uns nur kurz und blutig enden. Scheinbar hatten sie uns aufgelauert und auf einen günstigen Augenblick zum Überfall gewartet.

Binnen weniger Augenblicke waren wir von den Räubern eingekreist. Es mochten zwanzig, dreißig mit schwarzem Tuch vermummte Männer sein. Ihre Reittiere, hellbraune zottelige Kamele, wirbelten den Sand zu staubigen Wolken auf, und je häufiger sie uns umkreisten, desto unklarer wurde die Sicht. Schließlich schien es fast, als wären wir in einen sengenden Wüstensturm geraten. Wir versuchten sie von ihren Kamelen herunterzuschießen, aber alle Kugeln schlugen fehl. Wie gern hätte ich in diesem Moment den tapferen Kosemaul an meiner Seite gehabt!

Ich gab Befehl, von den Pferden abzusitzen und die Beduinen im Kampf Mann gegen Mann zu stellen. Nachdem wir unsere Gewehre und Pistolen abgefeuert hatten, glaubte ich, würde ein erbarmungsloser Nahkampf einsetzen. Mit Sand in den Augen packte ich mein Gewehr am Lauf und schlug hart um mich, konnte aber keinem der Räuber etwas Ernstliches anhaben. Ihr lautes, dumpfes Geschrei klang wie das Brüllen von Höllenhunden. Ich rechnete damit, in dieser unwirtlichen Wildnis erschlagen zu werden, schwor aber, meine Haut so teuer wie möglich zu verkaufen.

Meinen Auftrag gab ich verloren.

Die kampfgewandten Beduinen hatten jedoch nicht vor, uns zu töten. Vielmehr zerrten sie uns mit festen, groben Seilen und

* Bewohner der Wüste.

Netzen einen nach dem anderen zu Boden. Als wir dann wie die Fische im Netz hilflos zappelten und jeglichen Widerstand aufgeben mussten, banden sie uns Arme und Beine und warfen uns jeweils zu zweit oder dritt auf die Rücken ihrer Kamele. Währenddessen peitschten uns ein paar von ihnen unbarmherzig durch. Unsere Pferde führten sie als zusätzliche Beute mit fort. Wir waren auf Gedeih und Verderb einer Bande ruchloser Halsabschneider ausgeliefert, und noch ehe unser Ausbleiben bei unseren Freunden in Damaskus Beunruhigung hervorrufen konnte, hatte man uns in das Innere des Landes geschafft, dorthin, wo noch nie oder nur höchst selten ein Europäer oder gar ein Deutscher seinen Fuß gesetzt hatte.

Die Tortur auf dem Rücken der Kamele dauerte zwei ganze Tage, ohne dass wir auch nur einen Tropfen zu trinken, geschweige denn etwas zu essen erhielten. Die Qualen, die wir in der trockenen Hitze litten, lassen sich kaum schildern. Als sich bei den ersten Gefangenen Anzeichen von Wahnsinn einstellten, erbarmten sich diese Hunde und reichten uns frische Kamelmilch. Auch ein paar Brocken Kusku* und etwas getrocknetes Fleisch fielen ab.

Die Beduinen legten kaum längere Pausen ein. Anscheinend waren sie sich ihrer Beute noch nicht sicher genug. Während dieser Zeit sprachen sie kein Wort mit uns, dafür tuschelten sie umso mehr untereinander. Ich verstand damals weder, was sie sagten, noch ahnte ich, was in den Köpfen dieser Araber vor sich ging, und schon gar nicht konnte ich es in ihren dunkelbraunen ledernen Gesichtern lesen. Erst später, als ich die Sitten des Landes besser kennenlernte, kam mir die Erleuchtung – sie berieten sich über unseren Preis!

Schließlich ritten sie in eine große Stadt ein, die die Muslime Halab nennen, in Europa bekannt als Aleppo. Sie führten uns gebunden und gedemütigt durch die Straßen, die aus einem Wirrwarr von feilschenden Händlern, verschleierten Frauen, Soldaten und Menschen der seltsamsten Hautfarben bevölkert war. Es ging vorbei an prächtig geschmückten Häusern, weiter durch die sogenannten Suks, in denen mit Gold, Silber, Gewürzen,

* Breiartige Nahrung aus Hirse, oft auch in Form von Klößen.

kostbaren Stoffen und vielem mehr gehandelt wurde. So viel Gold, wie in der von den Muslimen so genannten Goldstraße dieses Suks, hatte ich vorher noch niemals zu Gesicht bekommen. Hier gab es nichts, was man nicht kaufen konnte. Wir streiften Moscheen, Schulen, Badehäuser und Apotheken. Niemand nahm Notiz von uns, abgesehen von einigen alten Vetteln, die uns beschimpften und bespuckten. Gefangenentransporte waren an der Tagesordnung.

Schließlich wurden wir zur Festung hinaufgeschafft. Diese krönte einen rundlichen, lang gestreckten Hügel, der, so schien mir, von Menschenhand aufgeschüttet war, denn er ragte schlank und steil aus der Stadt heraus. Der Zugang wurde durch zwei mächtige Torhäuser gesichert, die wohl noch aus den Zeiten der Kreuzfahrer stammten, aber selbst mit diesem Alter auf den Schultern unseren Kanonen noch trotzen könnten.

Das Haupttor, welches den Anblick der Festung weithin prägt und ihr einen trutzigen Charakter verleiht, besaß die Größe einer deutschen Ritterburg.

Über dem Tor prangten in Stein gehauen vier blutrote ineinander verbissene Drachen. Sie sollten Feinde und böse Geister abwehren. In einer grün ausgemalten Nische gewahrte ich ein mit grünem Samt und viel Gold überzogenes Grabmahl. Hier ruht, wie ich später erfuhr, kein Geringerer als der heilige Georg.

Als wir das Tor passierten, versuchte ich abzuschätzen, wie viel Besatzung die Festung fassen konnte. Ich kam zu dem Schluss, dass es mehrere Hundert, wenn nicht gar Tausend Mann sein mussten. An Flucht zu denken schien mir sinnlos.

Die Muslime trugen reich verzierte Waffen: Gewehre, Pistolen, Krummdolche und Krummschwerter, einige Schilde und Lanzen, die Offiziere obendrein Kettenhemden und Brustharnische. Ihre Köpfe bedeckten Tücher und Turbane. In den Bastionen und hinter den Wällen standen Kanonen verschiedener Kaliber und Größe. Anders als in der Stadt, wo das tägliche Leben der Aleppiner von Tumulten begleitet ist, verlief der militärische Alltag auf der Festung ebenso wie der europäischer Soldaten, streng und diszipliniert, wenngleich bei Weitem nicht so diszipliniert wie in Preußen.

Acht vom Kopf bis zu den Füßen in weißes und graues Tuch

gehüllte Muslime bewachten das berüchtigte Blutgefängnis, welches sich gleich hinter dem Haupttor befindet.

Man stieß uns durch eine schmale Pforte, hinter der eine steile steinerne Treppe in die Tiefe führte, die wir schmerzhaft hinabfielen. Wir waren in das vielen Mördern bekannte, berüchtigte Blutgefängnis von Halab geworfen worden.

Unser Kerker bestand aus zwei riesigen nebeneinanderliegenden eingewölbten Räumen. In früherer Zeit hatten sie den Byzantinern als Zisternen gedient. Das Blutgefängnis von Halab, man hätte auch getrost Blutgewölbe dazu sagen können, wurde nur durch einen schmalen Lichtschlitz in der Decke erhellt. Wenn ein Fuß eine freie Stelle fand, so versank er bis zu den Knöcheln im weichen Boden. Ich schätzte, dass hier mindestens zweitausend Menschen gefangen saßen. Wir hockten uns direkt auf die Stufen, denn weiter vorzudringen gelang und gelüstete uns nicht – was sich als ein großes Glück herausstellen sollte.

Jahre später, wenn ich von den Zuständen im Blutgefängnis von Halab berichtete, schenkte mir kaum jemand Glauben. Allein was ich jetzt zu berichten habe, entspricht der vollen Wahrheit, und Gott oder Allah möge mich strafen, wenn auch nur ein falsches Wort über meine Zunge kommt.

Die Schmerzen in allen Gliedern, die die Tortur auf dem Rücken des Kamels mit sich brachte, vor allem aber die verbrannte Haut im Gesicht und an den Händen und die ausgetrocknete Zunge ließen die Kühle, die in den Gewölben lag, im ersten Moment angenehm erscheinen. Doch schnell drang ein fauliger Gestank in meine Nase. Er rührte von Fäkalien, Eitergeschwüren und vielerlei anderen menschlichen Sekreten her. Einige aus unserer Gruppe, unter ihnen auch Rittmeister von Zarrentin, mussten sich sofort übergeben und begannen den wenigen Inhalt ihres Magens auszuspeien.

Auch ich hielt den Atem an und begann zu würgen. Einige Gefangene saßen hier schon zehn Jahre und hatten jedwede Hoffnung, jemals verkauft zu werden oder gar freizukommen, aufgegeben. Ihr Stand war entweder zu niedrig, als dass sie irgendeiner freigekauft hätte, oder aber sie waren so abgezehrt und krank, dass sich ein Verkauf nicht mehr lohnte.

Zumeist starben die armen Kerle. Jeden Tag wurden von den

ausreichend kräftigen Gefangenen die Toten, die es zu Dutzenden gab, zu den Stufen geschafft, hinaufgetragen und außerhalb der Stadt verscharrt oder bei günstigem Wind in der Wüste verbrannt. Einige waren schwachsinnig geworden, redeten die ganze Zeit wirr vor sich hin, starrten düster ins Nichts, fielen ohne ersichtlichen Anlass über einen Mitgefangenen her oder sprangen den Wärtern an den Hals, die sie sofort niederschossen. Diese sinnlosen Angriffe erklärten auch die dicken Tücher und Gewänder, in die unsere Wärter gehüllt waren. Sie dienten als Schutz vor den Krankheiten und dem Aussatz und wurden täglich gewechselt, wohl auch verbrannt.

Wieder andere, die die Hoffnung niemals aufgaben, obgleich auch sie dürr und ausgelaugt waren, sprachen von Freikauf, der jeden Moment kommen müsste. Rittmeister von Zarrentin sowie unsere beiden holländischen Begleiter waren festen Glaubens, nur für eine kurze Zeit hier eingekerkert zu sein.

Vier, fünf Wochen höchstens, sagten sie, und man wäre frei. Freigekauft von europäischen Händlern, freigekauft von irgendjemandem, der uns Deutschen hier nahestand und es gut mit uns meine, denn dass wir Deutschen und besonders wir Preußen hier unten beliebt seien, zumindest bei den Beamten und einigen Händlern, stehe außer Zweifel.

Bei den Rundgängen im Festungshof, die den gesunden Gefangenen einmal in der Woche gestattet waren, kam es häufig zu waghalsigen Fluchtversuchen. Meistens endeten sie mit einer Kugel im Rücken oder aber mit einem tödlichen Sprung von der Festungsmauer.

In jenen Tagen und Wochen lernte ich einen Mann kennen, einen Rheinländer, der ab und zu durch seine Erzählungen und Lieder über die Heimat unsere Niedergeschlagenheit zu lindern suchte. Er zählte zu den vielen Pilgern, die auf ihrem Zug in die heilige Stadt, gemeint ist Jerusalem, in Gefangenschaft geraten waren. Seine Gestalt war sehnig und groß und schien unter der schlechten Verpflegung wenig zu leiden. Die Züge seines Gesichtes strahlten Erhabenheit und Wissen aus. Sein kurzer Bart, der nur einen Zoll lang war, verriet mir, dass er noch nicht lange hier war.

Einmal, als er wieder mit seinen Liedern unsere Mutlosigkeit vertreiben wollte, mischte sich ein alter in zerfetzte Lumpen gehüllter Mann in unser Gespräch. Sein grauer Bart wallte bis über die Brust, sein schon lichtes Haupthaar war verfilzt und sein zahnloser Mund roch nach Fäule. Dennoch war er bei vollem Verstand und passabler körperlicher Verfassung.

»He Ihr«, krächzte er in bestem Deutsch. »Schwatzt nicht so kluges Zeug! Erzählt euren Freunden lieber von diesem Franzosen!«

Ich schaute den Rheinländer fragend an, der dem Greis einen vernichtenden Blick zuwarf.

»Nun sagt schon, Meister Josef«, denn so nannten den Rheinländer alle, »was hat es mit diesem Franzosen auf sich?«

»Altes Schwatzmaul!«, zischte der Angesprochene in Richtung des Greises und begann die Geschichte eines Franzosen zu erzählen, den man nur den Comte de Chatillon nannte und der hier vor mehr als fünfhundert Jahren gesessen haben sollte.

Dieser französische Graf war ein rücksichtsloser Draufgänger gewesen, machte gemeinsame Sache mit Sklavenhändlern und überfiel die Karawanen, die für den Sultan von Ägypten bestimmt waren. Auch tötete er unbarmherzig Muslime und Pilger, beraubte sie und verkaufte so manches junge Mädchen an afrikanische Sklavenhändler und Piraten.

Endlich jedoch beging er einen Fehler und wurde gefangen genommen. Man sperrte ihn für zehn Jahre in das Blutgefängnis von Halab.

Als einige seiner Landsleute unter Vermittlung des französischen Königs seine Freilassung erwirkten, versprachen sie, dass der Comte de Chatillon fortan von seinem Tun lassen würde. Doch kaum war de Chatillon auf freiem Fuß, heiratete er eine reiche Witwe und setzte sein Treiben fort.

Er soll nach zehn Jahren Haft in Halab noch genauso jung ausgesehen haben wie bei Antritt der Haft. Doch als er eine sarazenische Fürstin entführte und sie schändete, es war die Schwester des Sultans selbst, waren seine Stunden gezählt. Saladin* nahm

* Salah ad-Din Yusuf ibn Aiyub, bedeutender, noch heute verehrter Sultan, geboren 1138, gestorben 1193, seit 1175 Sultan von Ägypten und Syrien. Eroberte Jerusalem von den Kreuzfahrern zurück, einte große Teile der arabischen Welt und dämmte den dritten Kreuzzug ein. Er galt als Förderer von Kunst, Wissenschaft und sunnitischer Theologie.

ihn gefangen und schlug ihm mit einem Schwerthieb den Kopf vom Leib.

Nachdem Meister Josef diese Geschichte erzählt hatte, feixte der Alte und bemerkte sarkastisch: »Das ich nicht lache. Zehn Jahre hier unten, und er soll noch genauso jung ausgesehen haben wie ehedem. Ich bin erst acht Jahre hier – und sehe ich vielleicht jung aus?«

Josef und ich schauten einander an und schüttelten als Antwort mit den Köpfen.

»Macht Euch nur lustig!«, krächzte höhnisch der Alte. »Spätestens in drei Jahren sind Euch alle Zähne ausgefallen.«

Deprimiert wandten wir uns von ihm ab. Tatsächlich war ›der Alte‹ erst vierzig Jahre alt, besaß jedoch das Aussehen eines heruntergekommenen Sechzigjährigen. Ob er jemals freikam oder sein Leben dort im Kerker beendete, habe ich nie in Erfahrung bringen können.

Es vergingen weitere Tage und Wochen, die wir in den Gewölben dahinvegetierten, sporadisch mit Wasser und Hirsebrot versehen. Da keine neuen Gefangenen hinzukamen, hielten wir uns in der Nähe der Treppe und des Einganges auf, um so viel Licht wie möglich zu erheischen und vielleicht bei einem Verkauf oder einer Musterung die Ersten zu sein. Doch die Lethargie holte uns immer wieder ein.

Umso erstaunter waren wir, als eines Tages die schwere Kerkertür aufsprang und kein Geringerer als der Kommandant der Festung ein paar Stufen herabstieg, eskortiert von sechs Wächtern, die die Gefangenen von der Treppe trieben.

Sofort kam Bewegung in die fast leblose röchelnde Masse.

»Es sind Franzosen angekommen, uns freizukaufen«, erklang es französisch mit viel Optimismus.

»Das sind Unterhändler der Venezianer!«

»Wir kommen frei!«, jubelte auch Zarrentin, dessen Verstand zu schwinden begann.

Josef sah mich hoffnungsvoll an. »Vielleicht sind es Deutsche ...«

Ich zuckte die Achseln und blickte erwartungsvoll nach oben.

Da traf mich das Augenpaar des Festungskommandanten. Er zeigte auf mich und gab einen Befehl. »Hadha alradjul uriedu an udrikah!«* Dann machte er auf der Stufe kehrt und stieg wieder empor.

Zwei der Wächter packten mich unsanft unter den Armen und zerrten mich hinterher. Ich hatte keine Zeit mehr, meinen Freunden und den restlichen Männern ein Lebewohl zu sagen, schwor mir aber, nichts für ihr Freikommen zu unterlassen.

Als sich die Kerkertür hinter mir schloss, blendete mich die Sonne, sodass ich nicht sah, wohin man mich schaffte, und noch ehe ich begriff wie mir geschah, rissen mir die Wachen die wenigen Kleider, die noch meinen Körper bedeckten, vom Leib und übergossen mich mit Wasser. Sie drückten mir ein kleines, würfelförmiges grünliches Stück Seife in die Hand, die in jenen Landen berühmte syrische Olivenseife, und bedeuteten mir, es in den Trog mit Wasser zu tauchen, der neben mir stand.

So langsam gewöhnten sich meine Augen wieder an das Tageslicht und ich konnte die Mauern und Gebäude der Festung erkennen. Nachdem ich mich gewaschen hatte, gab man mir weiße Sachen und ließ meinen Bart, mein Haupthaar und meine Nägel von einem Barbier beschneiden. Dann schaffte man mich von sechs Wächtern bewacht aus der Festung und brachte mich zu einem Marktplatz, wo Sklaven verkauft wurden.

Später erfuhr ich, dass ich von allen Gefangenen der vielversprechendste gewesen war und so schnell wie möglich in Bares verwandelt werden sollte, denn der Kommandant der Festung hatte große Schulden bei einem Jerusalemer Juden.

* »Den Mann will ich haben!«

XI

Doch ich hatte Glück im Unglück, wie sich schnell zeigen sollte. Man brachte mich also zu einem Sklavenmarkt, wo ich an einen Großhändler verkauft wurde, der mich sofort in Ketten legte und neben einige Schwarze auf eine elende Strohmatte stieß. Der Sklavenmarkt, ein offener Platz, war in zwei Abteilungen untergliedert, die eine Abteilung für das männliche, die andere für das weibliche Geschlecht. Auf diesen Strohmatten saßen wir nun, zu zehn, zwanzig, ja, dreißig an der Zahl. Wir wurden feilgeboten wie Schlachtvieh, von den Aufsehern mit ihren Peitschen aus Elefantenhaut geschlagen, und mussten auf Verlangen eines Käufers unsere Arme und Beine befühlen lassen und selbst die Zähne vorzeigen.

Wie ich später erfuhr, waren die Holländer, allen voran die de Witts, mit in diesen unseligen Menschenhandel involviert. Die ganzen Geschäfte werden über die holländische Westindische Kompanie* abgewickelt. Die Holländer kaufen von den Türken die Mohrensklaven, schaffen sie nach Amerika und verkaufen sie dort gegen einen stattlichen Gewinn an die Spanier weiter, die eine große Anzahl von Sklaven auf ihren Zuckerfeldern, in den Bergwerken und zur Perlenfischerei benötigen. Die pechschwarzen Mohren oder Neger, wenn sie sich nicht gegenseitig oder gar ihre Kinder an die Türken oder Holländer verkaufen, sind wegen ihrer Leibesstärke und ungemeinen Treue als Arbeitssklaven sehr beliebt. Viele sterben in der Gefangenschaft vor Erschöpfung oder nehmen sich das Leben. Als ich Herrn de

* Die Niederländisch-Westindische Gesellschaft wurde von niederländischen Kaufleuten und Reedern 1621 gegründet. Sie strebte das Handelsmonopol für die afrikanische Westküste und die amerikanische Ostküste mit Hauptniederlassung in Nieuw-Amsterdam (New York) an. Durch Gebietsverluste und Finanzdefizite ruiniert, bestand die Kompanie seit 1674 in veränderter Form und existierte bis 1791.

Witt über die Anzahl der gehandelten Sklaven befragte, gab er mir zur Antwort, dass er pro Jahr etwa achttausend Mohren allein aus dem Königreich Angola in die spanischen Zuckermühlen nach Brasilien verkaufte. Doch es sind nicht allein die Holländer, Türken oder Araber, die Sklavenhandel betreiben. Mir schien es, als wären alle europäischen Nationen irgendwie daran beteiligt – außer natürlich das Königreich Preußen!

Der Festungskommandant, der mich verkauft hatte, musste mich dem Händler gegenüber als gebildeten Sklaven mit geistigen Fähigkeiten gepriesen haben, denn kaum jemand von den Junkern, die Arbeitssklaven suchten, zeigte Interesse an mir. Sie besahen sich meine Hände, schüttelten ungläubig den Kopf und gingen weiter. Einige wenige, vielleicht Advokaten oder Notare, bekundeten Interesse, aber als sie erfuhren, dass ich keines arabischen oder türkischen Wortes mächtig war, verloren sie das Interesse an mir. Während der Fleischbeschau mussten wir stehen und durften weder essen noch trinken. Zur Verrichtung der Notdurft brachten die Wachen uns zu einer stinkenden Stelle an der Stadtmauer.

Plötzlich erhob sich ein gewaltiger Lärm auf dem Platz. Die Menschen liefen aufgeregt hin und her, schoben die Kinder beiseite, traten die Hunde, die sich jaulend in die Ecken verzogen, und setzten die freundlichsten Mienen auf. Keine Geringere als die Prinzessin Melechsala, die Tochter des Paschas von Damaskus, wollte sich nach einem neuen Sklaven umsehen.

Die Mohren neben mir tuschelten. An ihren Mienen konnte ich erkennen, dass sie liebend gern Sklaven bei der Prinzessin geworden wären, statt als Arbeitssklaven an irgendeinen grausamen Landbesitzer zu gehen und sich bei schlechter Ernährung zu Tode zu arbeiten.

Zwei Leibwächter der Prinzessin schoben die Menschenmenge beiseite, die sich inzwischen versammelt hatte. Melechsala, wie alle arabischen Frauen verschleiert, war in lange dunkle Gewänder gehüllt. Links neben ihr schritt eine dickere Frau, wahrscheinlich so etwas wie ihre Gouvernante oder Hofdame. Hinter dieser lief eine zarte Gestalt, ein junges, noch nicht mannbares Mädchen, denn es war nicht verschleiert. Zur Rechten wurde die Prinzessin von einem Hikim, einem Berater für Sklavensachen, begleitet. Seine Augen gingen beständig über den Markt, so als würden sie Ausschau nach einem geeigneten Objekt halten.

Alle vier gingen langsam an der Reihe der männlichen Sklaven vorbei und blieben vor mir stehen. Die Hofdame sagte ein paar Worte, die ich nicht verstand. Daraufhin erhielt ich ein paar Schläge mit der Elefantenpeitsche, und einer der Aufseher drückte mir die Kiefer auf. Der Hikim besah sich meine Zähne, die Hände, zupfte an meinen Haaren, drehte mir an der Nase, befühlte auf unzüchtigste Weise, s. v., meine Testiculi*, so als sollte ich gleich einem Deckhengst in einer Zucht dienen, und nickte zufrieden. Das schamlose Betasten hatte nur einen Grund: abzuwägen, ob der Sklave in der Lage wäre, Sklavenkinder zu zeugen. Die Alte starrte ebenfalls in meinen Mund, sagte etwas und zog ein paar Piaster aus der Tasche. Der Sklavenhändler jammerte zwar über den geringen Preis, aber mit der Tochter eines Paschas wollte man ja schließlich nicht handeln. Außerdem war er so etwas wie der Sklavenhoflieferant für den Pascha.

Er schnitt mich mit zitternden Händen los, löste die Fußketten und reihte mich in die Gruppe der Prinzessin ein. Mit mir im Gefolge schlenderte sie noch eine Stunde durch die Suks, um dann den Heimweg anzutreten.

In einem großen schwer bewachten Palast im Zentrum von Halab übergaben mich die Leibwächter der Prinzessin an einen wachhabenden Offizier. Dieser brachte mich in Begleitung von vier Soldaten zu einem hageren Muslim, der mich auf einer Art Podest in einem Meer aus Kissen ruhend erwartete.

Vor ihm stießen mich die Wächter unsanft zu Boden. Einer stellte seinen Fuß auf meinen Rücken.

Dieser Muslim begrüßte mich auf Deutsch mit den Worten: »Ich hörte, du bist ein Deutscher. Du hast großes Glück, Christ! Obwohl Allah Euch alle vernichten sollte.«

Sein Name war Said as-Sallar, und er beherrschte, wie ich noch erfahren sollte, außer Deutsch mehrere andere Sprachen. Während unseres gesamten Gespräches bewies er eine bemerkenswerte Seelenruhe, wobei er gelangweilt einen breiten Goldring,

* Testiculos, Testiculi: lat. Hoden

der mit einem riesigen Saphir besetzt war, von einem seiner Finger zum anderen schob.

Seine schweren Lider verbargen einen wachen Blick, mit dem er mich eingehend musterte. Zu diesem Zeitpunkt konnte ich noch nicht ahnen, was für ein hochrangiger Mann er war. Nach einer geraumen Weile griff er nach einem Granatapfel, der in einer vergoldeten Schale vor ihm lag, und polkte sich ein paar rote Trauben oder Kerne heraus.

Spätestens jetzt hätte ich mich zu erkennen geben können, aber ich wollte abwarten. Eine gewisse Abenteuerlust hatte von mir Besitz ergriffen, also ließ ich mein Gegenüber im Unklaren, denn dass wir früher oder später nach Damaskus zurückkehren würden, war für mich in diesem Augenblick klar.

»Statt dich im Gefängnis verrotten zu lassen«, hob er an, »gewähren wir dir die große Gnade, Gärtner und Kameltreiber in der Karawane der Prinzessin Melechsala, der Tochter des großen Paschas von Damasch, zu werden. Doch höre gut zu und halte dich an das, was ich dir als Rat gebe: Schweig, schau nicht trotzig oder dumm, verbeuge dich, wenn eine höhere Person sich dir nähert oder wenn man dich anspricht, meide die Frauengemächer und die Gegenwart der Prinzessin, denn findet man dich dort, bist du sofort des Todes, und tue auch sonst gehorsam alles, was man dir sagt. Hast du das verstanden, Ungläubiger?«

Ehrerbietig verneigte ich mich.

»Gut, und nun verschwinde. Vergiss nie die große Gnade, die dir zuteil geworden ist, Ungläubiger. Mein Diener wird dir sagen, wo du dich melden musst und was du außerdem für Pflichten hast. Ah – eines noch: Denke gar nicht erst an Flucht. Ihr Christen würdet in der Wüste umkommen, so wie ihr immer umgekommen seid und weiterhin umkommen werdet. Übrigens gewähre ich dir nur deshalb die Gnade, vor mein Angesicht zu treten, weil ich gern alle Gesichter der mich umgebenden Leute, selbst der geringsten Kreaturen, kennen möchte.«

Der Muslim bedeutete mir mit einer Bewegung seines Kopfes, mich zu entfernen. Doch plötzlich stellte er mir noch eine Frage. »Wie nennt man dich in deinem Land, Ungläubiger?«

»Ich heiße Friedrich.«

»Was hast du in deinem letzten Leben, ich meine vor deiner Gefangenschaft gemacht?«

Diese Frage kam mir gar nicht gelegen, da ich keine Vorstellung hatte, was besser war: die Wahrheit zu sagen, dass ich ein Königlicher Criminalkommissarius war und einen Schutzbrief des Paschas besaß, der allerdings gerade nicht greifbar war und bei den de Witts in Damaskus lag, oder mir irgendetwas auszudenken.

Sagte ich die Wahrheit, konnte es passieren, dass mich der Muslim schnellstens verschwinden ließ, weil er selbst oder jemand aus seinem Umfeld hinter dem Mord des Barons steckte.

Den türkischen Beamten war nicht zu trauen, das hatte ich schon gehört. Der Emir hatte es mir mehrfach zu verstehen gegeben. Ich wusste, dass hier jedermann gegen Konstantinopel intrigierte. Andererseits konnte ich als Palastgärtner im Hintergrund recherchieren und unauffällig Informationen sammeln, die ich als Crako in diesem Land sonst wohl kaum erhalten würde. Said as-Sallar deutete allerdings mein Zögern richtig und kam mir zuvor.

»Du brauchst keine Angst zu haben. Ich schicke dich nicht in den Kerker zurück. Nur wenn du lügst!«

Bei diesen Worten verzog sich sein Gesicht zu einer furchterregenden Grimasse. Seine kleinen dunklen Augen musterten mich jedoch scharf. Hatte er mich mit Bedacht aus dem Kerker holen lassen? Wusste er um meine Order? Ein gefährliches Spiel.

»In meinem Land bin ich ein Mann, der seinem König dient.«

Er klatschte in die Hände. »Ein königlicher Beamter! Was ist uns da für ein Vögelchen ins Netz gegangen? Sag mir, wie heißt dein König?«

»König Friedrich Wilhelm von Preußen.«

»Der König von Preußen?« Said as-Sallar lehnte sich grübelnd in seine Kissen zurück. Er wurde nachdenklich. Ahnte er etwas von meinem Auftrag? Stellte er vielleicht schon eine Verbindung zwischen meinem Erscheinen und dem Mord an Baron von Helffersdorf her? Dann, er fuhr fort: »Ich ahnte, dass dein Gesicht nicht das eines niederen Christen ist. Ungläubiger, du kannst Allah danken! Glaub mir, aus dem Gefängnis von Halab kommt man nicht ohne Schaden. Du aber hast das Glück, dein

Leben als Gärtner, wenn auch im Sklavenstand, fortzuführen. Ich sah in jenem Kerker Tausende, die auf der Stelle mit dir tauschen würden (diese Worte ließen vermuten, dass meine Freilassung zufälliger Natur war und er nichts von meiner Order ahnte). In wenigen Wochen wird Prinzessin Melechsala, deine neue Gebieterin, Halab wieder verlassen und nach Asch-Scham ziehen. Ich schicke dich als Kameltreiber mit. Ich hoffe, du machst mir keine Scherereien ... aber das glaube ich nicht, denn dem Wort eines königlichen Beamten kann man wohl vertrauen, oder?«

»Ihr könnt Euch auf mich verlassen.«

»Gibst du mir dein Wort?«

Said sprach in Rätseln, aber etwas sagte mir, dass dieser Mann andere Pläne mit mir hatte, als einen Kameltreiber aus mir zu machen. Sonst hätte er mir wohl kaum mein Ehrenwort abgefordert, das bei einem einfachen Sklaven wenig Geltung besitzen konnte.

»Ihr habt es.«

Dann sagte er noch, etwas zweideutig: »Vielleicht erhältst du ja schneller die Freiheit, als du glaubst.«

»Möge Allah es so fügen«, erwiderte ich.

Der Muslim lächelte hintergründig. In diesem Lächeln bemerkte ich aber auch ein Fünkchen Grausamkeit. Dann befahl er einem Diener, mich zu meiner Unterkunft zu bringen und mir meine Aufgaben zu erklären.

Man braucht nicht viele Worte darüber zu verlieren, wie erleichtert ich war, Palastgärtner zu werden. Die Arbeit, die mich in den folgenden Tagen erwartete, war leicht. Ich musste Bäume gießen, Bäume verschneiden, Bäume pflanzen, Bäume abernten. Man glaubt gar nicht, was für seltsame, bekömmliche und lieblich schmeckende Früchte diese Länder bereithalten. Ich bekam genug zu essen, zu trinken hatte ich ebenfalls im Überfluss, weil in jedem Garten die klarsten Quellen und Brunnen sprudelten. Nur geistige Getränke gab es nicht. Mein guter Kosemaul hätte an meiner Stelle keine Freude gefunden. Was machte er überhaupt? Wo blieb er? Was hatte er unternommen, nachdem ich nicht vom Jagdausflug zurückgekehrt war?

Hin und wieder musste ich den Garten Hals über Kopf

verlassen, dann nämlich, wenn Prinzessin Melechsala ihn betrat und mit den Damen und Mädchen ihres Hofes Kurzweil pflegte. Doch trotz meiner leichten Arbeit verlor ich den Gedanken an Flucht nie aus den Augen. Abends lag ich lange wach. Gemeinsam mit anderen Hofsklaven schlief ich in einer Art Schlafsaal neben den Küchengebäuden in einem abgelegen Teil des Palastes. Hier heckte ich die gewagtesten Fluchtpläne aus. Ab und an versuchte ich mir das Antlitz meiner neuen Gebieterin vorzustellen, doch gelang es meiner Fantasie nicht, hinter ihren Schleier vorzudringen.

Die Tochter des Paschas verweilte nicht mehr lange in Halab. Ihre Karawane brach schon nach zwei Wochen in Richtung Damaskus auf und ich als Kameltreiber mit ihr. Ich hegte große Hoffnung, bald wieder frei zu sein und Kosemaul zu sehen, der sich hoffentlich schon mehr als nur um mich sorgte!

Den ersten längeren Halt machten wir in der Karawanserei von Maarat an-Numan. Unter dem Schutz von Soldaten der dortigen Zitadelle ging es weiter nach Hama, wo mich die übergroßen Wasserräder, die dort die Stadt mit Wasser versorgen, in Erstaunen versetzten. Das nächste Ziel war Homs, in welches wir, immer dem Lauf des Orontes folgend, sehr schnell einritten. Die letzte größere Pause machten wir in Yabrud, einem fruchtbaren Ort, dessen Schutz durch das Qalamun-Gebirge gesichert war. Von diesem liefen zahllose Bäche und Flüsschen herab, die wiederum vielen Oasen Feuchtigkeit und Fruchtbarkeit spendeten.

In einer besonders schönen Stunde zog es die Prinzessin ins Gebirge. Sie wollte die Landschaft genießen und die Unannehmlichkeiten der Reise verdrängen. Zu ihrer Begleitung nahm sie ihr weibliches Gefolge, ein Dutzend Wächter und mich mit, der ich mich um die Kamele kümmern musste.

Die Prinzessin hatte sich ein kleines Felsplateau auf halber Höhe des Gebirges zum Rasten ausgesucht. Schatten spendeten hier eine riesige Zeder und stark zerklüftete Felsüberhänge. Eine Quelle führte kühles, wohlschmeckendes Wasser.

Nach der Mittagszeit legte sich die Tochter des Paschas unter der Zeder zur Ruhe, deren weit ausladende Äste sie vor den heißen Sonnenstrahlen schützten.

Rundherum von weichen Samtkissen gepolstert, lehnte sie ihren Oberkörper bequem an den Stamm des Baumes. Ihre Dienerinnen, sofern sie es ihr nicht gleichtaten, badeten ihre Füße in der Quelle und erzählten einander Geschichten oder feixten.

Dabei ging es sehr fröhlich und ausgelassen zu, jedoch nicht so frivol wie mitunter bei den Damen unserer Heimat. Die Wachen standen in respektvollem Abstand und wurden ab und an von ihrem Offizier daran gemahnt, diesen zu wahren.

So war ich als einziger Mann in der Nähe der Frauengruppe mit Arbeiten beschäftigt, denn die Dienerinnen der Prinzessin schickten mich unentwegt zu den Kamelen, um ihnen dieses oder jenes zu holen, das ihrem leiblichen Wohl oder ihrer Kurzweil diente.

XII

Doch nicht nur friedvolle Geschöpfe wie die anmutige Paschastochter und ihre Hofmädchen suchten an einem solchen Tag der drückenden Hitze zu entfliehen. Auch manch eine gefährliche, todbringende Kreatur war unterwegs.

Die schlummernde Melechsala ahnte nichts von der Gefahr, in der sie schwebte. Mit ihren zarten Händen strich sie sich von Zeit zu Zeit durch das geöffnete Haar oder schob die flaumenweichen Kissen zurecht.

Die Kreatur, von der ich nun berichte, zählt zweifelsohne zu dem Scheußlichsten, was die Schöpfung hervorgebracht hat. Der Teufel selbst schuf mit diesem Geschöpf sein Meisterstück.

Ja, ich glaube der Leibhaftige steckte selbst in diesem Körper oder lenkte ihn zumindest, denn die Schlange bewegte sich zielgerichtet auf die Prinzessin zu.

Sie war nicht sehr lang, vielleicht vier, fünf Fuß, bräunlich, unscheinbar, aber was sie von anderen ihrer Art unterschied, war der Umstand, dass sie sich vor ihrem Opfer aufrichtete. Sie spreizte ihren Hals und begann mit ihrem Körper zu tanzen, so als wollte sie ihr Opfer hypnotisieren.

Die Prinzessin bemerkte die Gefahr erst, als eine der Dienerinnen vor Schreck aufschrie.

Die Prinzessin schrak aus ihren Träumen auf und sah direkt in die Augen des Teufels.

Zugleich kamen die Damen des Gefolges und die Dienerinnen angerannt und erkannten, was im nächsten Augenblick geschehen musste.

Ihre geliebte Herrin, gebissen von einer der giftigsten Schlangen dieser Region, dem Tode ausgeliefert! Sie brachen in ein lautes Wehgeschrei aus und standen doch starr vor Schreck. Ihr Wehklagen blieb aber ohne Resonanz bei den Wachen, die zu weit weg standen und glaubten, den Lärm eines der ausgelassenen Spiele der Mädchen zu hören.

Hilflos und mit vor Entsetzen aufgerissenen Augen starrten diese abwechselnd zu ihrer Herrin und der aufgerichteten, vor ihrem Opfer bedrohlich tanzenden Schlange hin. Die Prinzessin selbst war vor Angst und Grauen wie erstarrt und weder zu einem Laut noch einer Bewegung fähig.

Ich selbst war bei den Kamelen mit dem Füllen von Ledersäcken beschäftigt gewesen, als das erste Wehgeschrei an meine Ohren drang. Mir war sofort bewusst, dass irgendetwas die Mädchen in Schrecken versetzt haben musste. Doch ich wagte nicht, Hilfe zu holen – die Wächter hatten mir unmissverständlich klargemacht, dass jede unerlaubte Annäherung an die Tochter des Paschas meinen sofortigen Tod zur Folge haben würde.

Als jedoch die ersten Schreie in ein schreckliches Geheul übergingen, das abrupt abbrach, ohne dass eine der Wachen eingriff, fasste ich mir ein Herz und rannte los.

Was sich meinen Augen bot, ließ mir fast das Blut gefrieren. Nicht nur, weil ich ein solch ekelhaftes Gewürm noch niemals zuvor gesehen hatte, sondern auch, weil ich die Prinzessin bereits gebissen glaubte. Ich reagierte blitzartig und fast ohne nachzudenken. Schon hatte ich einen dicken Stock in der Faust, der wie ein Wunder vor mir auf der Erde lag, und schleuderte ihn dem Monster mit aller Kraft entgegen, gerade als es zubeißen wollte. Das Biest wurde hart am aufgerissenen Maul getroffen, aber es erholte sich sofort und setzte erneut zum Angriff an.

Beherzt warf ich mich zwischen die Prinzessin und die Schlange, deren Kiefer sich um meine rechte Hand schlossen. Dabei sah mich das grauenvolle Geschöpf mit seinen runden schwarzen Augen abgrundtief feindselig an. Die Schlange hatte durch meinen Knüppelwurf einen ihrer Giftzähne verloren, doch der verbliebene bohrte sich nadelspitz in meinen Handballen, was fürchterlich schmerzte. Ich ergriff die Bestie im Nacken, riss sie von mir los und schleuderte sie zu Boden. Schon hob ich den Fuß, um sie unter meinem Stiefelabsatz zu zertreten, da schlängelte sie sich schnell ins Gestrüpp und war verschwunden.

Währenddessen hatte sich die Prinzessin gefasst, war aufgesprungen und hatte ebenfalls einen Stock ergriffen. Ich sah noch in ihre Augen, wunderschöne dunkle Sterne, dann begann das Schlangengift zu wirken. Ein Krampf presste mein Herz zusammen, und ich sackte bewusstlos zu Boden.

Als endlich die Wächter zur Stelle waren, musste ihr Entsetzen grenzenlos gewesen sein. Wäre die Prinzessin getötet worden, hätte man sie wahrscheinlich häuten, totpeitschen oder auf andere grausame Art umbringen lassen.

Die Karawane verweilte aufgrund dieses Zwischenfalles noch vier Tage in Yabrud, um der Prinzessin Ruhe und Genesung von dem Schreck und mir Behandlung gegen den Biss zu gewähren.

Die beiden Ärzte, die mich kurieren sollten, waren einhellig der Ansicht, dass eine Begegnung mit einer derartigen Schlange zwar in der Wüste vorkäme, sie aber noch nie von einem derartigen Vorfall so weit oben im Gebirge gehört hätten.

In der ersten Nacht quälten mich Fieber, Schmerzen und ein furchtbarer Albtraum. Meine Hand, ja, der ganze Arm schwoll blau und schwarz an. Die Herzkrämpfe lösten sich schnell, nachdem man mir eine merkwürdig bittere Mixtur eingeflößt hatte. Konnte ich die Schmerzen in den aufgeblähten Muskeln noch verkraften, gab mir das Fieber jedoch fast den Rest. Weit, weit schlimmer als das alles war allerdings ein Traum, der mich aufs Höchste erschreckte, denn er kam mir unglaublich wahrhaftig vor.

Der Mond bildete in dieser Nacht eine zunehmende Sichel und erhellte mein Krankenlager nur spärlich. Zwei Dienerinnen der Melechsala und ein Arzt verblieben zu jeder Stunde an meinem Lager, dennoch konnten auch sie mich vor dem, was ich jetzt beschreiben muss, nicht schützen.

XIII

Noch während ich mit dem Arzt sprach, fiel ich in eine Ohnmacht, die sich durch Hunderte kleine Nadelstiche im Gesicht ankündigte. Augenblicklich umgaben mich Dunkelheit sowie eine gespenstische Stille, gepaart mit einer wohltuenden Gefühllosigkeit.

Langsam begannen sich vor meinen Augen Bilder zu formen. Anfänglich waren es Schatten, Nebelschleier, und fast schien es, als würde ich durch einen dunklen und nur spärlich erhellten Raum schweben. Doch dann spürte ich Boden unter meinen Füßen, und tatsächlich – ich stand plötzlich aufrecht. Allerdings erwies sich der Boden als morastig, schlammig, meine Füße steckten in einem Brei aus dunkelbrauner bis schwarzer Erde. Kein Vogelgezwitscher ertönte, kein Tier, keine Pflanze, nichts Lebendiges war hier, nur der schwarze Boden erstreckte sich von Horizont zu Horizont. Ich versuchte zu laufen, aber es gelang mir nicht. Der Matsch hielt meine Füße fest, als wären sie eingewachsen.

Ich selbst war nackt, splitternackt. Mich fröstelte.

Über mir spannte sich, so weit der Blick reichte, ein eintönig grauer Himmel, der mit dem schwarzen Horizont verschmolz. Ich hätte verlassener und einsamer nicht sein können. Und dennoch, irgendetwas sagte mir, dass ich hier nicht allein war. Hinzu kam das bedrohliche Gefühl, jederzeit in diesem weichen Schlamm unter mir versinken zu können.

Ich wollte schreien, jemanden herbeirufen, meinen braven Kosemaul, der mir helfen würde. Doch es gelang mir nicht. Kein Laut kam über meine Lippen, ich vermochte noch nicht einmal den Mund zu öffnen.

Erschrocken betastete ich meine Lippen und stellte mit Grauen fest, dass sie zugenäht waren. Ich begann zu wimmern. Ich wollte die Fäden herausziehen, aber auch meine Finger waren zusammengeflickt. Die Daumen waren an die Zeigefinger geheftet, diese wiederum an die Mittelfinger und so weiter. Ich blickte auf meine Füße hinab – dasselbe!

In diesem Moment vernahm ich hinter meinem Rücken ein dämonisches helles Lachen. Ich erkannte die Stimme von Ali ibn Mohammed, aber als ich mich mühsam umwandte, da war es nicht der Janitschar, der sich über meine Lage mokierte, sondern etwas weit Scheußlicheres, Schreckenerregenderes. Es war, so schien mir, der Teufel selbst.

Der Teufel in Gestalt einer riesigen braunschwarzen Schlange mit gespreiztem Nacken und kleinen schwarzen Augen. Mächtig wie ein Baum erhob sie sich vor mir, überragte mich um etliche Schritte und wiegte sich hin und her, gleich dem kleinen Monstrum, dem ich einen Zahn ausgeschlagen hatte – allerdings um ein Vielfaches größer und schrecklicher.

Die Bauchschuppen des Ungeheuers begannen sich aufzuhellen und wurden schließlich so dünn und durchsichtig, als sähe man durch eine pergamentene Haut. Ich erkannte Menschen, die sich im Leib dieses Gewürms vor Schmerzen wanden, ich sah meinen Vater, meine Mutter, ja, selbst Kosemaul krümmte sich in unaussprechlichen Qualen. Die Menschen im Leib der Höllenausgeburt hatten die Münder aufgerissen, doch konnte ich ihre Schreie nicht hören.

Dann sprach das Monstrum von einer Schlange. »Dein Werk! Du hast dich in meine Angelegenheiten gemischt!«

Ich wimmerte.

Doch das Ungeheuer schien mich nicht zu hören, denn es zischte ungerührt weiter: »Dir darf ich kein Leid zufügen, wohl aber deinen Freunden und allen, die du liebst!«

Neben Kosemaul sah ich ein schönes orientalisches Mädchen, das beide Hände an den Kopf gepresst hielt. Die dunklen Augen des Mädchens begannen hervorzutreten, quollen aus den Höhlen und rollten schließlich als blutige Murmeln über ihre Wangen. Kosemaul wollte die Augäpfel auffangen, er streichelte dem Mädchen über die blutverschmierte Wange, doch sie weinte rote Tränen aus ihren leeren Augenhöhlen.

»Krosich, was habt Ihr jetan?«, rief Kosemaul mir zu.

Dann, von einem Augenblick auf den anderen, waren alle bis auf das Mädchen verschwunden.

Ihr schönes augenloses Gesicht war mir zugewandt. »Was habe ich Euch nur getan, Herr von Krosigk?«, fragte sie leise.

Ich wollte nach ihr greifen, aber meine Hände blieben wie gelähmt. Irgendetwas schnürte mir den Hals zu. Die pergamentene Haut der Riesenschlange wurde wieder dunkler, und wie in ein finsteres Loch fallend, verschwand das Mädchen.

Die riesige Schlange sah mich scharf an, neigte sich vor und brachte ihr klaffendes Maul mit der gespaltenen Zunge dicht vor mein Gesicht: »Ihr habt es in der Hand, Herr von Krosigk!« Ihr Rachen stank nach einem Gemisch aus Aas, Kot und allerlei Unflat. Ich hatte das Gefühl, den Gestank ungezählter Sünden zu riechen.

Plötzlich schien das Monstrum seine Kiefer auszurenken, riss das Maul zu einem gigantischen Schlund auf und umschloss damit meinen Kopf. Ich blickte seinen Rachen hinab und sah die Menschen, die sich soeben noch vor Schmerzen gewunden hatten, sämtlicher Glieder beraubt. Ihre Arme und Beine waren in ihre Körper eingewachsen, sie glichen Mehlwürmern, die sich zu Tausenden in einem verdorbenen Teigfladen winden. Doch der Teigfladen lebte – es war ein einziges Gewimmel Tausender und Abertausender bleicher Würmer.

»Meine Kinder!«, hörte ich die Schlange sagen. »Alles meine Kinder!«

Ich wollte den Menschen helfen, versuchte ihnen meine verstümmelten Hände entgegenzustrecken, doch sie sahen mich aus ihren glasigen, milchigen Wurmaugen nur teilnahmslos an.

»Ihr könnt Ihnen nicht helfen, Krosigk! Ihr hättet mir nicht den Kampf ansagen dürfen. Mir – Satan selbst!«

Einer der Würmer schoss aus dem Schlangenschlund empor auf mein Gesicht zu. Er besaß das Gesicht meiner Mutter. »Lass dich nicht von deinem Weg abbringen, mein Sohn!«, ermahnte sie mich. Kaum waren diese Worte ihrem Mund entwichen, da warf die Schlange erbost das flache Schuppenhaupt zurück, wobei sie meinen Kopf ausspie und meine Mutter, oder besser das Wurmding, das meine Mutter sein sollte, wieder hinabwürgte.

Es gelang mir, meine zusammengehefteten Finger auseinanderzureißen. Die Fäden, die meine Lippen verbanden, lösten sich.

»Du elendes Miststück!«, presste ich hervor. Plötzlich umfassten meine Finger einen starken Stecken. Ich holte aus und versetzte der Bestie einen Hieb gegen das Maul. Der Schlag brach ihr einen der beiden gekrümmten, geifernden Giftzähne aus dem Kiefer.

Satan schrie auf, peitschte schmerzerfüllt mit seinem schuppigen Leib, schnellte noch einmal zu mir vor, zischte mich hasserfüllt an und glitt dann langsam in die Tiefen des zähen dunkelbraunen Schlamms davon.

Eine sanfte, etwas raue Frauenstimme versuchte mich zu beruhigen. Es war die Prinzessin höchstselbst, die sich über mein Lager beugte und mein Gesicht mit feuchten Tüchern abwischte, denn nach Auskunft der Ärzte rang ich, ihr Lebensretter, in diesem konvulsivischen Anfall mit dem Tod.

Und wahrhaftig, schweißgebadet wachte ich auf. Erfreut rief die Prinzessin einige mir unverständliche Worte. Sofort eilte ein Arzt hinzu und fasste mein Handgelenk. Nach einer kleinen Weile verwandelte sich seine ernste Miene in ein Lächeln. Er bestätigte, dass ich den Kampf mit dem Tod überstanden hätte.

Daraufhin zog sich die Prinzessin standesgemäß zurück, denn es schickte sich für eine junge Frau ihrer Abkunft nicht, am Krankenbett eines Dieners zu verweilen, selbst wenn dieser ihr Leben gerettet hatte.

Der Arzt half mir auf die Beine und verabreichte mir einen mundigen Trank. Zwei Dienerinnen brachten gebratene Hühner und etwas Brühe. Man gab mir zu verstehen, dass ich essen und trinken sollte, was ich auch tat. Beim Essen stellte sich der Hunger ein, denn ich hatte ganze zwei Tage und Nächte in dieser Ohnmacht gelegen.

Der Arzt, ein junger Mann von vornehmer Art, der meinen verstörten Blick bemerkt hatte, erkundigte sich in meiner Sprache nach meinem Befinden, was mich wieder einmal mehr in Erstaunen versetzte.

Ich beruhigte den Arzt mit dem Hinweis auf meinen Albtraum, worauf er nickte und mir zu verstehen gab, dies seien die üblichen Folgeerscheinungen eines Schlangenbisses. Nun, ich hatte ihm ja auch nichts Näheres über den Inhalt meines Traumes verraten.

Auf Anweisung der Prinzessin ließ der Arzt mich keinen

Augenblick aus den Augen. Schließlich war ich ja nicht nur ihr Lebensretter, sondern auch ihr Gärtner!

Der Arzt schien in mir einen Mann von Bildung entdeckt zu haben, denn im Laufe unseres Beisammenseins kamen wir auch über die unmittelbaren medizinischen Belange hinaus miteinander ins Gespräch. Neben dem Wesir dürfte ich der einzige Mensch im ganzen höfischen Gefolge gewesen sein, mit dem er sich auf dieser Ebene unterhalten konnte. Seinen vollständigen Namen, der wie bei vielen Muslimen eine stattliche Länge erreichte und dessen lange Kette von Titeln an unsere hohen Adelshäuser erinnerte, habe ich mir nicht gemerkt. Ich durfte ihn jedoch mit Faisal ad-daula al-Hakim ansprechen, was so viel bedeutet wie ›Arzt Faisal, Stärker der Dynastie‹, denn er entstammte einem alten arabischen Fürstengeschlecht. Faisal selbst stand für Schiedsrichter oder schneidender Säbel.

In meiner Heimat wäre es undenkbar, dass ein Fürstensohn den Beruf eines Medicus oder Chirurgus ergriffe, aber in den arabischen Ländern hat die Heilkunst einen weitaus höheren Stand erreicht als bei uns und steht in sehr viel höherem Ansehen.

Nachdem ich mein Hühnchen verspeist hatte, lehnte ich mich bequem in eines der vielen Kissen zurück und fragte den jungen Medicus frei heraus, was für eine Schlange mich gebissen hatte.

»Ihr nennt sie Hutschlange.«

»Darf ich Euch zur Hutschlange befragen?«

»Ein furchtbares, aber sehr nützliches Tier.«

»Nützlich?«, fragte ich erschrocken, weil ich den Medicus gehörig missverstanden haben musste.

»Ja, man kann aus ihrem Gift ein wirksames Gegengift gewinnen.«

»Aus Schlangengift ein Heilmittel?«

Faisal ad-daula sah mich mit seinen dunkelbraunen Augen interessiert an, so als hätte er einen Studiosus der Medizin vor sich, legte die Stirn in Falten und antwortete: »Alle Dinge sind giftig und nichts ist ohne Gift. Es liegt allein an der verabfolgten Menge, ob selbst ein Heilmittel heilt oder vergiftet. So sagt es treffend Euer Gelehrter, den Ihr Paracelsus nennt. Tatsächlich gibt es viele Schlangengifte, so wie es viele verschiedene Giftschlangen gibt. Manche dieser Gifte töten sofort, andere ersticken ihr Opfer langsam, und wieder andere erzeugen ein schleichendes Fieber. Die höchste Anzahl verschiedener Giftschlangen findet man in Indien, und ich selbst habe gesehen, dass ein Schlangenbeschwörer in Bagdad einen Korb mit dreißig unterschiedlichen Arten von Giftnattern besaß. Am gefährlichsten sind die Hutschlangen, aber die kennt Ihr ja schon.«

»Nicht nur die, ich kenne mittlerweile auch die kleine Lèfaa«, erklärte ich.

Faisal ad-daula al-Hakim lachte. »Ja, die kleinen Biester sind ziemlich gefährlich. Wenn Ihr in der Wüste Eure Notdurft verrichtet, kann es passieren, dass Ihr gerade an der Stelle, die Ihr für geeignet haltet, weil ein Stein, eine abgestorbene Wurzel oder ein alter Kamelknochen herumliegt, einem solchen Tier begegnet.«

»Darf ich Euch eine weitere Frage stellen?«

»Ihr seid für einen Gärtner sehr wissbegierig. Darf ich meinerseits eine Frage an Euch richten, nämlich was Ihr in Eurer Heimat gelernt habt oder welche Profession Ihr ausübt?«

Al-Hakim schien mir ein vertrauenswürdiger Mensch zu sein, zu edel waren seine Züge, zu fein seine Aussprache, seine Gebärden, zu hoch sein Wissen. Mein Verstand gebot mir zwar zu schweigen, doch mein Gefühl sagte mir, dass ich ihn einweihen könne. Daher zögerte ich nur kurz, ehe ich ihm meine Geschichte erzählte, ja, ihm sogar eröffnete, dass ich ein Crako im Dienst Seiner Majestät des Königs von Preußen war.

Faisal ad-daula verschlug es für einen kurzen Augenblick die Sprache. Dann sagte er: »Nun, Herr von Krosigk, ich beschäftige mich zwar schon sehr lange mit den Krankheiten der Menschen und habe schon viele Geschichten gehört, aber die Eurige übertrifft alle. Ich glaube Euch und werde Euch helfen. Was möchtet Ihr wissen?«

Ich erzählte dem Medicus von meinem Verdacht in Bezug auf die Mordmethode im Fall Helffersdorf und von der Sage über das Giftmädchen.

Der Muslim hörte mir gespannt zu, nickte ab und an mit dem Kopf, lächelte auch zuweilen und schien bald eine Antwort parat zu haben.

Als ich meine Ausführungen geendigt hatte, ging Faisal ad-daula zum Zeltausgang, spähte hinaus, so als wolle er sich vergewissern, dass uns niemand belauschen konnte, kam zu mir zurück und sprach leise: »Es ist keine alte Mär. Ich selbst habe die Leiche Eures Barons untersucht, und Ihr habt recht mit Eurem Verdacht, er wurde vergiftet, höchstwahrscheinlich mit Schlangengift, vielleicht sogar dem der Hutschlange. Alle äußeren Anzeichen deuteten darauf hin. Solche Nebenerscheinungen des Todes findet man selten in den Häusern der vornehmen Herren. Wohl in einigen ländlichen Vororten von Kairo, wo es viele Ratten gibt, aber nicht in einem der Häuser des Ali ibn Mohammed. Wir brachten den Leichnam nach Damasch zur Sektion ins – wie heißt es bei Euch? – ins anatomische Theater. Dort schnitt ich ihn auf und fand meine Vermutung bestätigt, wenngleich der Tod nicht unbedingt, ich wiederhole, nicht *unbedingt* vom Gift einer Schlange verursacht worden sein muss. Wisset, mein Lehrer in Bagdad war ein hervorragender und weit über die Grenzen der Pforte hinaus bekannter Anatom, dessen Arbeiten in Siena, Florenz und Wien Respekt genießen. Übrigens, Herr von Krosigk, glücklicherweise schlugt Ihr der Schlange noch einen Giftzahn aus, sodass Ihr nur die Hälfte der andernfalls wohl tödlichen Dosis erlittet.«

Er hielt einen kurzen Augenblick lang inne, um dann mit nachdenklicher Stimme fortzufahren: »Dies geschah auf sehr merkwürdige Weise und an einem sehr ungewöhnlichen Ort.«

Sollte das Zufall sein?, dachte ich.

»Gibt es eigentlich ein Antidot* oder einen Theriak** gegen das Gift dieser Schlange?«

Faisal ad-daula nickte. »In den Schriften der Alten findet sich viel darüber. Sowohl die arabischen als auch die antiken Gelehrten geben darüber Auskunft. An erster Stelle muss wohl der gebildete König Mithridates von Pontus genannt werden, der nach dem Römer Plinius die Methode erfand, täglich eine Dosis Gift zu trinken und sich durch allmähliche Gewöhnung dagegen immun zu machen. Dies soll er durch ein zuvor eingenommenes Antidot erreicht haben, welches aus dem Blut der pontischen

* Antidotes: Gegengift.
** Theriak: Allheilmittel.

Enten stammte, welche wiederum mit diesem Gift genährt worden waren. Das Antidot des Mithridates soll laut anderer Quelle sogar vierundfünfzig verschiedene Bestandteile gehabt haben, von denen keines dem anderen an Gewicht glich. Galenus bezeugt, dass der Kaiser der Römer, Marc Aurel, sich durch die tägliche Einnahme von Theriak gegen Vergiftung gefeit habe. Alle Gifte und Heilmittel werden durch Gewöhnung in ihrer Wirkung schwächer, einzelne sogar völlig wirkungslos. Das berühmteste Beispiel, von dem selbst Euer Kirchenlehrer Augustinus berichtet, führt eine alte Athenerin an, die es durch eine dauerhafte Einnahme geringer Mengen Schierling schließlich dahin brachte, auch eine große Dosis unbeschadet zu überstehen. Ja, Herr von Krosigk, man kann sich durch das tägliche Einflößen von Giften gegen deren Wirkung unempfindlich machen. Und genauso wie man sich auf diese Weise vor ihnen schützen kann, so kann man die Methode der Eigenimmunisierung auch zum Schaden anderer Menschen anwenden. Insofern sind Eure Überlegungen gar nicht so abwegig.«

»Was könnt Ihr mir noch über das Gift sagen, dem Baron von Helffersdorf zum Opfer fiel?«, drang ich weiter in ihn, voller Wissbegier und voller Überzeugung, des Rätsels Lösung immer näher zu kommen.

»Nun, er muss trotz allem nicht zwingend von einem Schlangenmädchen ermordet worden sein. Es könnte sich bei dem tödlichen Gift auch um das Napellus genannte Kraut handeln, jene wohlbekannte und sehr häufig vorkommende Zierpflanze, die Ihr selbst in den Gärten der Prinzessin findet.«

Mich überkam ein Schauder, sosehr überraschte mich diese Antwort. Also war hier alles irgendwie giftig. Selbst im Garten der Prinzessin Melechsala blühten giftige Gewächse, mit denen man einen Menschen aus dem Weg räumen konnte.

Faisal ad-daula fuhr indessen fort, wobei er mich mit seinen Sprachkenntnissen aufs Weitere verblüffte: »Bei Euch heißt dieses Kraut Eisenhut, Sturmhut, Nappelkraut oder Teufelsfurz, und Ihr gebraucht es im Kampf gegen Wölfe. Ich zitiere wieder den Römer Plinius, der es für eine ausgemachte Sache hält, dass dieses schnellste aller Gifte jedes weibliche Geschöpf, dessen Geschlechtsteile damit in Berührung kommen, noch am selben

Tag töte. Auf diese Weise soll ein besonders bestialischer Mensch seine Frauen nach und nach im Schlaf ermordet haben. Weshalb soll nicht ein Giftmädchen auf umgekehrte Weise einen Mann töten? Einige Gelehrte behaupten sogar, dieses Gewächs töte bereits, wenn man es in der geschlossenen Hand erwärmt, andere schreiben, man könne mit seinem Geruch Mäuse unschädlich machen. Ein ägyptischer Sultan nutzte es einst zur Brunnenvergiftung und schlug dadurch die Mongolen. Merkwürdigerweise wird der Napellus andernorts als völlig harmlos erachtet und als Küchenkraut genutzt. Ich halte alles für möglich. Selbst Folgendes noch: Während ich ein Studiosus war, las ich ein Werk, worin ein Reisender von einer Insel berichtete, auf der es keine Keuschheitsgürtel gab, sondern die Jungfrauen zum Schutze ihrer Unbeflecktheit Schlangen in ihren Schößen tragen mussten. Kann man denn so etwas glauben? Ich sage Euch, glaubt es. Ich habe schon viel gesehen, aber noch mehr gelesen, und warum sollte man den alten Autoren nicht trauen?«

Ich pflichtete ihm bei und erzählte all die Geschichten vom Giftmädchen, die ich bereits vom Eremiten und anderen gehört hatte.

»Da seht Ihr es, Herr von Krosigk! Ich halte die Existenz eines oder sogar mehrerer Giftmädchen für durchaus möglich.«

»Doch, edler Faisal ad-daula, wie erkenne ich solch eine Giftjungfrau?«

Faisal ad-daula schnaubte. »Sie wird bildhübsch sein, denn ein altes hässliches Weib wird wohl niemand zu sich lassen, es sei denn, er besitzt einen zweifelhaften Geschmack. Sie wird nicht in der Öffentlichkeit gezeigt werden. Vielleicht kann man sie in eine Falle locken. Aber das müsst Ihr schon selbst herausfinden. Da kann ich Euch als Arzt nicht weiterhelfen.«

Mir genügten seine Auskünfte bereits. Den Rest des Tages verbrachten wir damit, uns einander mit unseren beruflichen Abenteuern zu unterhalten; er berichtete mir mit Inbrunst von seinen schwersten medizinischen Fällen, und ich erzählte meinem staunenden Freund von der Jagd auf den Gierfraß. So vergingen viele Stunden, in deren Verlauf ich wieder völlig genas.

XIV

Said as-Sallar ließ unmittelbar nach dem Angriff auf die Prinzessin den Offizier der Wache festnehmen, dem eine Bastonade von zweihundert Streichen verabreicht wurde. Dem armen Kerl schwollen nach den Schlägen die Fußsohlen dermaßen, dass man sie ihm aufschneiden und das angestaute Blut ausfließen lassen musste. Das war nötig, erklärte mir al-Hakim auf meine Frage, zur Verhinderung des Wundbrands, bei uns Europäern besser als Antoniusfeuer bekannt.

Auch mir schenkte der Minister seine Aufmerksamkeit. Nachdem ich nach meiner Wiederherstellung ausgiebig geschlafen hatte, beorderte er mich zu sich. Er residierte während des Aufenthaltes in einem prächtigen Zelt, an dessen Spitze die Fahne des Propheten wehte. Ein Dutzend Janitscharen, die das Zelt ringsum bewachten, bildete seine Leibwache. Der Leibdiener Said as-Sallars brachte mich zu ihm. Allerdings wurde ich jetzt nicht mehr zu Boden geworfen, bekam auch keinen Fuß in den Rücken gesetzt, sondern durfte aufrecht stehen bleiben.

Er richtete folgende Worte an mich: »Wie Ihr seht, Friedrich, meint es das Schicksal gut mich Euch. Ihr werdet als Lebensretter der Prinzessin reich belohnt werden. Auch braucht Ihr zukünftig keine Wassersäcke mehr zu schleppen oder Bäume zu beschneiden. Ich habe verfügt, dass Ihr Eure Freiheit erhaltet.«

Said aus der Stadt Sallar schmunzelte in einer unbeschreiblichen Art. »Ich habe zwar immer noch nicht genau herausgefunden, warum Ihr eigentlich hier seid, aber allem Anschein nach hängt Euer Besuch unseres Landes mit dem Tod des Barons von Helffersdorf zusammen.«

Kaum hatte der Dolmetscher dies gesagt, schlug mein Herz schneller. Hatte mich Faisal ad-daula verraten? War ich doch zu leichtgläubig gewesen?

Said as-Sallar lehnte sich vergnügt in seinem Thronsessel

zurück und gab sich gönnerhaft. »Ihr spracht im Schlaf. Ich kenne Euer ganzes Geheimnis.« Er breitete die Arme aus, so als wollte er mir sagen, es gebe für mich ohnehin nichts mehr zu verbergen.

Ich fasste mir ein Herz und sprach: »Wenn ich Euch in Eurer Vermutung bestätige, Exzellenz, werdet Ihr mir weiterhelfen?«

»Da Ihr Eurem König dient, der wiederum mit Sultan Mahmud gute Kontakte pflegt, und auch ich«, – dieses *und auch ich* betonte er besonders – »ein treuer Beamter des Sultans bin, werde ich Euch alle nur erdenkliche Hilfe zuteil werden lassen.«

Die Angelegenheit erfuhr gerade eine neue Wendung.

»Nun gut, Exzellenz, Ihr habt richtig vermutet. General Graf von Schwerin ...«

»Sagtet Ihr Graf von Schwerin?«, unterbrach mich der Minister abrupt und zeigte ein noch freundlicheres Gesicht.

»Ja. Seine Exzellenz Graf von Schwerin beorderte mich hierher, auch wenn ich unmittelbar Seiner Exzellenz dem Herrn Minister von Cocceji unterstellt bin«, bestätigte ich und fragte leicht erregt weiter: »Kennt Ihr den Grafen von Schwerin?«

»Natürlich!«, sprudelte es aus ihm heraus. »Der Graf ist einer meiner liebsten Freunde auf dem Parkett der Diplomatie, ein sehr kluger, weitsichtiger Mann! Wir trafen uns oft im Jahr 1711, als es zwischen uns und Russland zum Kriege kam. Bei den oft schwierigen Verhandlungen lernten wir einander kennen und schätzen. Nun, wenn der Graf höchstpersönlich Euch hierher beordert hat, dann müsst Ihr ein exzellenter Mann sein!«

Said as-Sallar schüttelte den Kopf und begann unbändig zu lachen wie ein Araberjunge, der sich über einen geschminkten, lächerlich gekleideten und unter einer Perücke schwitzenden Europäer belustigt. »Beim Barte des Propheten, und so einen Mann habe ich zum Kameltreiber und Gärtner gemacht!«

Ich stimmte in das freimütige Gelächter ein, dann gestattete ich mir die Bemerkung: »Aber nur in dieser Eigenschaft konnte ich das Leben der Prinzessin retten.«

Er rieb sich die Lachtränen aus den Augen. »Ihr habt recht, Allah sei Dank. Das war wirklich ... wie sagt Ihr Deutschen? – Vorsehung! Aber erzählt mir nun, wie Ihr in Gefangenschaft geraten seid und wie es Euch bis zu unserem ersten Treffen erging.«

Ich erzählte Said as-Sallar in aller Offenheit von meiner Gefangennahme, dem Transport in die Blutgewölbe von Halab und dem Verkauf auf dem Sklavenmarkt.

»Der Kommandant der dortigen Festung ist ein guter Mann. Er hat eine außergewöhnlich geschulte Hand bei der Auswahl besonderer Männer. Ich habe ihm immer vertraut, mehr als anderen, selbst wenn er eine Spielernatur ist.«

Said as-Sallar sah sich um, blickte vielsagend in die Gesichter der umstehenden Beamten und sprach auf Deutsch weiter: »Da sie Euch nicht verstehen und mein Dolmetscher ein ausgesuchter Mann ist, sage ich Euch, dass die Hälfte der hier anwesenden Beamten mehr zum Geldverschleudern und zur Unterdrückung unserer armen Untertanen taugt denn zum Regieren. Die andere Hälfte ist ganz gut, aber die erste Hälfte verdiente täglich zweimal die Bastonade. Wolle es Allah nur geben, diese Kriecher loszuwerden!« Er räusperte sich. »Doch lasst uns zu der unschönen Sache mit Baron von Helffersdorf zurückkommen. Wir gehen davon aus, dass er das Opfer einer Verschwörergruppe gegen Sultan Machmud geworden ist, die die Macht in Ägypten und Syrien an sich reißen will und die Abspaltung von Konstantinopel betreibt. Der Zeitpunkt für diese Verbrecher ist günstig. Der Pascha von Damasch, der Vater der Prinzessin Melechsala, ist sehr krank; wir rechnen jeden Tag mit seinem Ableben. Aus diesem Grund ziehen wir uns auch in Richtung Damasch zurück. Dort haben wir einen sicheren Stand, zahlreiches Militär, leider aber auch den Keim der Verschwörung. Allah möge die Verräter von dieser Welt vertilgen! Um selbst ein wenig zu ihrer Vertilgung beizutragen, begebe ich mich dorthin. Zwar erteilte mir Ali Hassan Bey den Auftrag, die Prinzessin von Asch-Scham an einen sicheren Ort zu bringen, aber selbst in Halab ist man nun nicht mehr ohne Gefahr. Wir müssen die Verbrecher ausfindig machen und vernichten. Baron von Helffersdorf, der mit uns in gedeihlichen Verhandlungen stand, ist leider nicht das einzige Opfer. Auch ein Italiener, zwei Franzosen und ein Engländer wurden ermordet. Man versucht unsere diplomatischen Kontakte zu stören. Man will uns destabilisieren. Die Aufrührer leben in dem Irrglauben, die Morde an den Diplomaten würden die befreundeten Königreiche dazu bringen, ihre Leute aus unserem Land abzuziehen und die zugesagten Hilfen zu streichen.«

»Darf ich Eure Exzellenz unterbrechen?«

Said as-Sallar nickte.

»Diese Strategie geht auch in einem gewissen Sinne auf, denn wenn ich mich richtig besinne, wird erst wieder ein Diplomat nach Damaskus beordert, wenn der Mord an Baron von Helffersdorf aufgeklärt ist. Allerdings bin ich kein Diplomat, sondern ein Criminalkommissarius, und ich weiß nicht recht, ob ich hier vielleicht in Dinge verwickelt werde, die zu wissen ich gar nicht das Recht oder die Order habe?«

»Aus diesem Grund halte ich Euer Erscheinen und Eure glückliche Rettung sowie die Rettung der Prinzessin für den Willen Allahs. Ihr findet die Mörder Eures Barons und wir mit Eurer Hilfe die Aufrührer. Vielleicht gelingt Euch, was meinen und des Beys Leuten bisher nicht gelang. Vielleicht, so Allah will, beachtet man Euch als Deutschen auch nicht sonderlich, und Ihr könnt Informationen zusammentragen, die meine Leute nie in Erfahrung gebracht hätten. Wenn ich mir die Sache so richtig überlege und auch über Eure schicksalhafte Geschichte nachdenke, gelange ich immer mehr zu der Überzeugung, dass Ihr nichts anderes seid als ein Geschenk Allahs!« Er winkte seinem Leibdiener, der mir einen Becher Ingwerwasser zum Trinken reichte.

Ich bedankte mich, trank einen Schluck dieses seltsamen, aber durstlöschenden Getränks und setzte unser Gespräch mit einer Frage fort: »Baron von Helffersdorf wurde auf eine sehr ungewöhnliche Art und Weise entleibt. Wisst Ihr von den Umständen?«

»Er wurde vergiftet, aber wie ihm das Gift beigebracht wurde, weiß Allah allein. Alle Speisen und Getränke, die den Diplomaten dargereicht werden, auch die meinigen, werden von Vorkostern geprüft. Hinzu kam, dass der Baron völlig sicher und abgeschottet in der Karawanserei eines holländischen und von uns streng überwachten Handelsmannes abgestiegen war. Kein Schritt blieb unbeobachtet, nicht der gerissenste Attentäter hätte sich ihm nähern können, ohne von uns verhaftet zu werden. Und doch wurde er vergiftet!«

Ich erzählte dem Minister von meinen bisherigen Kenntnissen, unterließ es auch nicht, ihm meine ureigenste Überlegung vom Giftmädchen mitzuteilen.

»Ja, im Töten besitzen sie Geschick«, sinnierte er leise, und für einen kurzen Augenblick glaubte ich, ein leichtes hasserfülltes Lächeln unter seinem Bart zu erkennen. Doch wahrscheinlich hatte ich mich geirrt.

»Mit was für einer Art von Verschwörern haben wir es zu tun?«, erkundigte ich mich.

»Sie werden von einem Mann angeführt, den wir nur dem Namen nach kennen. Niemals bekam ihn einer unserer Männer zu Gesicht, und falls doch, so verschwand er stets auf Nimmerwiedersehen. Diejenigen seiner Leute, die uns in die Hände fielen, gestanden nach eingehender Befragung, dass sie ihn immer nur (und jetzt verstand ich den arabischen Namen nicht) nennen, was in Eurer Sprache so viel wie ›Mann mit den zwei Gesichtern‹ bedeutet. Aber wir werden ihn sowieso nicht finden«, schloss er und zeigte sein hintergründiges Lächeln.

»Wir werden ihn nicht finden? Wie muss ich das verstehen, Exzellenz?«

»Ach, nur so eine Redewendung, Herr von Krosigk.« Said as-Sallar machte eine vielsagende Handbewegung.

»Wie wollen wir weiter vorgehen, Exzellenz?«

»Ihr bleibt zunächst im Gefolge der Prinzessin, bis wir in Damasch angekommen sind. Dann sehen wir weiter.«

»Exzellenz, erlaubt mir zum Schluss eine Bitte vorzutragen!«

»Sprecht!«

»Im Gefängnis von Halab liegen einige Freunde, die mit mir verschleppt wurden, sowie ein Rheinländer, der mir während der Haft ans Herz gewachsen ist. Bei Ersterem handelt es sich um den Adjutanten des toten Barons, Rittmeister von Zarrentin. Darf ich Euch um die Großmut bitten, ihnen die Freiheit wiederzugeben?«

Er nickte entgegenkommend. »Ich werde sofort das Nötige veranlassen. Schon bald werden Eure Freunde ihrer Ketten ledig sein!«

Als ich mich zum Gehen anschickte, hielt der Wesir mich mit einem Wink zurück. »Und noch etwas: Wenn wir in Damasch sind, meidet den dortigen Festungskommandanten Ali ibn

Mohammed. Ich weiß nicht, auf welcher Seite er steht, und unsere Janitscharen befinden sich in einem Aufstand. Dieser Mann ist unerschrocken, skrupellos und macht sich, da er aus einer angesehenen und reichen Familie stammt, Hoffnungen auf die Hand der Prinzessin. Habt Ihr mich verstanden?«

»Sehr wohl, Exzellenz. Ich hatte schon die Ehre der Bekanntschaft dieses Mannes.«

»Als Wali al-Qal'a (was so viel bedeutet wie Befehlshaber der Zitadelle und dem Rang eines preußischen Obersten entspricht) besitzt er die Macht, Euch still und heimlich verschwinden zu lassen. Ich selbst kann Euch nur bedingt vor ihm schützen.«

Es vergingen noch gute zwei Wochen, ehe wir in Damaskus anlangten. Man kann sich unschwer die große Überraschung und Freude meines braven Kosemaul vorstellen, als er mich heil zurück wusste. Ich brachte den ganzen ersten Tag unseres Wiedersehens damit zu, ihm und dem Herrn de Witt von unserem Kampf gegen die Beduinen, dem Transport nach Halab, dem Aufenthalt in den Blutgewölben, dem Sklavenmarkt, dem Angriff der Schlange auf die Prinzessin, meiner Vergiftung und Genesung und zuletzt meiner Freilassung durch den Wesir des Paschas zu berichten. Auch von der bevorstehenden Befreiung Zarrentins und der beiden Holländer erzählte ich.

Und natürlich war ich meinerseits sehr neugierig darauf zu erfahren, wie Kosemaul auf unser Ausbleiben von dem missglückten Jagdausflug reagiert und was er zu unserer Rettung unternommen hatte.

Er straffte sich. »Dit kann ich Euch saren! Ick hawe nämlich hier jetzt ooch meine Quellen!« Dann sah er sich vielsagend um, so als vermutete er Hörer hinter der Wand. »Man kann nie wissen, Krosich«, flüsterte er und schnaufte dann: »Eure zufällije Jefangennahme durch Räuwer war nämlich jar keen Zufall, sondern een von dem Hund von 'nem Festungskommandanten inszenierter Üwerfall!«

An Zufälle glaubte ich schon lange nicht mehr, aber sollte Ali ibn Mohammed wirklich zu derartigen Mitteln greifen? Sein Risiko, in Ungnade zu fallen oder wegen Verschwörung verurteilt zu werden, war beträchtlich. Doch hinter das Intrigenspiel des Festungskommandanten und seiner Hintermänner würden wir noch kommen.

»Was habt Ihr denn für Quellen?«, fragte ich Kosemaul.

»Fracht liewer nich.« Kosemaul winkte ab und wurde merklich röter im Gesicht.

»Ihr solltet eine Nachricht zu Ali Hassan Bey schicken«, riet mir Herr de Witt, »und ihm alles Vorgefallene schildern.«

Ich stimmte ihm zu.

Schon nach wenigen Stunden kam ein Bote, der mir im Auftrag des Beys versicherte, wie peinlich dem Bey dies alles war. Mittels allerhöchster Order wurde ich zur ›befreundeten Person des Türkischen Reichs‹ erklärt und durfte mich als freier Mann fühlen.

Die erste Nacht in Freiheit schlief ich wie ein Säugling, zumal mein treuer Kosemaul sich mit schussbereiter Pistole an der Seite vor meine Tür legte und vernehmlich schnarchend über meine Träume wachte.

XV

Als Freund des türkischen Reiches und Lebensretter der Prinzessin durfte ich ihren Palast ungehindert betreten. Also nutzte ich bereits den folgenden Morgen und schlenderte über den Basar und durch die Stadt. Später wollte ich der Prinzessin meine Aufwartung machen. Ich schlürfte in einem Kaffeehaus einen Mokka, rauchte eine Wasserpfeife und beobachtete die Gäste, alles Männer über fünfzig, die entweder rauchten oder mit Brettspielen beschäftigt waren.

In Sichtweite der Moschee lag die gewaltige Zitadelle, Machtbasis des Ali ibn Mohammed und seiner Janitscharen. Zwischen Moschee und Zitadelle fanden alle Freunde schöner und gelehrsamer Bücher ihre Pilgerstätte, die Bibliothek von Damaskus. An jenem Morgen inspizierte ich den nordwestlichen Teil der Stadtbefestigung mit dem Bab Touma, dem Thomastor. Dann lief ich durch das gleichnamige christliche Viertel, labte mich an Granatapfelsaft und studierte die Lebensgewohnheiten der Einheimischen.

Gegen zehn Uhr in der Frühe spazierte ich ungehindert an zwei gelangweilten Janitscharen vorbei durch das Tor des Palastes, in welchem die schöne Prinzessin logierte. Ich rief nach einem Diener und trug ihm auf, bei der Prinzessin in meinem Namen untertänigst um eine Audienz zu ersuchen. Es schien mir geboten, die Prinzessin in das Spiel einzuweihen und sie über die Lage der Dinge aufzuklären. Falls sie nicht längst schon im Bilde war.

Bereits nach einer Stunde kehrte der Diener zurück und bedeutete mir, ihm zu seiner Herrin zu folgen.

Die verschleierte Prinzessin empfing mich im Innenhof des Palastes, umgeben von zahlreichen gleichfalls in Schleier gehüllten Frauen sowie den unentbehrlichen Wachen. Wie in vielen Palästen und vornehmen Häusern von Damaskus oder Halab befand sich in der Hofmitte ein rechteckiger Brunnen, der Wasserfontänen ausspie. Unter den Frauen fiel mir wieder die korpulente Hofdame der Prinzessin auf, die sie bereits auf den Sklavenmarkt von Halab begleitet hatte.

Die Prinzessin hatte es sich mit ihrem Gefolge unter einer großen spitzbogig gewölbten Nische bequem gemacht, die höher lag als der Hof und über eine breite Treppe erreichbar war. Als ich etwa zehn Schritt vor der Prinzessin stand, konnte ich von ihrem Gesicht nur die schwarzen Augen erkennen. Sie hatte schlanke, gebräunte Hände, die mit Mustern bemalt waren und sittsam auf ihrem Schoß ruhten. Anders als bei den Damen und Demoiselles unserer Gesellschaft, die ihre kostbare weiße Haut mit allen Mitteln gegen Sonnenstrahlen schützen, lieben die Türkinnen und Araberinnen die Sonne und ihre braune Haut. Parfümieren sich unsere Comtessas mit französischem Wasser, so bedienen sich die Damen der feinen Gesellschaft Arabiens ausgesuchter und wohlriechender Öle. Der Unterschied zwischen den Schönheiten unserer Breiten und denen des Morgenlandes kann größer gar nicht sein.

Neben der Prinzessin standen zwei Mohrenknaben und wedelten ihr mit großen bunten Fächern Luft zu. Direkt hinter ihr stand jene beleibte Gouvernante, von der ich bereits sprach. Sie hieß Fatima und hatte bereits der Mutter der Prinzessin gedient. Sie war in weite hellblaue Gewänder gehüllt, hatte ein matronenhaftes Gesicht, gutmütige Augen und einen ehrlichen Blick. Sie wich der Prinzessin nie von der Seite, kümmerte sich um alles, was den Hof betraf, so auch um die Organisation der Diener und Sklaven, oder übernahm selbst die Kontrolle über den Einkauf für die Küche. Sie war die gute Seele hier im Palast. Prinzessin Melechsala sah in ihr mehr eine gute Freundin denn eine Hofdame, und so erklärt sich auch das innige Verhältnis, welches beide Frauen miteinander verband. Mit einer freundlichen Geste winkte mich Fatima heran.

Auf Geheiß ihrer Gebieterin sprach sie wie folgt zu mir, was ein Dolmetscher übersetzte: »Prinzessin Melechsala dankt dir, Kafir (was so viel wie Ungläubiger bedeutet), und schenkt dir als Zeichen ihrer Gunst diesen Ring hier sowie tausend Zechinen.«

Ich verneigte mich tief, nahm den goldenen Ring und bezeugte meine größte Dankbarkeit, indem ich ihn über meinen Goldfinger* schob. Einer der Mohrensklaven trug eine kleine Holzkiste heran, die mit Arabesken verziert war. Er kniete ehrfurchtsvoll vor mir nieder und hob den Deckel der Kiste.

»Eintausend Zechinen**, Herr von Krosigk, ein kleines Dankeschön für Eure heldenhafte Tat! Wir werden die Kiste zu dem holländischen Herrn bringen lassen, ist es recht so?«

»Sagt Eurer Herrin, dass ich das Geldgeschenk ablehne, denn einer Prinzessin zu helfen ist in unserem Königreich Ehrensache und bedarf keiner Bezahlung, selbst wenn dies im Nachhinein geschieht.«

»Prinzessin Melechsala bittet Euch nicht, das Geld zu nehmen, sie befiehlt es.« Fatima sah gestreng zu mir herunter.

»Dann ist es natürlich etwas anderes«, antwortete ich. »Ja, Ihr könnt die Kiste zu Herrn de Witt bringen.«

»Darüber hinaus bittet Euch die Prinzessin, dass Ihr sie in den Sitten und Gebräuchen Eures Königreiches unterrichtet. Wäret Ihr, Herr von Krosigk, so freundlich?«

»Es wird mir eine große Ehre sein«, antwortete ich und verbeugte mich abermals. Fatima übersetzte meine Antwort. Mir war, als erkannte ich ein Lächeln in den Augen der Paschastochter.

»Dann setzt Euch, lieber Herr von Krosigk.« Fatima zeigte auf ein Kissen unmittelbar neben der Prinzessin.

Ich verneigte mich noch einmal gehorsamst vor der Prinzessin und nahm neben ihr Platz. Mein ursprünglicher Plan, ihr die gefährliche Lage zu erklären und sie zu warnen, sollte allerdings dem unerwarteten Lauf der Dinge zum Opfer fallen.

Die ersten Ausführungen zum Königreich Preußen vergingen mit komplizierten Erklärungen und unbeholfenem Gestenspiel, sehr zur Belustigung der Prinzessin und ihres weiblichen Gefolges. Junge Frauen lachen über alles. Zuerst versuchte ich ihr

* Ringfinger.
** Zecchino, venezianische Goldmünze von 23 Karat (3,49 g), auch als Dukaten bezeichnet. Auf einer Seite wurde Christus, auf der anderen der jeweils herrschende Doge kniend geprägt, der vom heiligen Markus mit einer Fahne belehnt wird. Z. wurden bis zum Ende der Republik Venedig (1797) geprägt.

den Namen und die Abstammung Seiner Majestät des Königs zu erklären, doch was folgte, war Gekicher. Es gelang mir nicht. Des Weiteren beschrieb ich das Königreich Preußen mit seinen Menschen, Äckern, Wäldern, Flüssen, Seen und Schlössern. Ich berichtete vom Bau der Stadt Potsdam, den wirtschaftlichen Reformen des Königs und natürlich von seiner großen Vorliebe für das Militär und hier besonders seiner Freude an den Langen Kerls. Ich erzählte der Prinzessin auch von der Akademie der Wissenschaften, die der König förderte. Das interessierte sie schon mehr. Besonders gefiel ihr aber, dass ein Christ nicht mehr als eine Frau nehmen darf. So vergingen drei Tage, in denen sich die Prinzessin, die Türkisch, Arabisch, Französisch und Englisch schreiben und lesen konnte, ein regelrechtes Dictionnaire, ein Wörterbuch der deutschen Sprache, erstellte, welches bald tausend Begriffe umfasste. Auch eine kleine Grammatik brachte sie in kurzer Zeit zustande.

Einmal wehte ein warmer Windstoß ihren Schleier auf und gab das Gesicht der Prinzessin frei. Wahrhaftig, sie war eine ausgemachte Schönheit. Ihre hübsch geformten, vollen Lippen bildeten einen mittelgroßen Mund, den ebenmäßige, weiße Zähne zierten wie auf einen Faden gereihte Perlen. Eine feine, leicht gebogene Nase verlieh ihrem Angesicht ein intelligentes und wohlwollendes Aussehen. Sie bemerkte, wie ich ihr Gesicht studierte, lächelte scheu, ließ aber den Schleier etwas langsamer fallen, als es erforderlich war.

Am vierten Tag endete unsere Konversation, denn Fatima war plötzlich und spurlos verschwunden. Wie ich hörte, suchte die Prinzessin selbst im ganzen Palast nach ihrer Leibdienerin, doch ohne Erfolg.

Nachdem ich bis zum Mittagsgebet im Palasthof gewartet hatte, schickte mich eine Dienerin der Prinzessin für unbestimmte Zeit fort. Noch machte ich mir keine Sorgen um die Verschollene – ich ahnte nicht, was kommen sollte!

XVI

Als ich an diesem Tag aus dem Palast der Prinzessin in den Khan der de Witts zurückkehrte, erwartete mich bereits Gamal, den mir der Emir geschickt hatte, und teilte mir mit, dass ein Freund mich vor dem Bibliotheksgebäude zu sprechen wünsche. So langsam kam Bewegung in die Sache. »Hat Er eine Ahnung, wer der Freund sein könnte?«, fragte ich den treuen Dolmetscher, der vielsagend lächelte.

»Janitscharen braucht Ihr nicht, Herr«, antwortete Gamal.

»Und ich verzichte gerne«, erwiderte ich grimmig. Herr de Witt ließ uns auf meine Bitte durch einen Hintereingang. Durch einen abfahrenden mit Stoffballen bedeckten Wagen huschten wir ohne von den Janitscharen gesehen zu werden aus dem Khan.

Gamal führte mich zielsicher durch den Straßenwirrwarr von Damaskus und unterließ es dabei nicht, mich eindrucksvoll in die Geschichte der Stadt einzuführen.

Menschen in den unterschiedlichsten Gewändern, mit den vielfältigsten Turbanen und den verschiedensten Hautfarben gingen in der Bibliothek ein und aus. Alle trugen lange Bärte und schienen gelehrte Männer zu sein.

Wir mussten ihrem Kommen und Gehen nicht lange zusehen, denn wir waren bereits vor der Bibliothek erwartet worden. Noch während ich nach dem besagten ›Freund‹ Ausschau hielt, ergriff mich ein hochgewachsener, bis zu den Augen verschleierter Krieger am Ärmel und zog mich in eines der benachbarten Häuser. Gamal blieb stets an meiner Seite und signalisierte mir mit beruhigenden Blicken, dass ich nichts zu fürchten habe. Es ging durch einen kühlen Flur direkt in den Hof eines Hauses, wo an einem plätschernden Brunnen ein drusisch gekleideter Mann saß. Mit einer freundlichen Geste bedeutete er mir, am Rand des Brunnens neben ihm Platz zu nehmen. Gamal trat an meine Seite und lächelte. Der Krieger stellte sich breitbeinig, den Knauf seines Säbels fest umfassend, in eine schattige Ecke des Hofes und beobachtete mit scharfen Augen die unteren Gänge und Fenster der Innenhoffassade. Ich selbst konnte außer ihm, dem Drusen, Gamal und mir keine Menschenseele entdecken.

»Ich grüße Euch, edler Herr von Krosigk«, sagte der Mann neben mir auf Deutsch. Es war Ahmad ibn Murhaf, der Emir der Drusen.

»Ihr macht mich neugierig, edler Emir. Warum so geheimnisvoll?«

Ahmad ibn Murhaf nickte bekräftigend. In seinen Augen erkannte ich Sorgen. Im Folgenden fungierte Gamal als Dolmetscher.

»Es wird in nächster Zeit zu gewaltigen Veränderungen kommen, Herr von Krosigk, und ich möchte Euch warnen. Noch habt Ihr die Möglichkeit, Damasch und unser Land zu verlassen. Doch schon in wenigen Tagen könnte es zu spät sein. Ich bange, mein Freund, um Euer Leben!«

»Mein lieber Freund!« Ich blickte den Emir erstaunt an. »Glaubt mir, ich fürchte mich nicht. Außerdem ist mein Adjutant ein exzellenter Mann, der mit mir durch dick und dünn geht.«

»Euer Adjutant, lieber Krosigk, befindet sich in der Gewalt unseres Giftmädchens. Er scheint ihr verfallen zu sein, und wenn es nicht bereits zu spät ist, wird er wohl eines ihrer nächsten Opfer werden.«

Ich musste unwillkürlich an das Mädchen aus dem Bordell denken.

Ahmad ibn Murhaf schien meine Gedanken zu erraten, denn er bekräftigte diese Vermutung eindringlich: »Ich habe es aus sicherer Quelle.«

»Nun, auch Kosemaul erzählte mir, er habe Informationen aus einer sicheren Quelle.«

»Beide Quellen entstammen ein und demselben Ursprung, der Karawanserei im Süden der Stadt, einem Bordell. Ich habe dort seit einigen Monaten eine treue Informantin, die mir regelmäßig berichtet. Sie beobachtete auch Euren Adjutanten und ein seltsames stummes Mädchen, das Kontakte zu dem ›Mann mit den zwei Gesichtern‹ unterhalten soll. Ihr wisst um ihn?«

»Ich habe von diesem geheimnisvollen ›Mann mit den zwei Gesichtern‹ gehört«, bestätigte ich. »Ich werde Kosemaul befragen. Er ist Offizier Seiner Majestät des Königs von Preußen. Kosemaul ein Verräter?« Das glaubte ich im Leben nicht.

»Ich behaupte ja nicht, dass er ein Verräter ist, aber vielleicht lässt er sich zu einfach aushorchen?«, versuchte Ahmad ibn Murhaf den angedeuteten Verdacht abzuschwächen.

Ich erwiderte ihm: »Edler Emir, ich danke Euch für Eure Offenheit, aber ich werde in Damaskus bleiben. Und die Sache mit dem guten Kosemaul werde ich klären.«

Bevor wir uns nach diesem kurzen Gespräch trennten, raunte mir Emir Ahmad ibn Murhaf noch etwas Vielsagendes ins Ohr. »Herr von Krosigk, hier bei uns ist vieles nicht so, wie es den Anschein hat, und vermeintliche gute Freunde entpuppen sich schnell als gefährliche Freunde.«

XVII

Nachdem ich mich voller unguter Ahnungen vom Emir und Gamal getrennt hatte, sah ich mich noch ein wenig in der Bibliothek um, die an diesem Tag von mindestens einhundert Gelehrten und Studiosi besucht wurde. Die Haupthalle, eine Art Lesesaal, maß mindestens zweihundert Fuß in der Länge und etwa achtzig Fuß in der Breite. An den Wänden, die wenigstens vierzig Fuß hoch waren, erstreckten sich Regale mit dicht aneinandergereihten Folianten. Zahlreiche Leitern, die dabei halfen, an die Bücher in den oberen Borden zu gelangen, standen an die Regale gelehnt. Beherzt erstieg ich eine davon und griff mir wahllos einen Folianten. Es war ein arabisches Werk, in dickes Pergament gebunden, voller mir unbekannter Schriftzeichen, aber dafür mit vielen interessanten Illustrationen versehen. Sie zeigten Krieger auf Pferden, die mittelalterlichen Rittern Kämpfe lieferten. Im hinteren Teil des Bandes war ein kleines Werk über Wurfmaschinen angeheftet, welches überaus kurios auf mich wirkte, denn die meisten Bilder demonstrierten, wie man mit diesen Maschinen die verschiedensten Objekte schleudern konnte, als da wären Brandgeschosse, Steine und – Menschenköpfe! Ich trug das Buch an seinen angestammten Platz zurück und trottete benommen von so vielen bibliophilen Schätzen in die nächstgelegene Mokkeija. Hier kehrten meine Gedanken zu unserer Mission zurück.

Sollte Kosemaul wirklich solch ein Tölpel sein? Ich konnte es nicht glauben und schüttelte den Kopf. Von einem anmutigen Fräulein bezirzt zu werden ist das eine, Geheimnisse preiszugeben etwas ganz anderes. Ich kannte ihn, er war durch und durch Offizier Seiner Majestät des Königs, einst ein preußischer Militär, also kein Träumer oder leichtsinniger Tropf, und nun ein treu ergebener Crako des Königs! Ich beschloss, dass er mir noch heute Rede und Antwort stehen sollte.

Inzwischen war es Abend geworden, und der Muezzin rief zum vierten Gebet. Innerhalb einer Viertelstunde legte sich eine merkliche Kühle über die Stadt. Überhaupt schlug hier in der Wüste die warme Tageszeit schnell in den unwirtlichen Abend um, und ehe man sich versah, herrschte die bitterste Kälte. Aus diesem Grund tragen die Araber jederzeit ihre langen Gewänder, denn was gegen Hitze schützt, sagen sie, schützt auch gegen Kälte – und umgekehrt. Ebenso schnell wie die Abendkälte hereinbricht, so unvermutet zieht auch die Dunkelheit auf.

Kaum hatte ich die Mokkeija und das Hauptgebäude der Bibliothek hinter mir gelassen, da beschlich mich das Gefühl, dass mich jemand verfolgte oder beobachtete. Mein Instinkt trog mich nicht, denn kaum war ich mit schnellen Schritten einige Straßenzüge weitergegangen, als sich mir zwei Gestalten in den Weg stellten. Sie sprachen mich arabisch an, aber ich verstand sie nicht. Im ersten Moment hielt ich sie für gemeine Straßenräuber und machte mich auf einen Kampf gefasst, aber die Männer bedrohten mich nicht, sondern berieten sich untereinander. Schließlich winkte mir einer der Männer, ihnen zu folgen.

Ich gab den Männern zu verstehen, dass ich dem Geheiß nachkommen würde, und bedeutete ihnen mit einer Geste, voranzugehen, was sie auch taten. Sie gingen gemessenen Schrittes, wohl um nicht aufzufallen, in Richtung der Südstadt. Dort machten sie vor einer schäbigen Karawanserei, die mir bekannt vorkam, halt und klopften dreimal kurz an das schwere Portal. Als es sich auftat, schlüpften wir hindurch.

Zunächst durchquerten wir den Torbereich und gelangten in eine Art Vorhalle, die schwache Lichter in Zwielicht tauchten. Die beiden Männer führten mich jedoch weiter in einen Saal, der etwas heller, aber immer noch spärlich beleuchtet war. Merkwürdig an diesem Raum schien jedoch weniger das diffuse kalte Licht als vielmehr der Umstand, dass er mittig von einem großen, vom Boden bis zur Decke reichenden Seidentuch zweigeteilt wurde.

Die Männer, zwei verschlagene Gestalten in typischer Tracht, verneigten sich vor mir und gingen. Kaum waren sie in einer der kaum sichtbaren Türen verschwunden, als eine schlanke verschleierte Frau eintrat. Es musste sich um eine jüngere Frau handeln, denn die meisten älteren Frauen, die ich bisher gesehen hatte, waren korpulente Matronen, wie denn auch die Araber besonders die fetten Weibsbilder schätzen.

Sie näherte sich mir mit züchtigen Schritten. Das schlechte Licht erleichterte den Blick durch ihre weiße Verschleierung aus Damaszener Seide, und ich erkannte ein schönes, beinahe madonnenhaftes Antlitz. Sie verneigte sich höflich und reichte mir einen versilberten halb mit rotem Wein gefüllten Pokal. Ihre grünen Augen leuchteten wie Smaragde. Selten sah ich so wunderbar schöne Augen, und wann immer ich heute an diese erste Begegnung mit diesem für uns so schicksalhaften ›Fräulein‹ denke, überkommt mich eine bedrückende Schwermut.

»Ja, unsere anmutige Sari wurde von Allah mit großer Schönheit und Anmut bedacht!«

Die Stimme, die dies in schlechtem Deutsch mit arabischem Akzent sagte, löste mich aus der Bestrickung dieses Augenpaars, welches mich meinen Auftrag und alles um mich herum beinahe hätte vergessen lassen.

Hinter der durchscheinenden seidenen Trennwand saß ein großer, breitschultriger Mann mit verschränkten Beinen auf einem Diwan. Seine Stimme klang angenehm rau und dunkel. Sosehr ich mich auch mühte, mehr konnte ich nicht erkennen. Zu weit saß der Mann von dem Seidenvorhang entfernt.

»Müht Euch nicht weiter«, sagte nun eine zweite Stimme, die sich deutlich heller und spitzer anhörte, »die Seidenschranke gibt nur das preis, was preisgegeben werden darf.«

Ich war verwirrt. Ich sah einen Mann, hörte aber zwei Stimmen. Sollte der geheimnisvolle Aufrührer vor mir sitzen, der ›Mann mit den zwei Gesichtern‹?

»Ja, ich bin es«, sagte wieder die erste, dunkler gefärbte Stimme, »ich bin der Mann, den Euch Ali Hassan Bey als den ›Mann mit den zwei Gesichtern‹ beschrieben hat.« Nach einer effektvollen Pause ergänzte er: »Und der uns *(er sagte ›uns‹!)* als das Haupt der Verschwörung bezeichnet.«

In meiner anhaltenden Verwirrung sah ich fragend zu Sari. Sie stand immer noch neben mir. Hinter ihrem Schleier zeichnete sich ein Lächeln ab.

»Ich hörte ...«

»Wir hörten!«, fuhr die zweite, helle Stimme der ersten ins Wort.

»Wir«, fuhr die dunkle Stimme verdrossen fort, »wir hörten, dass Ihr ein adliger Herr seid, der in den Diensten des Königs von Preußen steht?«

»So ist es.«

»Erzählt uns von Eurem König und seinem Reich!«, forderte die dunkle Stimme.

»Nun, unser gnädiger König ist ein gerechter Herrscher, und anders als hierzulande werden feige Mörder bei uns nicht nur gehängt, sondern gerädert«, erwiderte ich herausfordernd.

»Ihr seid ziemlich forsch. Doch egal, was müssen wir uns unter ›gerädert‹ vorstellen?«, fragte die dunkle Stimme.

»Nein«, widersetzte sich die helle Stimme, »nennt uns lieber Euren Namen!«

Die Situation gewann in der Tat bizarre, spektakelhafte Züge.

»Mein Name ist Krosigk, Freiherr Friedrich von Krosigk.«

»Was macht Ihr hier, Herr von Krosigk?«, fragte wiederum die helle Stimme.

Ich deutete eine Verbeugung an. »Mit Verlaub, Herr, wollt Ihr mir nicht Euren Namen nennen? Andernfalls erscheint dieses Gespräch eher wie ein Verhör.«

»Ein Verhör?«, fragte die helle Stimme.

»Kein Verhör«, widersprach die dunkle. »Man heißt uns nur (und wieder verstand ich den arabischen Namen nicht), oder für Euch verständlicher: der Mann mit den zwei Gesichtern.«

»Der Mann mit den zwei Gesichtern?«, wiederholte ich fragend.

»Eigentlich sind wir aber zwei Männer«, sagte die helle Stimme. »Yussuf und Mustafa.«

»Ich sehe nur einen Mann vor mir sitzen.«

»Nun, das ist eines der vielen Rätsel unseres Landes, edler Freiherr von Krosigk«, äußerte die dunkle Stimme. »Verzeiht bitte, dass wir uns nicht weiter vorstellen, uns auch hinter dieser Wand verbergen, denn wie Ihr vielleicht wisst, hält man mich ...«

Hier unterbrach die helle Stimme erneut und zischte erbost: »Uns – *uns!*«

»Natürlich ... uns«, lenkte die dunkle Stimme ein. »Man hält uns für Verbrecher, für Mörder, doch wir selbst verstehen uns als Rebellen. Rebellen gegen das türkische Joch, gegen diese elenden Bluthunde, die unser Volk peinigen, quälen und unterjochen!«

»Ihr tötet Diplomaten, mit Verlaub, und seid demnach Mörder!«

»Ja, wenn sie gegen uns arbeiten und unserem Volk schaden. Das ist doch eine einleuchtende Rechnung oder nicht?«

»Baron von Helffersdorf war als Diplomat und Unterhändler hier. Das Königreich Preußen ist kein direkter Verbündeter der Pforte.«

»In der Tat, das ist Euer Land nicht, aber Euer Baron von Helffersdorf stellte dem Wesir eine nicht unbeträchtliche Summe Geldes in Aussicht ...«

»Soviel ich weiß für den Ausbau von ...«

Beide Stimmen, die dunkle und die helle, fielen mir in die Rede, doch die helle verstummte nach wenigen Silben und überließ der dunklen das Wort: »Glaubt Ihr ernsthaft, Freiherr von Krosigk, Ali Hassan Bey, dieser türkische Bluthund, benutzt das Geld, um sichere Handelswege auszubauen? Bisher hat er es immer noch für seine Janitscharen, genauer für Ali ibn Mohammed und deren Bewaffnung, aufgewendet. Dafür gibt es Beweise.«

»Mord bleibt Mord, mein He... meine Herren!«, entgegnete ich unbeeindruckt.

Mein doppelter Widerpart schwieg für eine Weile. Dann erhob sich der ›Mann mit den zwei Gesichtern‹ und trat einen Schritt in Richtung der seidenen Wand. Jetzt konnte ich erkennen, dass es sich um einen riesenhaft gewachsenen, aber dessen ungeachtet nur um einen einzigen Mann handelte, wenn auch vielleicht mit der Körperkraft von zweien. Wollte man mich veralbern?

»Ihr fragt gar nicht, was wir von Euch wollen, Herr von Krosigk?«, bemerkte die dunkle Stimme mit einem lauernden Unterton.

»Nun also, was wollt Ihr?«

»Wir begehren, dass Ihr Euch aus der ganzen Sache heraushaltet.«

»Das ist unmöglich.«

»Dann müssen wir Euch töten.«

Meine Hand griff an den Knauf der unter meinem Hemd verborgenen Pistole. Erstaunlicherweise hatte man mich keiner Körpervisitation unterzogen. Jetzt hätte ich es in der Hand gehabt, das Haupt der Aufrührer zu erschießen und damit die gesamte Revolte zu schwächen oder sogar zu beenden.

Doch ich zögerte.

Der Mord an dem Baron war aufgeklärt, denn das, was mir dieser Mann gesagt hatte, war ein klares Geständnis. In unserem geliebten Königreich hätte ich ihn auf der Stelle festgenommen, aber hier? Was sollte ich tun?

»Ihr bleibt für eine kurze Weile unser Gast«, entschied die helle Stimme in gebieterischem Ton.

»Ja, ruht Euch ein wenig aus«, sagte die dunkle Stimme.

Ich sah, wie er eine majestätische Handbewegung machte.

»Ali Hassan wird seiner gerechten Strafe zugeführt, sogar bald schon, Freiherr von Krosigk, glaubt uns!« Der ›Mann mit den zwei Gesichtern‹ drehte sich um und schritt gemessen nach hinten.

Doch er hielt inne und wandte sich mir noch einmal zu: »Er wird von seinen eigenen Hunden gefressen werden, denn man muss sie nur ihres Futters berauben, dann zerfleischen sie sich selbst.«

In diesem Moment stob ein Luftzug in den Raum und hob für einen kurzen Augenblick die seidene Trennwand. Ich erhaschte einen Blick dahinter, doch welcher Schreck überkam mich, als ich einen großgewachsenen, breitschultrigen Mann in türkischer Tracht mit einem schrecklich deformierten, beinahe gespaltenen Haupt sah. Als er sein Geheimnis gelüftet glaubte, schrie die schrille Stimme hysterisch: »Sari, alajha an taktulahu!«*

Dann floh er überstürzt durch eine Tür im hinteren Bereich des Saals.

Ich blickte zu dem Mädchen neben mir, das wie versteinert schien. Zugleich überkam mich ein Schwindel, und ehe ich begriff, wie mir geschah, sank ich zu Boden und fiel in eine Art Schlaf. Man hatte meinen Wein mit einem betäubenden Elixier versetzt.

* »Sari, sie soll ihn töten!«

XVIII

Als ich aufwachte, fand ich mich in einem nur spärlich erhellten Raum wieder, dessen weicher Boden mit Stroh bedeckt war. Es stank widerlich nach verfaultem Fleisch. Mit Kopfschmerzen erhob ich mich, um herauszufinden, wohin man mich geschafft hatte. Das Gelass verfügte über ein kleines Fenster dicht unterhalb der Decke, das ein wenig diffuses Licht einließ. Zahlreiche Fliegen umschwirrten mich. Allmählich gewöhnten sich meine Augen an das Halbdämmer, und ich begann, die glatt verputzten Wände nach einer Tür abzusuchen.

Doch anstatt eine Tür zu finden, stieß ich mit dem Stiefel gegen einen schweren, vier Fuß langen holzartigen Klumpen in der Form eines riesigen Getreidekornes. Ich bückte mich, um das Riesenkorn aus der Nähe zu betrachten. Im nächsten Moment fuhr mir ein gewaltiger Schreck durch die Glieder, denn es stellte sich als zusammengepresste Masse aus menschlichen Knochen, Haut und eingedrückten Köpfen heraus! Adler und Bussarde würgen Mäuseknochen, Gewölle aus ... aber welches Tier spuckt Menschenreste, menschliche Gewölle aus? Wo, in Gottes Namen, war ich hier hingeraten?

An dem Fenster erschienen zwei Augenpaare. Dann hörte ich die Stimmen des ›Mannes mit den zwei Gesichtern‹: »Guten Appetit, Herr von Krosigk!« Die Augenpaare verschwanden, und zurück blieb nur das hämische Gelächter von Yussuf und Mustafa. In diesem Augenblick schwor ich Rache. Nie hatte sich meiner bis dato ein solches Rachegefühl bemächtigt, doch in diesem Raum, der Böses und Gefährliches spüren ließ, überkam mich ein unbezwingbarer Vergeltungsdrang. Ich torkelte weiter in dem stickigen Raum umher, immer bemüht, so dicht wie möglich an der Wand zu bleiben.

Dabei fiel mein Blick auf einige Inschriften, die frühere Gefangene vor mir in die Kerkerwände geritzt haben mussten.

*Deliver me from evil** konnte ich mühselig entziffern, und auf Französisch: *Que Dieu protège ma pauvre âme***. Dann fiel mein Blick in einen schattigen Winkel des Kerkers – und in der nächsten Sekunde presste ich mich zu Tode erschrocken an die Wand.

Ich hatte ja schon einiges hier im Land der Muselmanen gehört, auch gesehen und erlebt, aber was hier zusammengerollt vor mir lag, war keine Schlange, sondern ein riesiges Monstrum, ein wahrer Python.

Das Tier, wenn man es überhaupt als Tier bezeichnen kann, lag in sechs, sieben Windungen reglos im Stroh. Dabei schaute sein hundskopfgroßer, aalartiger Schädel in der Mitte heraus. Es schien, als schliefe die Bestie, denn ich sah keine Augen leuchten, und sie bewegte sich nicht. Ihr Leib war deutlich dicker als mein Oberschenkel, und ich schätze ihre Länge auf mindestens 28 bis 30 Fuß, wenn nicht noch mehr.

Wie man sich unschwer vorstellen kann, wagte ich mich nicht näher an den Wurm heran als nötig. Und dann folgte ein weiterer Schreck.

Das Monstrum, dessen glänzende Schuppen in dem wenigen Licht ein Muster aufwiesen, das an einen persischen Teppich erinnerte, hatte die Augen geöffnet! Matte blaue Augen mit einer elliptischen Pupille. Es schien, als würde es mich beobachten.

Das Ungeheuer regte sich. Die vielen Windungen seines Riesenleibes begannen sich gleitend zu bewegen – untereinander, übereinander, in entgegengesetzte Richtungen ... es schien unfassbar, dass sie alle zu ein und demselben Tier gehörten, eher schien es sich um ein Dutzend ineinander verschlungener Einzelwesen zu handeln.

Ich stellte mich auf einen ungleichen Kampf ein, denn man hatte mir alle Waffen abgenommen. Wie sollte ich den aber führen, gar gewinnen? Sollte ich versuchen, die Schlange zu erwürgen? Ihr das Maul auseinanderreißen? Sie mit dem Kopf gegen die Wand schlagen? Eine fast dreißig Fuß lange Bestie?

Und dann sah ich etwas, das meine Fassungslosigkeit noch steigerte. Ich sah ihre Brut. Geschützt von den Leibeswindungen

* Beschütze mich vor dem Bösen.
** Welcher Gott beschützt meine arme Seele?

der Riesenschlange, ringelten sich dreißig bis vierzig nasse, schleimige Würmer im Stroh – frisch geschlüpfter Schlangennachwuchs, der sich teilweise noch aus den zerbrochenen Eierschalen befreite.

Das Tier brachte sich durch geschmeidige Körperwindungen in eine Art Angriffsposition, denn es zog den Kopf leicht nach hinten und riss blitzschnell das Maul auf, dabei eine Reihe äußerst gefährlicher Reißzähne entblößend. Das weiße Schlangenmaul zischte bedrohlich laut, ein Ton, den man so schnell nicht wieder vergisst, wie ein lang gezogenes *schschschschsch*. Fast schien es, als würde der Kiefer des Monstrums um ein vielfaches die Größe des Kopfes überschreiten.

Dies also war das grauenhafte Schicksal, das Yussuf und Mustafa, diese elenden, vermaledeiten Söhne einer Hündin, ihren Gefangenen bereitet und auch mir zugedacht hatten!

Doch ganz so war es nicht, denn hinter mir erhob sich ein Schatten, der einem dicken Weidenstamm glich, der sich im Wind hin und her wiegt. Als ich ihn endlich wahrnahm, drehte ich mich langsam, die Bestie im Blick behaltend, um – nach unerwarteter Hilfe oder weiterer Gefahr ausschauend.

Ich glaubte die Schläge meines Herzens zu hören.

Und dann verstummten die Schläge – mein Herz schien auszusetzen.

Leise, sei leise, ging es mir durch den Kopf. Aber kann man ein ängstliches Herz in solch einer Situation beruhigen? Kann man das Zittern des Körpers eindämmen? Kann man pure Todesangst überwinden? Ja, man kann, wenn man an Hilfe glaubt, wenn man Hilfe erwartet. Dann beruhigt sich der Schlag des großen Muskels, der die Brust schier zum Zerplatzen bringt.

Doch das Entsetzen, welches sich meiner nun bemächtigte, kann man nur schlecht schildern. Hinter mir ›stand‹ eine Schlange, eine braunschwarze, hellbraun gebänderte Schlange mit gespreiztem Nacken, und sah zu mir hernieder. Die Kreatur aus meinem Traum – Satan selbst!

Ich fiel auf die Knie, krümmte mich zusammen und erwartete den Tod.

Aber – Alahu rahiemun – Allah ist barmherzig, denn die riesige gebänderte Schlange stieß urplötzlich und kraftvoll mit ihrem Maul nach vorn und grub ihre langen Fangzähne in den Leib des aufgerichteten Satans. Dieser, von einem solchen Angriff überrascht, riss das Maul auf, in dem zwei gebogene, sechs bis sieben Zoll lange Zähne sich aufreckten, und schrie, wie eine Katze vor übergroßem Schmerz schreit.

Welch ein Kampf hier begann, kann sich die geneigte Leserschaft kaum vorstellen. Zwei riesige Schlangen, eine Mutter und eine Räuberin, ineinander verwickelt, verbissen, kämpften und wälzten sich durch den Raum. Es währte nur wenige Augenblicke, da hielten beide Leiber einander umwunden und fast schien es, als würde die gebänderte die kleinere mit dem gespreizten Nacken erwürgen. Doch die Natur schafft Ausgleiche, denn schien mir die Längere die Kräftigere zu sein, so war die braunschwarz-gebänderte die Giftigere.

Konnte Python* dem Satan ein säuglingskopfgroßes Stück Fleisch aus dem Wanst reißen, so bohrte dieser doch seine sichelförmig gebogenen Zähne tief und dicht hinter den Kopf seines Feindes ins Genick. Währenddessen lagen beide Leiber ruhig im blutigen Stroh, beinahe wie zwei ermattete Liebende nach der Vereinigung. Doch der Schein trog. Satan pumpte seinem Feind tödliches Gift in die Adern, dabei den Blick nicht von der Brut der Gegnerin nehmend. Pythons Würgekräfte reichten nicht aus. Sie würde ihre Kinder diesem Scheusal überlassen müssen.

Ich sah, wie ihr mächtiger Leib schlaffer und schlaffer wurde. Sie versuchte sich aus der tödlichen Umarmung zu lösen, fortzukriechen, aber der Teufel ließ sie nicht gewähren. Stattdessen richtete sich dieser erneut auf – wohl sieben, acht Fuß hoch –, spreizte den angsteinflößenden Nacken und zischte, brüllte – es ist nicht zu beschreiben. Dann stieß er erneut nieder und versetzte seinem bereits letal getroffenen Gegner den Todesbiss – in den Kopf. Leblos blieb der mächtige vergiftete Schlangenleib unbeachtet von seinem grausamen Mörder liegen. Dann kehrte Ruhe ein, und die ekelhafte braunschwarze Schlange begann ihre auserwählten Opfer – die sich aus den erbrochenen Eierschalen windende Brut des Pythons – langsam, nach und nach, lebendig hinunterzuschlingen.

* Riesenschlange, alte Bezeichnung für Drachen oder Schlange allgemein.

Während die Schlange einige Stunden (!) mit dem Verschlingen ihrer Opfer zu tun hatte, lag ich still und regungslos in einer Ecke.

Es musste mittlerweile Abend sein, und Dunkelheit begann den engen Raum zu füllen, als sich ein kleines Stück von mir entfernt eine verborgene Klappe öffnete und eine zarte Frauenhand mir winkte. Es war Sari, die mich aus dem Kerker befreite und aus dem grauenvollen Haus hinausführte. Ihre dunklen Augen waren verweint. Als wir uns trennten, ergriff ich ihre Hand und küsste dankbar ihre Fingerspitzen. Auf den Straßen von Damaskus und in der kühlen abendlichen Wüstenluft fühlte ich mich wie neugeboren. Dennoch saß mir die Angst, die größer gewesen war als alles, was ich je zuvor an Furcht empfunden hatte, noch immer tief in den Knochen.

XIX

So schnell mich meine Beine trugen, lief ich zum Palast Ali Hassan Beys. Erregt, wie ich noch immer war, verirrte ich mich jedoch mehrfach im undurchdringlichen Gewirr der Straßen, wodurch ich sicherlich eine gute Stunde verlor. Endlich dort angelangt, machte ich den wachhabenden Janitscharen begreiflich, dass ich dringlichst Ali Hassan Bey sprechen müsse. Zum Glück erkannte mich der Hauptmann der Wache und ließ mich umgehend ein.

Ali Hassan Bey hatte an diesem Abend einige angesehene Damaszener, zwei Scheichs der Drusen und etliche französische und italienische Kaufleute zu einem Fest geladen. Das große Traktament war bereits vorbei, und ich betrat den Saal im selben Moment, als sich ein paar Ualem zur Freude der Gäste zum Tanz vorbereiteten. Zwei Janitscharen zerrten die kläffenden Doggen, Munkir und Nakir, die verlässlichsten Leibwächter des Beys, zur Tür hinaus. Die Hunde witterten irgendetwas und schlugen Alarm, aber man beachtete es nicht. Das Gebell störte ihren Herrn.

Da sich zunächst keine Gelegenheit bot, mit Ali Hassan Bey zu sprechen, folgte ich der Einladung seines Zeremonienmeisters und nahm neben einem der Franzosen Platz. Zwei Diener reichten mir eine Schüssel voller gebratener Hühner sowie eine Schale mit Trauben, Datteln, getrockneten Aprikosen und natürlich Damaszener Zwetschgen. Auch einen gefüllten Weinkelch stellten sie mir hin. Doch ich schlug die Angebote aus. Nach meinen jüngsten Erlebnissen rebellierte mein Magen schon beim ersten Anblick der Speisen, außerdem hatte ich Wichtigeres im Sinn als Essen.

Das Fest zog sich noch zwei geschlagene Stunden hin, in deren Verlauf sich die Franzosen einen gehörigen Rausch antranken. Die beiden Drusenscheichs beobachteten die ganze Szenerie distanziert, saßen aber stets verbindlich lächelnd auf ihren

Kissen. Auch Ali Hassan Bey, fröhlich den Tänzerinnen zuklatschend und ihren Bewegungen begierig mit den Augen folgend, frönte einem Getränk, welches geeignet war, die Stimmung anzuheben. Das Fest hatte seinen Höhepunkt erreicht. In und um meinen Kopf schien sich alles zu drehen. Dies war aber keinem Weingenuss geschuldet, sondern den Schrecknissen der Schlangengrube sowie den fliegenden Tüchern und kreiselnden Bewegungen der Ualem beim schrillen Klang ihrer Instrumente. Die Parfüms und das Räucherwerk, welche den Saal schwängerten, taten ein Übriges. Zu meinem Unbehagen sah ich, wie die Gwardi, des Beys Leibwächter, sich an verbotenen Getränken berauschten. Ihre lüsternen Blicke klebten an den Tänzerinnen. Das Fest wurde, s. v., zur Orgie.

Zwar ist es den Muslimen verboten, sich zu berauschen, für Europäer gilt dies jedoch nicht. Außerdem lassen sich mit einem Angetrunkenen vorteilhaftere Geschäfte machen als mit einem Mann, der nüchtern und bei klarem Verstand ist. An jenem Abend konnte ich mich allerdings davon überzeugen, dass das Verbot des Propheten auch bei den höchsten islamischen Staatsbeamten bisweilen übergangen wird. Wie sagen die Muselmanen so gern? ›Allah ist barmherzig!‹ – Wahrhaftig!

Zu vorgerückter Stunde mussten einige volltrunkene Gäste aus dem Saal getragen werden, und während Ali Hassan Bey ihnen übermütig zuprostete und ihnen einen ›guten Heimweg‹ wünschte, ergriff ich die günstige Möglichkeit, kurz mit ihm zu sprechen, und winkte einem noch nicht betrunkenen Dolmetscher.

Seine Augen starrten mich bereits glasig an, als er lallend fragte: »Nun, Herr von Krosigk, was führt Euch zu mir? Gefällt Euch mein kleines Fest?«

»In der Tat, Ali Hassan Bey, es ist eine interessante Solennität* ... Bitte verzeiht mein ungebührliches Erscheinen. Ich wollte mich durchaus nicht selbst einladen, doch hielt ich es für meine Pflicht, Euch zu warnen!«

»Mich zu warnen?« Der Bey lachte ausgelassen. Seine glasigen Augen traten weit hervor. Und ohne sich weiter um mich zu

* Feierlichkeit.

kümmern, klatschte er in seine feisten Hände und lehnte sich genüsslich in seine Kissen zurück. Ich vermochte nicht zu sagen, ob die Benebelung des Beys vom Wein oder vom Hasch herrührte, nach dem es im Saal roch. Es spielte auch keine Rolle, was von beidem zur allgemeinen Enthemmung und zu einem Schauspiel führte, das mich an die scheußlichsten Schilderungen Sodoms und Gomorrhas gemahnte. Wohl hatte ich bei Schweigger gelesen, dass die höher gestellten Muselmanen der Knabenliebe frönen. Aber dass ich einmal selbst Zeuge ihrer obszönen Orgien und widernatürlichen Ausschweifungen würde und ihre verdammten Sodomitereien hautnah mitbekäme, hätte ich mir niemals vorzustellen gewagt.

Die Tänzerinnen verließen auf das Zeichen des Beys das Fest. Die Musiker, die im Saal verblieben waren, spielten weiter. Die Franzosen waren sämtlich besinnungslos betrunken. Die Drusen, zumindest angeheitert, unterhielten sich lautstark.

Aus einem Nebengemach traten nun zwei schlanke hellhäutige Knaben herein, die nur mit schmalen Schurzen um die Lenden herum bekleidet waren. Sie ließen sich lasziv beidseits neben Ali Hassan Bey nieder und begannen den feisten Beamten zu streicheln und auf merkwürdige Art und Weise zu liebkosen.

Ich wollte mich entfernen, aber der Bey befahl mir durch ein unmissverständliches Zeichen zu bleiben. Dem durfte ich nicht zuwiderhandeln. Also fügte ich mich in mein Schicksal und wurde unfreiwilliger Zeuge des Fortgangs dieser ekelerregenden Szene. Ali Hassan Beys dicke Finger glitten in abstoßender Weise über die zarten Körper der Knaben, die kaum älter als zwölf, dreizehn Jahre sein konnten. Die Jungen waren kahl geschoren, und ihre Körper glänzten, als wären sie mit Öl oder Fett gesalbt. Von Zeit zu Zeit nahm der Bey einen Zug aus einer langen Pfeife. Wahrscheinlich kiffte er, und je mehr sein Zustand sich dem Stadium des Deliriums näherte, umso lustbegieriger wurden seine Fingerübungen. Fassungslos sah ich mit an, wie er den Knaben vor den Augen der versammelten Gäste seine ringbesetzten Finger in die Leibesausgänge bohrte. In diesem Moment verlor ich den letzten Funken Respekt vor dem Bey des Paschas.

Doch das pervertierte Vergnügen fand ein abruptes Ende. Kaum hatte der Fettsack von einem Bey wieder einmal seinen

Zeigefinger in einem der Knaben, da sprang der zweite Junge ihm ins Genick, brachte von irgendwoher, ich konnte es nicht sehen, einen Dolch mit schmaler, gewellter Klinge zum Vorschein und zog sie dem Bey über die Kehle. Mit einem schnellen, kraftvollen Schnitt zerteilte er ihm die Gurgel von Ohr zu Ohr.

Der zweite Knabe hatte ebenso plötzlich einen Kandschar* in der Hand und stach damit immer wieder auf den Bey ein, der sich längst röchelnd in seinem Blut wälzte, ehe die überrumpelten Janitscharen gewahr wurden, was sich gerade vor ihren Augen abspielte. Beide Knaben versenkten ihre Klingen wie entfesselt in dem feisten Fleisch des Beys, trafen seine Augen, den Nacken, das Kinn, den fetten Wanst, die Hände, Arme und Beine.

Als endlich die Janitscharen hinzusprangen und die Attentäter von ihrem bereits leblosen Opfer zurückzerrten, erkannte man kaum noch etwas Menschliches an Ali Hassan Bey. Seine seidenen Oberkleider waren zerfetzt und blutgetränkt. Der Kopf hing nur noch an wenigen Sehnen.

Die Janitscharen wiederum in ihrem Schrecken und ihrer Überrumpelung hieben die beiden Knaben mit ihren schweren Säbeln in Stücke. Man hätte sie davon abhalten müssen, denn vielleicht hätte man den kleinen Mördern Informationen über ihre Auftraggeber entpressen können, doch es war zu spät. Der Saalboden war übersät mit ihren Überresten, und niemand hätte mehr zu sagen vermocht, welches Körperstück zu welchem Jungen gehört hatte.

Inzwischen torkelten die Gäste schreiend zu den Ausgängen. Die Janitscharen wollten ihnen den Weg versperren, doch da jedermann bewaffnet war, drohte noch mehr Blutvergießen. So ließen die Wachen Ali Hassan Beys Gäste lieber gehen. Ich verdrückte mich ebenfalls und eilte zum Khan der de Witts.

* Gekrümmter, scharfer Dolch.

XX

Der Mord an Ali Hassan Bey wurde umgehend Said as-Sallar, dem Wesir, Ali ibn Mohammed sowie dem Kadi und allen weiteren Richtern von Damaskus zur Kenntnis gebracht. Der Pascha selbst lag immer noch krank danieder und wurde nicht damit belästigt. Noch in derselben Nacht ließ der Wesir die Wachen der Paläste verstärken. Niemand, kein Fremder und kein Muslim, der sich nicht gehörig ausweisen konnte, sollte am folgenden Morgen die Stadt verlassen. Wer sich verdächtig machte, würde verhaftet werden.

Nachdem ich Kosemaul in aller Kürze von dem Mord und meinem Abenteuer in der Schlangengrube berichtet hatte, eilte ich zu Said as-Sallar und teilte dem Wesir meine unvollkommene Beschreibung des ›Mannes mit den zwei Gesichtern‹, des mutmaßlichen Drahtziehers der Ermordung, mit. Also ließ Said as-Sallar die strengen Kontrollen wieder aufheben und stattdessen seine Janitscharen die ganze Nacht über nach einem missgestalteten Mann suchen, auf den mein Steckbrief passte.

Während die Janitscharen mitten in der Nacht die ganze Stadt durchkämmten, weil ich das Haus mit der Schlangengrube nicht mehr gefunden hatte, begab ich mich in unsere Unterkunft zurück und beratschlagte mich mit Kosemaul.

Ich beschrieb ihm das Mädchen, welches der Doppelköpfige Sari genannt hatte, und tatsächlich, sie schien mit seiner ›Kurtisane‹ aus dem Bordell identisch zu sein.

»Sie ist das Giftmädchen, Kosemaul, wir werden sie verhaften lassen müssen«, sagte ich und erlebte einen völlig verwirrten und beschämten Kosemaul. Auf meine Frage, was er mit dem Giftmädchen zu schaffen habe, erzählte er mir breit und umständlich die folgende Geschichte, die ich gekürzt wiedergebe.

»Na ja, ick jehe schon ziemlich oft da hin, awer globt mir, Krosich, alles janz harmlos, kiffen, wie's die Muselmanen sahren, tue ich ooch nich mehr. Awer, da jibt es neben der kleenen Hübschen (er meinte Sari, das Giftmädchen) ooch noch andere Mädchen, und mit denen rede ick ab un an, jedenfalls mit denen ick mich verstehe, na, Ihr wisst schon, so mit Händen und Füßen. Jedenfalls sind dit alles leichtfertije Mädchen, awer im Grunde nich schlecht, und von denen, mein liewer Mann, von denen kann man die schlimmsten Dinge erfahren, wer mit wem und so. Ooch die höchsten Beamten jehn dahin und plaudern natürlich, und üwer so ehn hawe ick erfahren, dass woll Ali ibn Mohammed, der Lumpenhund, hinter Eurer Verschleppung steckt. Übrijens, die Kleene kann jar nich jiftich sein, denn ick hawe sie oohch schon ma anjefasst!« Kosemaul grinste auf seine unnachahmliche Weise. »Als junger Kerl, da war ick Sekondeleutnant bei Seiner Majestät, da wandelte ick ooch schon ma off verbotenen Wejen, wenn Ihr versteht, was ick meine.« Er nickte bekräftigend: »Mehr, Krosich, war und iss nich, außer dass ick glowe, dass dort in dem berüchtichten Haus was nich stimmt, denn ab und an poltert es so komisch üwer den Decken und so.«

Ich seufzte. »Kosemaul, Sari hat mir zwar das Leben gerettet, aber sie ist wahrscheinlich die Mörderin des Barons und noch anderer Herren. Sie wird gefunden und verhaftet werden müssen.«

XXI

Bereits am nächsten Morgen schafften einige Diener die Überreste des Beys zur Untersuchung in das große Damaszener Hospital, wo sie von den Leibärzten des Paschas untersucht und anschließend durch die Leichenfrauen für die Sektion, so gut es überhaupt ging, in einen würdevollen Zustand versetzt wurden. Die Nachricht von der Ermordung des Beys hatte inzwischen auch meinen Freund Ahmad ibn-Murhaf erreicht, der mir Gamal als nützlichen Übersetzer schickte. Dieser traf gegen sieben Uhr in der Frühe ein. Ich war schon wach und bat ihn, es irgendwie zustande zu bringen, die Janitscharen Ali ibn Mohammeds endlich wegzuschicken.

»Wir müssen sie loswerden, Gamal, um jeden Preis.«

»Herr von Krosigk, gebt mir ein paar Zechinen, und Ihr seid sie los.« Das ließ ich mir nicht zweimal sagen. Ich gab Gamal flugs dreißig Zechinen, was eine stolze Summe ist, und schickte ihn zu den Wachen. Hinter einem Fenster beobachtete ich dann, wie er wortreich und geschickt die Janitscharen bestach. Unglaublich und in Preußen unvorstellbar, aber ohne lange zu überlegen, steckten sich die Janitscharen die Zechinen ein und zogen im gleichen Augenblick fröhlich ab.

Kurz nach dem Frühstück fragte mich Gamal, ob ich der Leichenöffnung des Beys beiwohnen wolle, was ich ohne Umschweife bejahte. Also eilte er mit meiner Bitte, dies zu gewähren, zum Wesir.

Kosemaul wiegelte ab. Er habe zurzeit keinen ›richtijen Mahren für so 'ne Sache‹.

Said as-Sallar, der nun vollends die Geschäfte in Damaskus übernommen hatte, willigte ein und ließ durch Gamal fragen, ob die beiden preußischen Polizeimänner bei der Sektion selbst ›Hand anlegen‹ wollten.

»Wollen wir ›Hand anlegen‹, Kosemaul?«

»Nee, nee, Krosigk, ick bin ehn Crako, awer kehn Metzker.«

»Nun gut, dann geht Ihr zur Prinzessin Melechsala und habt ein schützendes Auge auf sie, denn ich glaube, so richtig sicher ist hier niemand mehr. Ich selbst hingegen werde den hiesigen Anatomen über die Schulter schauen.«

»Mit Vergnüjen, Herr von Krosich«, antwortete Kosemaul, um mit einem Augenzwinkern fortzufahren: »Schönen Fraun muss mer immer zur Seite stehn!« Dann marschierte er schwer bewaffnet zum Palast der Prinzessin.

Gamal führte mich in das weltberühmte Damaszener Hospital, ein großes helles Gebäude in einem äußerst gepflegten Zustand. Es konnte gar keinen Vergleich zu den europäischen Sezierstuben oder Lazaretten geben, die von Kranken und Aussätzigen überquollen und in denen es nach allen denkbaren Körpersekreten und anderen unflätigen Sachen roch. Hier hingegen kümmerte sich eine ganze Heerschar gestikulierender Mediziner und geschickter Chirurgen um eine überschaubare Anzahl von Kranken, die auf saubere weiße Laken gebettet waren. Die Luft war klar und roch freundlich. Einer der Chirurgen geleitete uns in den Seziersaal, wo man den Leichnam des Beys bereits aufgebahrt hatte.

Einige Leichenfrauen, so würde man sie zumindest bei uns nennen, waren damit beschäftigt, den Leichnam zu waschen, was angesichts der Verstümmelungen alles andere als einfach war, ganz abgesehen davon, dass man den Toten getrost einen aufgequollenen Fettwanst nennen konnte. Der Kopf des Beys, den einer der Attentäter vom Rumpf getrennt hatte, ruhte sorgfältig gewaschen, gekämmt, samt Turban (sic![*]) und höchstwahrscheinlich einbalsamiert auf einem großen silbernen Tablett.

Man hatte seine Gesichtszüge wieder entkrampft, denn ich entsann mich, dass sein Antlitz im Augenblick des Todes, als der Knabe seinen Kopf vom Rumpf säbelte, entsetzlich verzerrt ausgesehen hatte. Jetzt hingegen lächelte Ali Hassan Bey, wenngleich es ein groteskes Lächeln war, das an eine Fastnachtsmaske oder einen sonstigen Mummenschanz erinnerte.

Gamal schob mich in die Sektionshalle und stellte mich den

* Lat.: so!

beiden Ärzten vor, die die Leichenöffnung durchführen sollten und von denen einer sich als mein alter Bekannter Faisal ad-daula al-Hakim erwies. Man kann sich vorstellen, wie groß unsere Freude war, einander wiederzusehen. Dabei hatte Gamal den beiden Anatomen noch etwas übermittelt, das mir unverständlich gewesen war. Die höfliche Einladung der beiden Ärzte an mich, an der Leichenschau teilzunehmen, ließ jedoch darauf schließen, dass es sich um die diesbezügliche Anweisung des Wesirs gehandelt hatte.

Dabei streifte mein Blick ein hohes massives Holzregal, welches in eine Nische eingepasst war und zahlreiche Gläser, Phiolen und Flaschen in verschiedenen Formen enthielt. Sie waren mit einer gelblich-bräunlichen, aber klaren Flüssigkeit gefüllt, worin alles mögliche geheimnisvolle und groteske Gekreuch und Gefleuch schwamm. In einem dieser Gläser erkannte ich zu meinem Entsetzen einen winzigen Menschen, vermutlich einen Homunkulus.

Doch Faisal ad-daula, dem mein erschreckter Gesichtsausdruck nicht entgangen war, lächelte fein. »Nur keine Angst, Herr von Krosigk, das sind nur leblose Präparate. Doch seht nur, dieses Exemplar ist noch viel merkwürdiger.« Während er dies sagte, zog er aus dem hinteren Teil eines Regalbodens ein schweres, großes Glas hervor, das ein Kind mit zwei Köpfen barg.

»Eine wahre Wundergeburt!«, presste ich dumpf hervor.

»Ja, und bei Allah, glaubt man der Beschreibung auf diesem Zettel hier, soll das arme Wesen sogar zwei Jahre alt geworden sein!«

Mein Blick fiel auf einen Europäer, der ebenfalls in der Sektionshalle lag, aber noch lebte.

Al-Hakim kniff die Augen zusammen. »Ein interessanter Fall. Der Mann, der dort liegt, ist ein Holländer, ein Sklavenhändler. Er hat sich auf seiner Suche nach Sklaven an der afrikanischen Westküste den sogenannten Guineawurm* eingefangen. Das ist

* Schon seit dem Altertum auf dem afrikanischen Kontinent weit verbreiteter Wurm, dessen Herkunft man im 18. Jahrhundert auf das Trinken faulen Wassers zurückführte. Der um den Holzstab gewundene Wurm wurde zum Symbol für den Äskulapstab, den man heute fälschlicherweise als Schlange deutet und darstellt.

aber nicht das Besondere, denn einen Wurm können wir ohne Probleme entfernen. Medizinisch außergewöhnlich ist die Zahl und die Größe der Würmer, denn wir diagnostizierten sechs Würmer mit einer Gesamtlänge von fast fünfzig Ellen! Sie stecken meist direkt unter der Haut in den Armen und Beinen. Bei dem Holländer fanden wir einen sogar im Skrotum – im Hodensack.«

Mich überkam eine Gänsehaut. »Und was geschieht jetzt mit ihm?«

»Nun, wir werden die Würmer mittels Holzstäbchen behutsam herauswinden. Reißt der Wurm, dann bleibt der Rest im Körper, entzündet sich, und der Mann stirbt. Es werden bange Wochen.«

»Wochen?«, fragte ich bestürzt.

»Ja, Wochen, denn die Prozedur ist langatmig und muss äußerst konzentriert vonstattengehen. Deshalb werden auch nur unsere besten Chirurgen die Operation durchführen. Kleinere Würmer ziehen bei uns schon die Dorfmediziner, denn reißt ein solcher, könnte man ihn zur Not mit dem Skalpell herausschneiden, falls er nicht im Thorax steckt.«

Was mich an der Sektion des Beys am meisten beeindruckte, war der immense Bildungsstand der hiesigen Medici. Wenn ich andererseits an die martialischen Säbeleien der Feldscher in der Armee Seiner Majestät des Königs dachte – Gott, welch ein Unterschied! Ganz zu schweigen von heiklen Operationen, die bei uns zuweilen von Scharfrichtern oder gar Barbieren ausgeführt werden.

Nachdem die Leichenfrauen ihre Arbeit beendet hatten, schob Faisal ad-daulas Kollege die ausgetretenen Innereien wieder in die Bauchhöhle zurück. Faisal hingegen zählte die Dolchverletzungen und kam auf eine Gesamtzahl von einundsiebzig. Nur drei davon waren wirklich tödlich gewesen. Der Rest bestand in Stich- und Schnittwunden, die kein lebenswichtiges inneres Organ getroffen, sondern Körperteile abgetrennt oder einfach nur das Fett Ali Hassans durchdrungen hatten. Die tödlichen Stiche waren in die linke Niere und ins Herz gegangen. Und natürlich war auch der Schnitt durch die Gurgel des Beys tödlich gewesen, der die Arteria carotis, die Halsschlagader, durchtrennt hatte.

Anschließend begannen die Ärzte den verstümmelten Rumpf Ali Hassan Beys wieder zusammenzunähen.

Hiernach nahmen sie sich den Kopf vor. Eigentlich hätte ich mir das ganze Schauspiel ersparen können, denn ich erfuhr nichts wirklich Neues. Dies änderte sich jedoch, als vier Janitscharen eintraten, die eine Art großer Molle trugen, worin sich die zerhauenen Glieder der Lustknaben befanden. Mein Magen begann sich zusammenzuballen, und ich spürte, wie mir halb verdauter Hammelbraten in die Gurgel stieg.

Gamal sah mich grinsend an: »Könnte für den Herrn Criminalkommissarius noch interessant werden!«

Tatsächlich hatte er Ali ibn Mohammed gebeten, die Überreste der Attentäter ebenfalls in die Anatomie zu bringen. Dieser hatte das Ansinnen zwar zuerst abgelehnt, jedoch gleich darauf, als Gamal den ausdrücklichen Wunsch des Herren Criminalkommissar für diese Untersuchung vorschob, fluchend nachgegeben. Zwar hatte ich nichts dergleichen gefordert, doch was die beiden Ärzte zu den zerhackten Leibern zu sagen hatten, rechtfertigte Gamals Lüge im Nachhinein vollauf.

Die Jungen waren grässlich zugerichtet. Bei einem der beiden waren beide Unterarme und das Gesicht abgeschnitten, bei dem anderen eine Schulter samt Arm sowie der ganze Hinterkopf.

Faisal ad-daula besah sich den Kopf des einen Jungen, der sein Gesicht noch hatte, und zeigte diesen seinem Kollegen, der zustimmend nickte. An Gamal gewandt, bekundete Faisal, dass dieser Junge vor nicht allzu langer Zeit eine gehörige Portion Hasch verabreicht bekommen hatte. Selbst im Tode könne er dies an den Augen erkennen.

In der folgenden Stunde begutachteten und sezierten Faisal und sein Kollege die Leichenteile mit der größten Sorgfalt.

Beide Toten hatten stark zersetzte schwarze Mägen und Lebern. Dies ließ darauf schließen, so die Ärzte, dass man den Knaben über einen längeren Zeitraum hinweg Gifte zugeführt haben musste. Zu meinem und Gamals, aber auch der Ärzte größtem Entsetzen, förderte die Sektion des Magens eines der Jungen eine kleine Schlange einer äußerst giftigen Art zutage, die – Allah sei mein Zeuge – noch lebte!

Erschrocken wichen wir vom Seziertisch zurück. Der Erste, der die Fassung zurückgewann, war Faisal ad-daula. Er nahm ein blankes Chirurgenmesser in die Hand und beförderte das Tierchen damit aus dem geöffneten Magen.

Die Schlange legte sich wie ein Wurm um die Messerklinge und starrte uns mit bösen Augen an, so kam es mir zumindest vor!

In einem Augenblick der Unvorsichtigkeit fiel das Tier jedoch zu Boden und kroch behäbig in eine Ecke. Die Ärzte riefen etwas, worauf zwei Janitscharen dem Flüchtling hinterhereilten, das Tier in zwei Teile zerhackten und diese auf die Spitzen ihrer Säbel spießten. Einer hob die Jungschlange hoch, deren Kopf sich noch bewegte und nach uns schnappte.

Eine Uräusschlange, vielleicht drei, vier Wochen alt, äußerte Faisal – ein hochgiftiges Geschöpf. Nach al-Hakims Meinung waren die Jungen vorsätzlich vergiftet oder – er bedachte mich mit einem bedeutsamen Blick – zu Giftjungen gemacht worden. Welches Gift zum Tragen gekommen sei, vermöge er noch nicht zu sagen, aber die kleine Schlange in dem Magen des einen Attentäters deute natürlich auf Schlangengift hin.

Ich war alarmiert. Giftknaben als heimtückische Mordwerkzeuge! Doch warum hatten sie den Bey vor aller Augen erdolcht? Waren sie vielleicht noch nicht giftig genug gewesen oder gar schon zu stark vergiftet? Mit solchen Überlegungen trat ich den Rückweg in unsere Unterkunft an.

XXII

Kaum waren wir nach der chirurgischen Lehrstunde in unserem Quartier angelangt, begehrte mich ein Bote des Wesirs zu sprechen. Ich hatte den Mann vorher noch nie gesehen und wurde auf der Stelle misstrauisch. Ich ließ ihn warten und rief Gamal, um mir die Mitteilung des Mannes zu übersetzen. Dieser wechselte einige Sätze mit dem Boten, dann zog er mich nervös und äußerst aufgewühlt beiseite und sagte: »Oh, Herr, Furchtbares wird geschehen! Der Pascha liegt im Sterben!«

Sofort schossen mir Hunderte Gedanken durch den Kopf. Was würde nun mit der Prinzessin geschehen? Wer würde dem Pascha im Herrscheramt folgen? Was machte Kosemaul gerade? Schützte er die Prinzessin? Waren sie womöglich alle in Gefahr, da man Ali ibn Mohammed nicht trauen durfte? Der Janitscharenhauptmann würde gewiss nicht zögern und uns alle heimlich umbringen oder totbastonieren lassen.

Ich hatte keinerlei Vorstellungen, wie ein Machtwechsel in diesem Land ablief, aber eines war mir klar: In der gegenwärtigen Situation konnte er nur blutig über die Bühne gehen.

Ich teilte Gamal meine Befürchtungen mit.

Er stimmte mir zu: »Ja, Herr, genau so wird es kommen.«

»Gut, dann lass Er uns auf schnellstem Weg zur Prinzessin eilen!«

Ich ergriff meinen Stoßdegen, nahm zwei Pistolen und warf den Kaftan über. Es begann bereits zu dunkeln. Gamal besorgte mir noch schnell einen unauffälligen Turban, und ehe jemand etwas bemerkte, verschwanden wir ungesehen von den Janitscharen, die noch immer unseren Khan bewachten, durch eine kleine, unscheinbare Hintertür. Herr de Witt stellte uns noch zwei seiner Holländer, zwei tüchtige ehemalige Seesoldaten, zur Verfügung. Auch sie waren türkisch gekleidet und schwer bewaffnet. Den Boten hatte Gamal fortgeschickt.

»Gelangt Ali ibn Mohammed an die Macht, ist es gewiss aus mit uns«, äußerte de Witt gelassen mit seinem holländischen Akzent und verschloss die Tür seines Hauses hinter uns.

»Ihre Hoheit die Prinzessin wird sicherlich im Palast ihres Vaters sein«, mutmaßte ich und befahl Gamal, uns dorthin zu leiten.

Das Gerücht vom nahen Tod des Paschas begann sich in den Straßen von Damaskus zu verbreiten. Die Bürger verschlossen ängstlich ihre Türen, ja, einige vernagelten sogar die Eingänge. Wieder andere zogen mit Fackeln vor den Palast des Paschas. Es war unklar, ob es sich um einen wütenden Pöbel handelte oder um Anhänger Mustafa Paschas, die ihre Anteilnahme bekunden wollten.

An allen Ecken standen schwer bewaffnete Janitscharen. Vor dem Palast des Paschas hatte eine Eskadron Spahis* Stellung bezogen und schirmte das Gebäude vor der neugierigen Menschenmeute ab.

In dieser angespannten, aber noch nicht unmittelbar bedrohlichen Situation erreichten wir den Palast. Gamal hatte uns geschickt geführt. Glücklich und mit Allahs Hilfe gelangten wir an eine Pforte, durch die uns ein wachhabender Janitschar ohne Aufhebens hineinließ. Ich kannte den Mann. Er gehörte zur Leibwache Ali Hassan Beys und durfte als vertrauenswürdig gelten. Er sagte etwas zu Gamal, was ich nicht verstand. Dieser erschrak und wurde leichenblass. Der Janitschar richtete nun einige Worte an seine Männer, etwa zehn jungen Burschen, die ziemlich verängstigt aussahen. Auch Gamal rief ihnen etwas zu, worauf sie verstummten und betreten zu Boden sahen. Dann schob der Hauptmann mich und meine Begleiter in das Innere des Palastes.

»Was ist hier los?«, fragte ich Gamal.

»Herr, wir kommen zu spät. Mustafa Pascha ist bereits tot. Ob die Prinzessin noch bei ihm ist, wissen die Wachen nicht. Sie haben jedoch von Said as-Sallar Befehl erhalten, niemanden in

* Spahi: Reiter, Inhaber eines Militärlehens, der als Kavallerist Kriegsdienst leistet, besonders wegen ihrer Fähigkeiten des treffsicheren Bogenschießens vom Pferd gefürchtet. Hier etwa 60 bis 80 Reiter.

den Palast zu lassen. Ich sagte ihnen, dass Ihr ein getreuer Freund des Paschas und der berühmte Lebensretter der Prinzessin seid und auf schnellstem Wege mit dieser in Verbindung treten müsst. Das öffnete uns die Pforte.«

Als wir in die große Empfangshalle kamen, die zu unserem größten Erstaunen menschenleer war, wurde ich noch unruhiger. Man hätte annehmen sollen, dass sich eine Vielzahl von Menschen – hohe Würdenträger, Mullahs, Offiziere, ausländische Diplomaten, Angehörige, persönliche Freunde – versammelt hätten, um von dem Sterbenden oder Toten Abschied zu nehmen, aber nichts dergleichen. In diesem Palast war keine Menschenseele anzutreffen! Es herrschte Totenstille; nicht einmal das Trauergeschrei oder auch nur leises Wimmern der vielen Serailweiber des Paschas war zu hören.

Wachsam und mit forschenden Augen drangen wir, ohne einen Laut von uns zu geben, in die Privatgemächer des Paschas vor. Irgendetwas war hier gänzlich faul, das spürte ich. Meine Hand wanderte zum Knauf einer meiner Pistolen. Sollten wir in eine Falle tappen?

Gamal, der das Innere des Palastes gut kannte, weil er häufig mit dem Emir in Staatssachen zu tun gehabt hatte, hielt uns plötzlich zurück. »Wenn wir weitergehen, Herr, gelangen wir in den Schlafsaal des Paschas!«

Ich zog die Pistole und gab ihm zu verstehen, uns weiterzuführen.

Die schwere mit grünen und goldenen Arabesken und Schriftzügen verzierte Tür zum Schlafgemach Mustafa Paschas war nicht verschlossen, sondern nur angelehnt. Ich drückte sie bedächtig auf; dabei fiel mein Blick auf den Boden. Ein feines Rinnsaal Blut kroch bis zu meiner Schuhspitze. Mir stockte der Atem, dennoch öffnete ich die Tür ganz. Unseren entsetzten Augen bot sich eine Szene, dergleichen in den Annalen von Damaskus selten zu finden sein dürfte.

Vor uns lag der Pascha, Mustafa Pascha, auf seinem prächtigen Bett. Fast schien es, als würde er schlafen, aber bei näherem Hinsehen konnte man eine seidene Schnur erkennen, die sich tief in das Fleisch seines Halses schnitt. Offensichtlich war er erdrosselt worden.

Die Seidene Schnur* ist eine beliebte Hinrichtungsart im Türkischen Reich und wird auf Befehl des Sultans ausgeführt. Doch schien es mir unsinnig, den Sultan hinter dem Tod Mustafa Paschas zu vermuten, denn dieser war alt und hätte wahrscheinlich sowieso nicht mehr lange gelebt. Hier spielten andere Kräfte ein böses Spiel.

Die weit hervorgetretenen, gebrochenen Augen des Paschas verrieten in ihrem letzten Augenblick furchtbare Angst. Eine Angst, die ich noch spürte, denn in einem Nebenraum fand Gamal vierzehn grausam erschlagene Frauenleichen, sein ganzer Harem, junge und alte, die man auf einen Haufen geworfen hatte, aus dem ununterbrochen Blut floss. Man musste die Frauen wie Vieh abgeschlachtet haben, denn einigen fehlten große Stücke im Gesicht, anderen waren die Köpfe gespalten, von Säbeln oder Beilen zerhackt. Den jungen Frauen hatte man ganz offensichtlich noch Schlimmeres angetan, denn ihre entblößten Beine lagen verdreht und in, s. v., beschämender Pose. Nachdem man ihnen die schlimmste Unzucht zugemutet hatte, ausgeführt von einem wilden soldatischen Pöbel, einer venushungrigen und blutdürstigen Soldateska, hatte man den armen Dingern die Kehlen durch- und die Bäuche aufgeschnitten.

Als wir über die Toten stiegen, überkam mich ein schlimmer Verdacht. Hier hatte jemand – mit Zugangsberechtigung zum Palast (!) – die ganze Familie des Fürsten ausgerottet. War Prinzessin Melechsala dasselbe Schicksal zuteil geworden? Ich suchte mit bangem Herzen und fast atemlos unter den Leichen nach ihr, fand sie aber glücklicherweise nicht. Falls Ali ibn Mohammed hinter dieser scheußlichen Tat steckte, war das Leben der Prinzessin vermutlich ungefährdet, denn der Janitschar liebte sie. Andererseits war mir bekannt, wozu verliebte Männer fähig

* Hinrichtungsinstrument, gepaart mit symbolischem Hinrichtungsritus. Durch das Versenden der ›Seidenen Schnur‹, einer Seidenschnur in einer Holzkiste o. Ä., signalisierte der Sultan, dass er wünschte, dass der Empfänger mit dieser von den Umstehenden oder von den in der Nähe stehenden Janitscharen auf der Stelle erdrosselt würde. Die Seidene Schnur wurde selbst an Familienangehörige verschickt. Kara Mustafa, der Großwesir, der 1683 mit dem osmanischen Heer vor Wien gescheitert war, wurde ebenfalls mit der Seidenen Schnur erdrosselt.

sind, deren Werben unerhört bleibt ... Hatte aber ein anderer seine Finger im Spiel, war das Leben der Prinzessin deutlich stärker bedroht. Wir mussten umgehend handeln und uns mit dem Wesir in Verbindung setzen.

Dann befiel mich ein erschreckender Gedanke. Wenn nun der Wesir das Haupt der Verschwörung war, ein Mann mit zwei Gesichtern? Sollten wir den Ermordeten ganz bewusst sehen? Die Sache war höchst verworren.

»Gamal«, flüsterte ich, »wenn man uns hier antrifft, wird man uns den Mord an Mustafa Pascha und den Frauen in die Schuhe schieben. Wir müssen schleunigst von hier weg!«

»Sollte dies eine Falle sein«, bestätigte Gamal, dem Tränen über die Wange rannen, während er einer Haremsdame die Augen schloss, »so braucht man sie nur noch zuschnappen zu lassen!«

Wir gaben unseren bewaffneten Begleitern einen Wink, und ebenso leise und unauffällig, wie wir gekommen waren, verließen wir diesen Ort des Schreckens und anschließend den Palast.

Glücklicherweise ließ uns der Janitschar wieder zur Pforte hinaus, ohne unangenehme Fragen zu stellen. Ob er von dem Blutbad wusste? Ob er vielleicht im Auftrag seines Kommandanten an dem Blutbad beteiligt gewesen war?

Wir waren in eine höchst brisante und gefährliche Staatsangelegenheit geraten. Ich selbst fand mich nun in einer äußerst heiklen Lage wieder. Ein Crako Seiner Majestät des Königs von Preußen, verwickelt in die Ermordung eines türkischen Paschas, das konnte für Seine Majestät und mein Land von großem Schaden sein und die schlimmsten kontinentalen Krisen heraufbeschwören. Jetzt fiel mir die Warnung des Emirs wieder ein, doch zur Abreise oder Flucht war es zu spät.

Mit verschleierten Gesichtern eilten wir, ohne uns aufhalten zu lassen, zum Palast der Prinzessin.

XXIII

Kaum waren wir in Sichtweite dieses schönen Gebäudes, drang das Krachen von Gewehren und Pistolen sowie wütendes Säbelgeklirr an unsere Ohren.

Der Palast wurde angegriffen! Vor den Toren lag ein halbes Dutzend toter Janitscharen, Wächter der Prinzessin. Man hatte sie hinterrücks arkebusiert*. Ich sah es daran, dass sie noch nicht einmal ihre Säbel oder Dolche gezogen hatten. Wir selbst hielten bereits unsere Waffen in den Händen, als wir über ihre Leichen schritten. Einige Damaszener schrien unverständliche Worte. Andere brüllten »Schaitani! Schaitani!« Ein paar Jungen und Frauen kamen angelaufen und redeten auf uns ein, doch Gamal schickte sie mit barschen Worten weg.

»Was sagen sie?«, fragte ich ihn.

»Der Janitscharenaga selbst ist im Palast. Er befreit die Prinzessin von einem feuerroten Dämon.« Damit konnte nur Kosemaul gemeint sein. Ich stürzte voran, wurde aber sofort von einem Janitscharen aufgehalten, der sich mir mit gezücktem Säbel in den Weg stellte. Hier konnte ich nicht lange fackeln. Ohne auch nur einen Augenblick zu zaudern, hob ich eine meiner Pistolen und verpasste ihm eine Kugel in den Wanst. Doch schon war ein Zweiter zur Stelle, um seinen zusammengebrochenen Kameraden zu ersetzen. Ihn streckte einer der beiden Holländer zu Boden. Weitere Janitscharen stürzten mit ihren breiten Säbeln auf uns los, und wir, die wir mit Feuerwaffen ausgerüstet waren, schossen sie nieder. Auf diese Art und Weise brachten wir ein halbes Dutzend zu Fall und näherten uns den Privatgemächern der Prinzessin. Wir erklommen eine schmale Treppe und stießen eine reich verzierte Tür auf.

Man kann sich gar nicht vorstellen, mit welcher Freude ich das

* Erschossen.

»Ick hau Euch alle um!« in Kosemauls unverwechselbarer ›Machdeborjer‹ Mundart vernahm!

Als wir in die Kammer der Prinzessin einfielen, kämpfte Kosemaul wie ein Recke der nordischen Mythen, in jeder Hand einen gewaltigen Säbel schwingend, vor der Prinzessin und deren Dienerinnen, die sich aneinandergekauert in eine Ecke der Kammer drückten. Vor Kosemaul türmte sich ein Berg zerhauener Janitscharen. Ihm selbst klebte zwar Blut an der Stirn und an den Fäusten, aber ich war mir nicht sicher, ob es nicht das Blut seiner Feinde war.

Ali ibn Mohammed focht indessen im Zweikampf mit dem Hauptmann der Leibwache, der noch treu zu seiner Herrin stand. Bis auf Kosemaul und zwei Mann, die verwundet am Boden lagen, war er der einzige noch lebende Widersacher der Janitscharen Ali ibn Mohammeds.

»Kosemaul, alter Haudegen!«, rief ich froh und warf mich ins Gefecht. Da wir uns unterwegs nicht die Zeit genommen hatten, unsere abgeschossenen Feuerwaffen nachzuladen, mussten auch wir uns auf die Schärfe unserer Klingen verlassen.

»Krosich, mein liewer Krosich, jut, dass Ihr kommt!«, versetzte mein bärenstarker Adjutant und hieb nun noch wilder drein.

Durch unser Eingreifen wendete sich das Blatt, und wir begannen die Oberhand zu gewinnen.

Fechtend schrie ich dem ebenfalls kämpfenden Gamal zu, er solle dem Janitscharenaga sagen, dass wir seine Leute getötet hätten und er nicht mehr auf einen Sieg hoffen könne.

Kaum hatte Ali ibn Mohammed dies vernommen, als er vom Kampfe ließ und wie ein feiger Hund retirierte, gefolgt von seinen ebenfalls flüchtenden Leuten. So etwas wie Offiziersehre war dem Kerl offensichtlich fremd.

Wir ließen die Waffen sinken, und man kann sich leicht vorstellen, wie herzlich ich den guten Kosemaul in die Arme schloss! Er war tatsächlich unverletzt, schimpfte aber ununterbrochen über die ›lausijen Manieren‹ hier.

»Die Kerle wollten die Prinzessin holen, die wollte awer nich, also hawe ick den Kerlen jesacht, sie sollen wüller verschwinden, awer der ehne drohte mir – mir, ’nem Offizier Seiner Majestät!

Na, denen hawe ick was erzählt.« Kosemaul grinste breit. »Na, Ihr seht ja selbst.«

Die Janitscharen des Hauptmanns, die nicht mit ihm geflohen waren, waren allesamt tot. Die beiden Holländer kümmerten sich mit dem Hauptmann der Leibwache der Prinzessin um dessen verwundete Männer.

»Großartig, Kosemaul, ohne Euch wäre die Prinzessin sicherlich schon in den Händen der Janitscharen«, lobte ich meinen Adjutanten.

Indessen hatte sich die Prinzessin erhoben. »Herr von Krosigk, ich verdanke Eurem Adjutanten und Euch schon wieder mein Leben!« Die Prinzessin brach in Tränen aus.

»Contenance, Madame«, erwiderte ich, »wir müssen Eure Hoheit umgehend von hier fortschaffen.“

»Bringt mich zu meinem Vater«, bat sie, die Tränen verwischend.

»Hoheit«, begann ich, holte tief Luft und eröffnete ihr, dass ihr Vater ermordet war, ohne der grausigen Begleitumstände seines Todes Erwähnung zu tun.

»Ermordet?«, fragte sie mit einem Unterton voller Unglauben. Doch unsere Mienen verrieten ihr, dass wir die Wahrheit sprachen. Wieder flossen der Prinzessin die Tränen über die Wangen. Dies war keine Situation, mit der ein Mann wie ich oder gar Kosemaul gut umzugehen verstanden. Betreten blickten wir zu Boden.

Doch Kosemaul fasste sich schnell und erinnerte daran, dass uns wenig Zeit blieb. »Ick glowe, wir kriejen Besuch.«

Die beiden Holländer hatten inzwischen alle Pistolen und Gewehre neu geladen. Gamal versuchte einen Hinterausgang zu finden. Aber er kehrte mit schlechten Nachrichten zurück.

»Der Palast ist umstellt. Wir kommen nicht raus.«

Kosemaul lief nach unten und verbarrikadierte das Eingangstor. Als er zurückkehrte, meldete er: »Wir können den Palast nich verteidijen, Krosich, er is zu leicht zu nehmen. Ick schlahre vor, dass wir uns durchkämpfen. Zuerst schießen wir ein paar von den Hunden nieder, und dann haun wir dazwischen und versuchen zu entkommen.«

Das schien mir zu waghalsig, denn als ich aus dem Fenster sah, zählte ich mindestens hundert Janitscharen, von denen die Hälfte mit Gewehren bewaffnet war. Sie würden uns niederschießen wie hilfloses gehetztes Wild.

»Nein«, entschied ich, »Wir werden uns hier verteidigen und Zeit schinden.«

Um den Palast zu erobern, mussten die Janitscharen mittels Sturmleitern über die Mauern steigen. Dabei würden wir sie leicht abschießen können. In Zweikämpfe dürften wir uns auf keinen Fall einlassen. Ich befahl alle Männer in den Hof des Palastes. Wir waren sechs Mann gegen hundert: Kosemaul, Gamal, der Leibwächter der Prinzessin, die beiden Holländer und ich selbst.

Wie erwartet, ließ Ali ibn Mohammed stürmen, was seiner Truppe zwangsläufig hohe Verluste beibrachte. Nachdem wir drei Angriffswellen überstanden hatten, kehrte Ruhe auf dem Vorplatz ein. Der Muezzin rief zum Abendgebet, und es bot schon einen recht merkwürdigen Anblick, als die Janitscharen die Waffen niederlegten und sich geschlossen gen Mekka in den Staub warfen.

Einen kurzen Augenblick erwog ich, diese Gelegenheit zu nutzen, über die betenden Janitscharen herzufallen und uns mithilfe des Überraschungsmomentes einen Fluchtweg freizuhauen ... Doch ich verwarf diesen Plan sehr schnell, denn ein solcher Frevel hätte wohl alle Muslime in Damaskus gegen uns aufgebracht. Außerdem konnte ich nicht vorhersagen, wie sich Gamal und der Hauptmann der Leibwache, die ebenfalls beteten, verhalten würden.

Nachdem das Abendgebet vorüber war, hörten wir Geschrei und lautstarke Befehle bei den Janitscharen. Ich lief in den zweiten Stock hoch, um besser überblicken zu können, was der Feind vorhatte. Zwei Janitscharen waren gerade damit beschäftigt, ein Fass vor das Tor zu rollen.

Das also hatten sie vor: Sie wollten das Palasttor aufsprengen! Augenblicklich rannte ich wieder hinunter, erzählte Kosemaul von meiner Beobachtung und teilte ihm meinen eigenen, zugegebenermaßen etwas verwegenen Plan mit.

»Dit jefällt mir, Krosich!«, erwiderte er, und wir weihten unsere Gefolgsleute ein.

Noch während die Janitscharen vor dem Tor mit dem Sprengfass zugange waren, entriegelte ich das Tor so lautlos wie möglich und drückte es dann blitzschnell auf. Sofort sprang Kosemaul hinaus, schlug einen der beiden Janitscharen zu Boden, erschoss den zweiten und rollte das Fass zu uns herein. Bevor sich unsere Feinde fassen und heranstürmen konnten, hatte ich das Tor wieder zugezogen und verbarrikadiert.

Anschließend öffnete ich das Spundloch des Fasses; wie erwartet, war es mit Schiesspulver gefüllt. Kosemaul hingegen holte aus seiner Brusttasche eine schmale, leicht gebogene Zinnflasche mit Branntwein hervor.

»Hat mir der Käptn unsres Sejlers jejeben, ein feines Gesöff, ist mindestens so stark wie unser stärkster Branntwein.« Sprachs – und schüttete den Inhalt der Flasche auf ein Stück Tuch, welches er sich vom Ärmel gerissen hatte und nun in das Spundloch stopfte.

Ich zündete es an und schrie: »Los jetzt!«, riss erneut das Tor auf, und während wir aus allen Rohren Kosemaul Deckung gaben, hob er das Fass über den Kopf empor, sprang vor das Tor und warf es den völlig ahnungslosen und überraschten Janitscharen entgegen.

Während das Fass durch die Lüfte sauste, sahen uns Dutzende Augenpaare entsetzt an. Wahrhaftig, der Plan hatte funktioniert! Das Fass krachte zu Boden und explodierte inmitten der überraschten Janitscharen. Die Explosion riss die vorn Stehenden in Stücke und schleuderte ein halbes Dutzend Männer durch die Luft. Doch nicht nur das: Ein ganzer Pulverwagen, der nicht weit vom Einschlagsort stand, wurde ebenfalls entzündet und entfachte ein noch größeres Inferno. Schwefel- und Brandgeruch erfüllten die Luft, und aus den Pulverwolken drang Stöhnen und Jammern hervor.

Ich eilte wieder nach oben und überschaute das Schlachtfeld von einem Saalfenster aus. Als sich der beißende Pulverqualm verzog, sahen wir überall Leichen, Menschenteile und Holzsplitter herumliegen. Ein Teil eines Hauses und viele kleine Marktstände waren zerschmettert. Wohin man sah, schleppten sich verletzte Männer durch den blutigen Sand. Hier lagen abgerissene Arme, dort rollte ein einzelner Kopf. Ein junger

Janitschar kroch schreiend davon, ihm war der linke Fuß abgerissen worden. Meine Erfahrung sagte mir, dass der Brand ihn in spätestens drei, vier Tagen das Leben kosten würde. Ein anderer hatte nur die Hand verloren, aber auch er würde am Brand sterben. Wieder ein anderer stand inmitten seiner toten Kameraden und starrte mit aufgerissenen Augen zum Tor des Palastes, aus dem Kosemaul gerade das Verderben bringende Fass unter sie, die Unbesiegbaren, geschleudert hatte. Die Explosion hatte seine hintere Kopfhälfte weggerissen. Er war ein Leichnam in der Vertikalen, der jeden Augenblick umsinken musste. Wahrlich, Kosemaul hatte gewütet wie ein Dämon. Er hatte mindestens zwanzig Janitscharen umgebracht oder verstümmelt. Die anderen waren größtenteils vom Schrecken gezeichnet und zum Kampf kaum noch tauglich.

Am Rande des Blutbades gewahrte ich Ali ibn Mohammed und einige seiner Offiziere, die in Streit geraten waren. Wahrscheinlich wollten sie keinen weiteren Blutzoll mehr entrichten, nur um die unwillige Angebetete ihres Hauptmanns zu entführen, und die Sache verloren geben.

Ich beschloss durchzuhalten. Viktualien hatten wir im Palast ausreichend, auch frisches fließendes Wasser. Nach dieser blutigen Schlappe würden die Janitscharen es nicht noch einmal wagen, den Palast auf diese Art und Weise zu bestürmen. Jetzt mussten wir nur noch einen günstigen Augenblick zum Ausfall abpassen.

So verging eine gute Stunde, in der wir alles dafür vorbereiteten. Kosemaul hatte aus der Wachstube der Janitscharen ein paar alte Kettenhemden und Brustharnische hergebracht. Vielleicht konnten sie uns von Nutzen sein. Doch ich hatte Ali ibn Mohammed unterschätzt, und es bewahrheitete sich wieder einmal: Unterschätze niemals einen blind liebenden, wahnsinnigen Mann!

Offenbar hatte Ali ibn Mohammed seine Männer wieder im Griff, denn die Janitscharen hatten die Kampfpause genutzt, um von der Festung eine Kartaune* heranzuschaffen, die sie in zweihundert Schritt Entfernung vor dem Tor in Position brachten.

* Großes Geschütz von ca. 90 Zentner Gewicht.

Sie sicherten das große Geschütz, welches 24 Pferde gezogen hatten, durch etliche Pavesen* und Schanzkörbe**, sodass unsere Versuche, die Artilleristen mit einer Musketerade zu verscheuchen, fehlschlugen. Das Schanzwerk deckte sie.

Nach etwa einer Viertelstunde feuerte die Kanone statt wie gewöhnlich eine 48-pfündige Eisenkugel eine Feuerkugel krachend auf das Palasttor, das uns splitternd um die Ohren flog. Und noch während Sand und Staub, die der Aufschlag des pulvergefüllten Brandgeschosses aufgewirbelt hatte, über den Platz wölkten, begann der Sturmangriff.

Wir hatten uns in den Palast zurückgezogen, die einzige Aufgangstreppe mit lauter Möbeln verstellt und ein Bollwerk aus umgeworfenen Fußbänken und Leichen aufgehäuft. Die Frauen kauerten zusammengeschart in einer Saalecke. Die Prinzessin hielt einen Dolch fest umfasst. Sie wollte lieber sterben als in die Hände ihres unwillkommenen Verehrers fallen.

Die ersten über den eroberten Palasthof anstürmenden Janitscharen begrüßten wir mit einem Kugelhagel von den Fenstern des Palastes aus. Ihr Gegenfeuer traf aber nur ein paar Fensterläden und Scheiben. Während sie versuchten, die Treppe freizuräumen, hielten wir das Feuer ununterbrochen aufrecht, bis uns die Kugeln ausgingen. Zwar hatten wir noch einmal ein gutes halbes Dutzend Janitscharen außer Gefecht gesetzt, aber nun musste es zum Nahkampf kommen, wobei wahrscheinlich ihre zahlenmäßige Überlegenheit den Ausschlag geben würde.

Ich zählte etwa sechzig, siebzig Janitscharen, die sich zum Kampf vorbereiteten. Das Kräfteverhältnis stand etwa zehn zu eins gegen uns, selbst wenn man Kosemaul für drei zählte.

Ich wandte mich an unseren ortskundigen Dolmetscher. »Gamal, gibt es denn wirklich keinen weiteren Ausgang?«

»Nur das Dach, Herr.«

Ich sah Kosemaul an.

Er verstand sofort. »Zeich er mir den Aufjang!«

Gamal und Kosemaul schlichen gebückt in eine andere Kammer, wo eine Luke in der Decke den Aufgang zum Dach freigab.

* Großes Schild.

** Aus Reisig geflochtene, mit Erde gefüllte Behälter zur Beschirmung militärischer Stellungen.

Gamal zog sich eine Bank herbei, stieg darauf und öffnete die Luke. Dann schwang er sich hindurch und war verschwunden. Nach wenigen Augenblicken tauchte sein Kopf wieder auf. »Hier oben sieht es gut aus. Vielleicht können wir uns an der Hinterseite hinunterlassen.«

»Ick hole ihm die Prinzessin«, sagte Kosemaul und stampfte davon.

Gesagt, getan. Der wackere Held hob zuerst die Prinzessin und dann ihre drei Dienerinnen zu Gamal hinauf, der den Frauen beim Durchklettern der Luke half. Die beiden Holländer, der Leibwächter der Prinzessin und ich folgten, zuletzt mühte sich mein guter Kosemaul, aber er war ein Kraftkerl, kein geschmeidiger Akrobat, und es wollte ihm nicht gelingen.

»Lasst mich hier unten, Krosich!«, sagte er ohne eine Spur Verzweiflung. »Rettet die Prinzessin und rächt mich!«

»Kein Gedanke daran, Hauptmann!«

Kaum hatte ich diese Worte geäußert, da war ich auch schon durch die Luke wieder hinab zu meinem Freund und Mitstreiter gesprungen, den Stoßdegen noch immer in der Hand.

»Dann sterben wir eben zusammen, alter Kamerad!« Kosemaul sah mich väterlich an und schüttelte den Kopf. »Ihr müsst die Prinzessin retten, Krosich! Mit den beeden Holländern habt Ihr jute Kämpfer. Selbst Gamal kann ja kämpfen.«

Gerade als ich Kosemaul widersprechen wollte, stürzte der erste Janitschar heran, gefolgt von weiteren Säbelschwingern. Sie hatten, während wir auf das Dach klettern wollten, unsere Barrikade überwunden. Sofort gab es ein Hauen und Stechen, wie ich es selten erlebt hatte. Unsere Stoßdegen sind zwar den schweren Säbeln der Janitscharen, die obendrein aus bestem Damaszener Stahl gefertigt waren, an Wucht unterlegen, dafür sind unsere Waffen deutlich leichter, wir sind wendiger, können besser ausweichen und parieren. Ich möchte nicht unbedingt die Höhe preußischer Fechtkunst herausstellen, aber die Türken waren uns jämmerlich unterlegen. Hinzu kam, dass mein guter Kosemaul trotz seines steifen linken Beins ein exzellenter Nahkämpfer ist – seine ungemeinen Körperkräfte habe ich ja schon zur Genüge beschrieben –, sodass auch dieses Treffen für die Türken blutig und verlustreich verlief.

Zwei der vordersten Angreifer entwaffnete Kosemaul mit seiner Klinge, dann packte er jeden von ihnen am breiten Gürtel, hob beide in die Luft und warf sie polternd die Treppe hinunter. Schnell verbreitete sich unter den Janitscharen die Kunde: Der deutsche Dämon ist nicht zu besiegen!

Das Fluchen ihres Agas drang nun bis an unsere Ohren. Die Janitscharen waren von Kosemauls Kräften und kriegerischem Ungestüm mehr als beeindruckt – das preußische Heer hatte in ihm einen seiner stärksten Kämpfer verloren.

In einer Kampfpause, die Türken schienen sich zu beratschlagen, fragte er mich mit rot erhitzten Wangen: »Mein Vater wäre woll stolz off mich?«

»Kosemaul, und ob!«, antwortete ich ihm und lachte. »Jetzt könnt auch Ihr von Euch behaupten, die Türken verprügelt zu haben!«

Gamals Stimme lenkte uns ab. Er blickte durch die Dachluke herab und sagte: »Wir kommen nicht vom Dach. Es ist zu hoch!«

Jetzt gab es also keinen Ausweg mehr. Was sollten wir tun? Sollten wir uns, wie es Kosemaul vorgeschlagen hatte, durch die gegnerischen Reihen in die Freiheit kämpfen? Blieb uns überhaupt eine andere Wahl? Und wo, in Gottes Namen, blieb Said as-Sallar? War er gefallen, gar gemeuchelt wie Mustafa Pascha?

Während ich mir das Kettenhemd zurechtrückte und meine Degenklinge am Ärmel abwischte, ertönten vor dem Palast Hörner und Trompeten. Schüsse und Schreie durchmischten dieses merkwürdige Konzert. Pferde wieherten.

Wir stürzten zu den Fenstern ...

Auf dem Palastvorplatz tummelten sich an die hundert Reiter – Drusen! Ahmad ibn Murhaf war eingetroffen, und noch ehe wir unsere Rettung so recht begriffen, waren die Janitscharen in die Flucht geschlagen und ein höchst erregter und beängstigter Emir stürzte die Treppe hinauf, vorbei an zahllosen Leichen.

»Er und die anderen sollen vom Dach kommen«, rief ich Gamal zu, »sein Herr ist da!«

Kaum hatte der Dolmetscher meine Aufforderung gehört, als er mit einem »Gesegnet sei Allah!« durch die Luke herabsprang.

Melechsala und ihre Dienerinnen wurden von ihrem Leibwächter in aller Vorsicht durch die Luke gehoben und unten auf dem Boden abgesetzt.

»Woher wusstet Ihr, edler Emir, von unserer Bedrängnis?«, fragte ich Ahmad ibn Murhaf erstaunt, mich erschöpft auf meinen Degen stützend.

»Mein lieber Herr von Krosigk, ich bin der Emir aller Drusen, und noch bevor Ali ibn Mohammed ausrückte, um die Prinzessin zu entführen, war ich alarmiert.« Der Emir sah sich um und hielt eine Lobrede auf unsere Kampfstärke. »Jetzt sehe ich, warum die Türken vor Wien scheitern mussten ...«

Er trat an eines der Fenster und gab Befehle an seine Leute aus. Dann sprach er weiter: »Ali ibn Mohammed ist ein ...«, er überlegte kurz, »wie heißt es bei Euch – ein Tölpel! Bei Allah, wie viele arme Jungen mussten für seine Liebesraserei sterben! Dafür wird ihn der neue Pascha hinrichten lassen.«

»Wisst Ihr denn schon, wer der neue Pascha sein wird?«

»Bei Allah, nein, aber ich hoffe auf einen verständigen Mann wie Said as-Sallar.«

Während wir dieses Gespräch führten, machte sich Kosemaul zum Aufbruch bereit. Die Prinzessin und ihre Dienerinnen hingegen begannen die Wunden der überlebenden Janitscharen zu pflegen, denn diese hatten einst ihrem Vater gedient. Dankbar gelobten sie der Prinzessin Treue und versprachen, sie zu beschützen – soweit Verwundete und Schwerverwundete als Beschützer taugten, wie ich mir heimlich dachte.

»Ick muss weg, jemand holen«, bekundete nun Kosemaul und steckte sich einen der schweren Beutesäbel in den Gürtel.

»Wir kommen mit Euch«, erklärte ich, »aber lasst uns zuerst zu Herrn de Witt eilen und uns mit frischen Kugeln und Pulver versehen.«

Die leicht verwundeten Holländer schlossen sich uns an. Die Prinzessin beließen wir bei ihren Pfleglingen, unseren kürzlichen Feinden, die auch durch eine kleine Abteilung drusischer Reiter bewacht wurden.

Ahmad ibn Murhaf machte sich unterdessen auf die Suche nach Said as-Sallar. Ali ibn Mohammed und seine noch verbliebenen Janitscharen vermuteten wir auf der Zitadelle, die wir jedoch nicht angreifen konnten.

Trotz unseres kleinen Sieges mussten wir auf der Hut bleiben. Kosemaul marschierte mit seinen eigentümlichen ausgreifenden Humpelschritten voran zum Oqal der de Witts. Er war trotz seines lahmen Beins der Schnellste von uns allen, denn die Holländer humpelten wegen ihrer Hiebverletzungen, und ich war äußerst erschöpft.

De Witt begrüßte uns gewohnt gut gelaunt, wenngleich ein paar Plünderer versucht hatten, seine Waren zu stehlen. Glücklicherweise war in derselben Nacht eine Karawane aus Halab eingetroffen und mit ihr der junge Rittmeister von Zarrentin, Meister Josef und die beiden Holländer, die ich im Blutgefängnis von Halab hatte zurücklassen müssen. Die Wiedersehensfreude war übergroß, zumal ich dem jungen Offizier die Mitteilung machen konnte, dass Prinzessin Melechsala unversehrt sei und sich sicher freuen würde, ihn zu sehen. Wir sagten ihm, wo er die Prinzessin finden könne und machten uns auf den Weg.

Zu meinem Erstaunen bewaffnete sich auch der zuverlässige Gamal und entlockte meinem guten Kosemaul ein halb anerkennendes, halb spöttisches: »Er wird ja noch 'n richtijer Held!«

Wie ich vorausgeahnt hatte, führte uns Kosemaul in jenes düstere Etablissement im Süden von Damaskus, wo wir dem Giftmädchen begegnet waren.

Mittlerweile kletterte die Sonne am morgendlichen Firmament empor und der Muezzin rief zum Frühgebet. Langsam füllten sich die Straßen mit Menschen. Überall patrouillierten drusische Reiter und Spahis, von denen niemand wusste, wessen Befehl sie gehorchten. Die Janitscharen ließen sich nicht sehen. Sie hockten geschlagen, so meinten wir, auf der Zitadelle und leckten ihre Wunden.

XXIV

Als wir das gewisse ›Haus‹ erreichten, fanden wir die Tür offen stehend. Kein Wächter trat uns entgegen, keine Stimmen waren aus dem Inneren zu hören. Nur ein paar Kinder, die vor der Schwelle herumlungerten, riefen uns etwas zu, das wir nicht verstanden, was aber ihrem Tonfall nach höchst anrüchig gewesen sein dürfte. Kosemaul trat wachsam ein und sah sich um. Während ich ihm folgte, erkannte ich zu meinem Erstaunen, dass es sich bei diesem Haus um dasselbe handelte, worin ich mit dem ›Mann mit den zwei Gesichtern‹ zusammengetroffen war. Es wunderte mich, dass ich es bei jener denkwürdigen Gelegenheit nicht wiedererkannt hatte. Doch sagte ich ja bereits, dass sich diese Häuser von außen glichen wie ein Ei dem anderen.

Wir mussten also mehr als vorsichtig sein! Zuerst stießen wir auf einen Raum, in dem zwei Dutzend Mädchen schliefen, die bei unserem Erscheinen kaum Notiz von uns nahmen. Ein paar erhoben sich verschlafen, andere wälzten sich in ihren weichen Polstern auf die andere Seite und schliefen einfach weiter. Ich erinnerte mich, dass ich Treppen steigen musste, bevor ich das Zimmer betrat, worin der ›Mann mit den zwei Gesichtern‹ hinter dem Seidenvorhang wartete. Und tatsächlich führte eine Wendeltreppe vom Innenhof des Hauses zu einem überdachten Umgang in das zweite Geschoss. Kosemaul suchte mit angestrengten Augen. Nach wem, konnte ich mir schon denken. Mit einer unglaublichen Behändigkeit nahm er die Stufen. Der alte Haudegen kannte sich hier aus ...

Gamal und ich folgten, so schnell wir konnten. Als wir an eine Tür gelangten, drangen aus dem dahinter liegenden Zimmer Stimmen an unsere Ohren – Stimmen, die uns auf das Höchste überraschten. Eine davon gehörte zweifelsfrei zu Ali ibn Mohammed! Ohne großes Federlesen trat Kosemaul die Tür ein. Wir stürzten in das Gemach mit der seidenen Wand, wo ich zum ersten Mal auf den ›Mann mit den zwei Gesichtern‹ gestoßen war! Der Janitscharenaga stand mitten im Raum und war ganz offensichtlich auf unser Erscheinen vorbereitet. Er hielt eine große Pistole europäischer Bauart in der Rechten; sein linker Arm war um den Leib einer jungen Frau geschlungen, die er gewaltsam an sich presste. Man kann kaum unsere Überraschung ermessen, als wir erkannten, dass es sich dabei um Prinzessin Melechsala handelte! Hinter ihm stand jenes geheimnisvolle Mädchen, dem ich die Rettung vor der furchtbaren Kreatur verdankte und das vom ›Mann mit den zwei Gesichtern‹ Sari genannt worden war. Als Kosemauls Blick auf Sari fiel, verfärbte sich sein Gesicht purpurn. Mit ungeheurer Wut drang er weiter vor, und hätte Ali ibn Mohammed nicht seine Pistole drohend an die Schläfe der Prinzessin gehoben, hätte er ihn niedergestampft.

Die Geiselnahme aber war die wirkungsvollste Waffe, über die unser Feind verfügen konnte. Wenn ich auch nicht glaubte, dass der liebestolle Janitscharenhauptmann die Prinzessin wirklich töten wollte, so hielt ich ihn doch auch für wahnsinnig und unberechenbar, sodass jede Vorsicht geboten war.

Der Janitscharenaga brüllte irgendetwas und gestikulierte wild mit der Pistole, doch ich verstand es nicht und achtete auch nicht weiter darauf. Denn im selben Moment sah ich hinter der seidenen Wand einen schmalen Schatten auftauchen, der mir das Blut gefrieren ließ. Fast gleichzeitig schrien zwei Stimmen auf – eine dunkle und eine schrille. Yussuf und Mustafa – ›der Mann mit den zwei Gesichtern‹!

Der Schatten hinter dem Seidenvorhang wurde abrupt größer, so als fahre er darauf zu.

Was sich unseren entsetzten Augen im Folgenden bot, wird meine Erinnerung ein Leben lang nicht mehr verlassen.

Beinahe zu Boden stürzend, da seine Beine sich in dem grünen Seidenstoff verhedderten, stolperte uns ein völlig verängstigter Mann entgegen. Seine Angst wirkte umso schrecklicher, als sie sich doppelt abzeichnete – in zwei grässlich verzerrten Gesichtern und vier in blanker Todesangst starrenden Augen!

Verfolgt wurde dieses Geschöpf, auf dessen Rumpf tatsächlich zwei verschiedene Köpfe saßen, von eben jener teuflischen

Schlange, deren Opfer ich fast geworden wäre. Das Ungeheuer jagte den Mann mit den zwei Köpfen vor sich her, der sich augenscheinlich Rettung von unseren Waffen erhoffte, doch Kosemaul dachte gar nicht daran, ihn zu verteidigen, sondern erhob seine doppelläufige Pistole und gebot ihm, stehen zu bleiben. Er hatte nur Augen für Sari und den grauenerregenden Zweiköpfigen – die Schlange sah er gar nicht!

»Herr«, schrie Yussufs schrille Stimme, »erschießt sie, erschießt sie!«

»Ja, tötet sie!«, rief auch Mustafa. Zum Glück standen Yussuf und Mustafa zwischen dem Untier und der Prinzessin, sodass diese vor dem Anblick des Schreckens noch verschont blieb.

Der ›Mann mit den zwei Gesichtern‹ war in Wirklichkeit ein Mann mit zwei Köpfen! Deshalb hatte ich auch nur eine Person, nur einen Körper gesehen, aber zwei Stimmen gehört und geglaubt, mit zwei Männern zu sprechen. Ali ibn Mohammed hier anzutreffen wunderte mich nicht. Er steckte also tatsächlich mit den Attentätern unter einer Decke. Aber wie es dieser ausgemachte Hund geschafft hatte, die Prinzessin in seine Gewalt zu bringen, blieb mir ein Rätsel.

Der Mann mit den zwei Köpfen wurde nun doch noch von den um seine Beine gewickelten Stoffbahnen zu Fall gebracht. Die Schlange erhob sich in der Mitte des Gelasses, sogar Kosemaul um Haupteslänge überragend, und beobachtete uns mit gespreiztem Nacken, wobei sie sich leicht hin und her wiegte. Eine furchtbare Kreatur!

Der Mann mit den beiden Köpfen lag etwa drei, vier Schritt vor ihr auf dem Boden. Er hielt sich jetzt ruhig.

Ali ibn Mohammed zischte Sari etwas zu.

Doch diese schüttelte vehement den Kopf und sah unentwegt zu mir.

Ich wiederum versuchte der Prinzessin Zeichen zu geben, sie solle sich losreißen und fliehen, aber die Prinzessin war ebenfalls über das Auftauchen der riesigen Schlange so verschreckt, dass sie ein leichtes, williges Opfer war.

Die Situation war mehr als verzwickt. Als ich meine Pistole heben wollte, bäumte sich die Schlange abrupt auf, so als würde sie ahnen, was ich vorhatte, spreizte noch mehr den Nacken und stieß ein markerschütterndes Zischen aus. Was sich hier vor uns aufbäumte, war wohl ein schauderliches Wesen, vielleicht eines aus der Hölle selbst, aber es schien mir doch sehr lebendig, und was lebt, kann man auch töten. Mehr als je zuvor erinnerte das Höllenwesen mich an die Satanserscheinung aus dem Albtraum während meiner Ohnmacht.

Gewaltsam schüttelte ich die Erinnerung an jene schrecklichen, so prophetisch und unheilvoll erscheinenden Traumbilder ab.

Im nächsten Augenblick sprang ich vor und entriss dem Janitscharenhauptmann die Pistole. In einem verspäteten Versuch, sich zu wehren, ließ er die Prinzessin los, die wie entseelt zu Boden sank. Ich versetzte dem Aga einen Faustschlag, der ihn Kosemaul in die Arme schleuderte. Dieser fackelte nicht lange, hob den Verschwörer mit Berserkerkraft in die Höhe und warf ihn dem zischenden Ungetüm entgegen.

Ali ibn Mohammed prallte mit dem Rücken gegen den schuppigen Leib der Schlange. Ich glaubte, ein furchtbares Aufblitzen in ihren Augen zu erkennen. Dann erhob sie sich drohend noch weitere drei Fuß, um in einem blitzartigen Angriff mit weit aufgerissenem Maul auf Ali ibn Mohammed herabzustoßen. Der Aga schrie erbärmlich, als das Tier ihm seine dolchartigen Zähne ins Angesicht schlug. Wir sahen Blut spritzen und hörten Knochen bersten. Kurz darauf brachen Ali ibn Mohammeds Schreie ab, und auch das Zucken seines Leibes erstarb nach wenigen Momenten.

Dieses Ungeheuer musste über sehr viel und ungemein starkes Gift verfügen, denn so schnell hatte ich noch nie einen Menschen am Biss einer Schlange sterben sehen. Ich musste an den raschen Todeskampf ihrer gewaltigen Widersacherin, dem nicht minder monströsen Python, denken. Noch nie hatte ich es mit einem so mächtigen und furchterweckenden Feind zu tun gehabt.

Ali ibn Mohammed hatte sein Leben ausgehaucht. Die Schlange, die den Janitscharen noch immer im Maul hielt, schien sich von seinem Tod zu vergewissern, denn sie schüttelte ihn noch einige Male hin und her, um ihn dann wie eine tote Ratte in die Ecke zu werfen.

Der Todeskampf des Janitscharen hatte uns auf schreckliche

Weise gebannt und abgelenkt. Diese Gelegenheit hatte der Mann mit den zwei Köpfen genutzt, um sich aus dem Staub zu machen. Ich sah nur noch, wie er eine kleine Geheimtür in der Mauer hinter sich zuschlug. Sari hatte er mitgenommen. Ob sie ihm unter Zwang oder freiwillig gefolgt war, wusste ich nicht. Kosemaul, der die Fluchttür ebenfalls zufallen sah, stieß einen unzitierbar derben Fluch aus.

Die Schlange indessen hatte sich wieder in Angriffsposition begeben und wandte den starren Blick ihrer kalten Augen von einem zum anderen, anscheinend unschlüssig, wen sie sich als Nächstes vornehmen sollte.

Ich trat einen Schritt nach vorn und hob die Prinzessin vom Boden auf, wo sie noch immer leblos lag. Ob ich sie auch vor dieser weitaus tödlicheren Schlange würde retten können, wusste ich nicht.

Als ich sie schützend an mich hielt, erwachte die Prinzessin aus ihrer Ohnmacht, erblickte abermals die Schlange und stieß einen spitzen Schrei aus.

Meine Bewegungen hatten die Aufmerksamkeit des Scheusals erneut auf sich gezogen. Ich musste meine ganze Kraft aufbringen, um die Prinzessin, die wieder hinzusinken drohte, mit dem linken Arm zu stützen. Die Furie schien uns als ihre nächsten Opfer ausersehen zu haben ...

»Bei Allah, wir sind verloren, Herr von Krosigk!«, stammelte Gamal, torkelte zur Seite und lenkte damit die Aufmerksamkeit des Teufels auf sich. Unser Dolmetscher verstummte augenblicklich und starrte entsetzt und voller Todesangst auf die Schlange. Diese begann wieder mit ihrem Tanz, was das treffsichere Anbringen einer Kugel erschwerte, die wohl ihren Kopf treffen musste, und der war mehr als klein im Vergleich zu ihrem gewaltigen Leib.

Doch ich hatte die Rechnung ohne meinen braven Kosemaul gemacht, der nicht einmal dem Teufel selbst den fälligen Respekt zollte. Ehe ich mich versah, hatte er seinen Krummsäbel gezogen, vollführte einen weiten lehrbuchreifen Ausfallschritt an der Schlange vorbei, holte aus, wirbelte halb um seine eigene Achse und durchtrennte dem Monstrum mit einem gewaltigen Schlag den schuppigen Leib.

Der hintere Teil ihres Körpers wand sich wie ein Aal, den man an Land geworfen hatte, schlug gegen die Wände und besudelte den ganzen Raum. Beinahe hätte er uns die Beine weggerissen. Gleichwohl der gute Kosemaul das Monstrum schlicht und einfach enthauptet hatte, war die Gefahr noch lange nicht vorüber, denn es lebte noch!

Kopf und Körper hatten immer noch die stattliche Länge von fünf Fuß, konnten sich nicht mehr aufbäumen, wohl aber umherkriechen und beißen, und das tat dieses Monstrum in einer furienhaften Art, dass ich es kaum beschreiben kann. Glücklicherweise war es mir gelungen, die Prinzessin in Richtung Ausgang zu schieben. Allah sei Dank gewann auch Gamal wieder seinen Mut zurück und hieb ebenfalls auf die Schlangenkörper ein.

Ich schoss meine Pistole ab und traf den hinteren Teil, der an der getroffenen Stelle aufplatzte wie eine herabgefallene Wassermelone. Der gute Kosemaul hatte die Schlange am Hals gepackt, hielt sie weit vor sich gestreckt und würgte sie. Ja, bei Gott, der gute Kosemaul war dabei, das Biest zu erwürgen. Auge in Auge stand er mit dem Tod, denn die Schlange hatte ihr Maul noch weit aufgesperrt und spie und fauchte, wie man es kaum beschreiben kann. Es war ein ungemein furchtbarer und gräßlicher Anblick, der mir noch heute den Atem stocken lässt. Wie es schien, hielt mein Adjutant die ganze Sache noch für einen Spaß, denn er grinste zu uns herüber und presste ein »Verfluchtes Vieh!« hervor. »Wenn ick mit dir fertich bin, zieh ick dir eijenhändich den Balch ab!«

Ich ergriff einen herumliegenden Säbel, sprang hinzu und bohrte ihn dem Scheusal durch den Leib. Mit letzter Kraft bäumte sie sich in Kosemauls eisernem Griff noch einmal auf, schrie, ja, sie schrie, und es klang fast wie ein Kinderschrei oder so, als wenn man eine Schleie tötet, aber es war umsonst! Ein Crako, ein Hauptmann Seiner Majestät des Königs von Preußen, hatte wohl einem der scheußlichsten Ungetüme dieser Welt den Garaus gemacht!

Angewidert warf Kosemaul den erstarrten Schlangenleib mit dem aufgerissenen Maul in die Ecke, in der Ali ibn Mohammed lag. »Jetzt könnt ihr euch umarmen!«, rief er und strahlte wie der Erzengel Michael, nachdem er den Drachen getötet hat.

Nun standen wir drei Männer in einem Raum voller Schlangenblut neben einem zerhackten Schlangenkörper, und ich wagte nicht, darüber nachzudenken, ob diese schleimigen Exkremente nicht auch noch giftig waren.

Jedenfalls hatten sie auf dem Gesicht Kosemauls, der über und über vor Schlangenblut triefte, keine bösartigen Auswüchse hinterlassen.

»Meine Herren«, sagte Kosemaul in diesem Augenblick, »lasst uns jehn. Wir suchen noch den Kerl mit den zwe Köppen!«

Wir stiegen über die Reste des einzigartigen Kampfes und traten den Rückzug an. Im Hof wartete schon die Prinzessin auf uns, umringt von einigen drusischen Reitern. Ahmad ibn Murhaf und Zarrentin standen an ihrer Seite. Ein drusischer Reiter, der zur Eskorte der Prinzessin gehörte, hatte Verstärkung geholt, nachdem Ali ibn Mohammed infolge des für ihn unglücklichen Kampfes das Gefolge der Prinzessin überfallen und die Prinzessin selbst entführt hatte.

Der Drusenemir fragte verständnislos: »Bei Allah! Was war denn bei Euch dort oben los, edler Herr von Krosigk?«

Worauf ich etwas übermütig antwortete: »Ach, ich habe mich nur dank meines treuen Adjutanten bei Ali ibn Mohammed für die Reise nach Halab bedankt!«

Und Kosemaul setzte hinzu: »Ick glowe, da owen muss ma ener richtich sauwer machen!«

Dann brachen wir in ungezügeltes Gelächter aus, was den Emir und Zarrentin etwas zu befremden schien. Unsere Scherzereien waren jedoch nichts anderes als Ausdruck unserer unsäglichen Erleichterung.

Ich erzählte dem Emir von unserem haarsträubenden Kampf und empfahl, die Reste der Riesenschlange in eine Grube zu werfen und zu verbrennen.

Die befreite Prinzessin trat vor mich hin, ergriff meine Hand und führte sie an ihre Lippen.

Ich nahm ihren offensichtlich ergebenen und tief empfundenen Dank mit einer respektvollen Verbeugung entgegen.

Prinzessin Melechsala tat mir unendlich leid. Ihr Vater war ermordet worden, Gleiches hatten die feigen Meuchler den

Frauen des Harems angetan. Und schließlich war ihre treue Dienerin Fatima seit einigen Tagen verschwunden.

Doch wir konnten uns nicht lange besinnen. Es gab noch etwas zu erledigen. Der Mann mit den zwei Köpfen war entkommen. Er, der Verräter und Haupträdelsführer, den wir für den Auftraggeber der mysteriösen Ermordung Baron von Helffersdorfs, der Diplomaten und nicht zuletzt Ali Hassan Beys hielten, musste gefunden und bestraft werden.

Ich schlug dem Emir und Zarrentin vor, weiter nach Said as-Sallar suchen zu lassen, damit er den Befehl gebe, die Tore der Stadt zu schließen und nach dem Verschwörer zu fahnden.

»Glaubt Ihr, Herr von Krosigk, wir würden den doppelköpfigen Mann so einfach finden? Damasch ist groß, und ich befürchte, der Verbrecher verfügt über eine große Schar von Anhängern«, wandte der Emir ein.

»Weit kann er jedenfalls nicht sein«, hielt ich dem entgegen. »Falls wir schnell handeln und die Stadt abriegeln, haben wir ihn zumindest hier in Damaskus und nicht draußen in der Wüste.«

»Ihr habt recht, doch wo sollen wir Said as-Sallar finden? In seinem Palast ist er nicht.«

Hier mischte sich Zarrentin ein. »Wenn ich etwas bemerken dürfte«, sagte er, »Said as-Sallar wurde zum neuen Pascha von Damaskus ernannt, per Dekret des Sultans. Vielleicht inspiziert er gerade auf der Zitadelle die Janitscharentruppe und sondert Verräter oder Anhänger Ali ibn Mohammeds aus. Ich glaube, es ist nicht sehr schwierig die Tore schließen zu lassen. Wir sollten schleunigst zur Zitadelle aufbrechen und dem neuen Pascha unsere Aufwartung machen. Von dort können wir dann auch die Suche nach dem Zwillingsköpfigen organisieren.«

Sein Vorschlag wurde angenommen, und schon nach wenigen Augenblicken befand sich unsere Gruppe auf dem Weg zur Zitadelle. Kosemaul, Gamal und ich ritten Pferde, die uns die Drusen überlassen hatten. Prinzessin Melechsala, die wir in der Karawanserei der de Witts vorerst am sichersten untergebracht glaubten, wurde unter Aufsicht einer drusischen Eskorte in einer Sänfte dorthin getragen.

XXV

Als wir durch die gewaltigen Tore der Zitadelle ritten, grüßten uns die Wachen mit zuvorkommender Freundlichkeit, was weniger unserem Erfolg gegen ihren alten Kommandanten als vielmehr der Tatsache geschuldet war, dass sie die Drusen fürchteten.

Auf dem Innenhof der Zitadelle stand ein Fähnlein* Janitscharen in Reihen zu jeweils fünfzig Mann bei acht Gliedern Tiefe.

Vor ihnen standen Said as-Sallar, einige Offiziere und ein Mann, in dem ich sofort einen Scharfrichter erkannte, da er einen gekrümmten blutverschmierten Säbel in der Faust hielt. Ihm zu Füßen lagen vier enthauptete Janitscharenoffiziere. Ein fünfter Mann, an Händen und Füßen gebunden, wurde gerade exekutiert.

Als wir auf den Innenhof der Zitadelle ritten, sah ich, wie der Henker zum Schlag ausholte und dem Mann mit einem Hieb den Kopf von den Schultern trennte. Das Haupt rollte einige Fuß weit durch den Sand, der Rumpf des Enthaupteten sackte blutspritzend nach vorn.

Said as-Sallar beobachtete das Schauspiel mit einem grausamen Lächeln. Der Wesir ergriff den eben gefallenen Kopf an den Haaren, hob ihn empor und präsentierte ihn den angetretenen Janitscharen. Dazu rief er einige türkische Worte, die ich allerdings nicht verstand, die aber eine große Wirkung auf die vierhundert Mann ausübten, denn sie blieben reglos und stumm wie die Steingötzen, kaum dass sie zu atmen wagten. Die Enthauptungen schienen auf die abtrünnige Truppe die beabsichtigte abschreckende Wirkung zu entfalten.

Als Said as-Sallar überzeugt war, dass die Janitscharen ihre

* Die unter einer Fahne marschierende taktische Einheit des Fußvolks, etwa 300 bis 400 Mann.

Lektion begriffen hatten, warf er den Kopf des Verräters verächtlich zu Boden und trat ihn mit dem Fuß beiseite.

Dicht vor ihm zügelten wir unsere Pferde.

Said as-Sallar sah zu mir hinauf, runzelte die Stirn und äußerte ein paar knappe Silben.

Gamal, der neben mir stand, erschrak.

Ich wollte etwas sagen, aber der Übersetzer signalisierte mir zu schweigen und bedeutete uns, ebenso wie er selbst von den Pferden abzusitzen.

Als wir das getan hatten und nicht mehr von der Höhe unserer Sättel auf Said as-Sallar hinabblickten, erklärte er: »Der neue großherzige Pascha von Damasch, der glorreiche Said as-Sallar, wünscht es nicht, wenn man so nahe an ihn heranreitet. Wir sollen gleich ihm auf dem Boden stehen und uns verbeugen.«

Etwas verwundert übergaben wir die Zügel unserer Tiere an einige Janitscharen. Dann verneigten wir uns.

Said as-Sallars Gesichtszüge erhellten sich. »Ja, meine Freunde, ich bin der neue Pascha von Damasch«, sagte er nun weihevoll.

Hätten mich die Umstände, die dieses Zusammentreffen begleiteten, nicht so irritiert, wäre nicht jenes beunruhigende grausame Lächeln auf seinen Lippen gewesen, ich hätte dem ehemaligen Wesir zu seinem machtvollen Aufstieg gratuliert. So aber schwieg ich betreten.

Said as-Sallar registrierte die Veränderung in meiner Haltung und der meiner Begleiter, denn er runzelte abermals die Stirn und befahl uns, ihm zu folgen. Bedächtig schritt er voran, eskortiert von seiner Garde und dem Nachrichter*. Es ging zum Hauptgebäude der Zitadelle, einem großen aus Lehmziegeln gebauten turmartigen Gebäude. Ich war auf eine Art Audienz gefasst, doch weit gefehlt.

Wir betraten statt eines Saales einen Zugang zu einem Keller, dessen Treppen nur spärlich erhellt waren. Das Gewölbe ließ mich erschaudern, denn ich befürchtete, es würde schreckliche Dinge preisgeben.

* Henker, Scharfrichter.

XXVI

Ein nicht geringes Erstaunen bemächtigte sich unser, als wir im vorderen Teil eines ziemlich tiefen etwa einhundert Schritt langen Kellergewölbes standen, an dessen Wänden Kienfackeln brannten und in dessen Deckenmitte ein Mann mit dem Kopf nach unten herabhing. Man hatte ihm Seile fest um den ganzen Körper gewunden, sodass er sich kaum oder gar nicht bewegen konnte. Ich erkannte ihn, denn sein Gesicht wies in Richtung Kellertreppe. Es war jener Offizier, der uns heimlich in den Palast des Paschas gelassen hatte. Ich sagte dies dem Emir, der mich verwundert ansah und sich umgehend an den großen Pascha wandte, um für den Mann um Gnade zu bitten.

Said as-Sallar war erstaunt. Seine Mundwinkel verzogen sich zu einem hasserfüllten, verbitterten Lächeln. »Warum, Herr von Krosigk, soll ich diesen Verräter schützen? Er stellte sich mir in den Weg und tötete viele meiner Männer.«

»Großer Pascha«, antwortete ich, »dieser Mann ließ uns ungehindert in den Palast des Paschas, Eures Vorgängers. Er hat uns nicht verraten. Im Gegenteil, er war uns sehr dienlich.«

»Ich selbst«, erwiderte der neue Pascha mit einem sonderbaren Unterton in der Stimme, »gab den Befehl, niemanden in den Palast zu lassen. Er tat es dennoch, also hat er den Tod verdient.« Said as-Sallar gab dem Scharfrichter ein Zeichen. Dieser trat an ein Kohlenbecken, welches neben dem aufgehängten Mann stand, und schob es direkt unter den Ärmsten.

»Großer Pascha«, drängte ich erneut, »begnadigt ihn, ich bitte Euch. Nur durch seine Hilfe konnten wir in den Palast.« Doch meine Worte blieben ungehört.

Said as-Sallar schien Gefallen an der Tortur zu finden, denn er beobachtete die Marter ganz genau.

Dem Mann zerplatzte das Gesicht, und dennoch verbiss er sich die erlösenden Schreie.

Zornig blickte ich zu Ahmad ibn Murhaf. Der Emir der Drusen schien um Fassung zu ringen.

»Ich würde ihn nicht begnadigen, großer Pascha!«, ertönte plötzlich hinter uns eine mir wohlbekannte schrille Stimme.

»Nein, ich auch nicht!«, ergänzte eine zweite, dunklere Stimme. »Sengt diesen Mann nur gehörig, denn er war ein treuer Mann eures Vorgängers!«

Ich fuhr entsetzt zusammen. Yussuf und Mustafa! Ich wollte etwas sagen, aber Ahmad ibn Murhaf gebot mir durch eine kleine, aber eindeutige Handbewegung zu schweigen. Er hatte seine Beherrschung zurückgewonnen.

»Ihr seht überrascht aus, Herr von Krosigk«, bemerkte der neue Pascha zu mir.

Ich starrte ihn an.

Er fuhr gelassen fort: »Ich hatte Euch gewarnt. Ihr hättet abreisen können, aber nein, Ihr musstet unbedingt bleiben, Ihr musstet das Leben der Prinzessin retten und meine kleine Freundin vertreiben (womit er wohl auf die Schlange anspielte, die die Prinzessin ohne mein Eingreifen gebissen hätte). Ihr staunt? Ja, ich war es, der das Tierchen ausgesetzt hat, um die Tochter des Paschas zu töten.«

»Aber warum?« Meine Kehle schien sich zuzuschnüren. Es fiel mir schwer, die Worte zu formen.

»Nun, der Kummer über den Tod seiner geliebten Tochter hätte Mustafa Pascha vermutlich den Todesstoß versetzt. So musste ich andere Mittel anwenden.«

»Andere Mittel, großer Pascha? Ihr habt den Harem ermordet!«

»Ja, es musste sein. Doch zu Euch, Herr von Krosigk. Traut niemandem, sagte ich Euch. Ihr wolltet nicht hören. Nun bin ich Pascha und lasse mir drei Rossschweife vorantragen. Das Dekret des Sultans hatte ich lange in meiner Hand. Man wollte einen getreuen Mann in Damasch, und den fand der Sultan in mir. Den Tod des alten Paschas, Melechsalas Vater, musste ich allerdings anderen, gut bezahlten Freunden überlassen. Euer Baron von Helffersdorf und Ali ibn Mohammed sind hinter meine Absichten gekommen. Letzterer strebte selbst an die Macht, aber Ihr habt ihn für mich beseitigt. Ihr könnt nun wählen ...« Hier hielt er inne und deutete auf eine Abordnung Janitscharen, die nach vorn traten und mit angelegten Gewehren auf uns zielten. »Wollt Ihr Eurem neuen Pascha Gehorsam und Treue geloben – oder als Verräter den Tod erleiden?«

»Ja, gehorchen oder sterben«, krächzte Yussuf.

»Da staunt Ihr, was, Krosigk?«, höhnte Mustafa. Ich hätte den beiden Köpfen zu gern die gemeinsame Gurgel abgedrückt, aber ich beherrschte mich.

Ahmad ibn Murhaf sah mich schweigsam an. In seinen klugen Augen funkelte es böse. Am liebsten wäre auch er dem Mörder an die Kehle gesprungen, aber die deutliche Überzahl unserer Feinde, die seinen Freunden und Anvertrauten gewiss den Tod bringen würde, hinderte ihn daran. Seine drusischen Begleiter, etwa sechs Mann, rührten sich nicht und blickten wie versteinert auf das Antlitz ihres Anführers. Kosemaul kochte vor Wut und fasste unwillkürlich an seine Pistolen, was den Janitscharen nervöse Rufe entlockte, die wir nicht verstanden, und ein paar Mann aus der Garde ihre Säbel zücken ließ. Freiherr von Zarrentin zitterte, sein schmales Gesicht war leichenblass.

Der Emir der Drusen schien unsere einzige Hoffnung zu sein, und er wusste es nur allzu gut. Er holte tief Atem und hob zu reden an: »Aber großer Pascha, wir sind nicht Eure Feinde! Es gibt nur einige Dinge, die wir noch nicht verstanden haben. Unbedeutende Missverständnisse, die uns gewiss nicht trennen sollten!«

Ich sah zu Kosemaul, der zornbebend neben mir stand und am liebsten wie ein Berserker drauflosgeschlagen hätte. Aber obwohl wir uns gegen die Janitscharen Ali ibn Mohammeds behauptet hatten, obwohl wir einer schrecklichen Schlange den Garaus gemacht hatten, konnten wir zu elft schwerlich gegen die zahlenmäßig überlegenen Leibwachen des Paschas und weitere vierhundert auf dem Hof versammelte Mannen bestehen.

Der hängende Janitschar konnte sich nun schrecklicher Schmerzensschreie nicht mehr erwehren. Sein Gesicht war völlig verkohlt, die Haare und die Kopfhaut bis auf den blanken Schädel abgebrannt. Die Hitze hatte ihn das Fleisch am Hals weggesengt und die dicken Adern freigelegt. Das Blut tropfte zischend in die Kohlenschüssel und erzeugte einen furchtbaren Gestank und Qualm.

Der neue Pascha sah es mit Genugtuung. »Seht, Herr von Krosigk, so wird bei uns mit Verrätern verfahren. Übrigens, wo ist eigentlich die Prinzessin Melechsala?«

Said as-Sallar sagte etwas zu seinen Leibwächtern, von denen zwei sofort nach oben eilten. Die anderen begannen die Drusen zu entwaffnen, die es auf Ahmad ibn Murhafs Befehl hin geschehen ließen, und führten sie aus dem Kerker. Auch Zarrentin und Gamal nahmen sie mit, die Glücklichen.

Wenige Augenblicke später kehrten die beiden Wachen zurück. Mit sich schleiften sie die Prinzessin sowie Meister Josef.

»Der Holländer, Herr de Witt, war so gnädig, uns die Prinzessin und Euren Freund aus gemeinsamen Kerkertagen zu überlassen!«, triumphierte Said as-Sallar. »Kommt, Prinzessin, ich weiß einen schönen Platz für Euch!« Er zerrte Prinzessin Melechsala in den hinteren Teil des Kellers. Die Janitscharen bedeuteten uns mit ihren Gewehrläufen, ihm zu folgen.

»Den Deutschen hängt dort an den Haken!« Zwei Janitscharen ergriffen Meister Josef, der sich in sein Schicksal fügte. Schnell war der Henker herbei und stieß ihm einen gebogenen Haken mit scharfer Spitze durch die linke Seite, worauf der Ärmste in Ohnmacht sank. Die Janitscharen hoben den schmächtigen Mann in die Höhe und hängten ihn wie ein gestochenes Schwein an eine in der Decke eingelassene Stange.

XXVII

Wir waren gefangen – hilflos gefangen im Foltergewölbe des neuen Despoten von Damaskus. Wie viele Unschuldige hatte Said as-Sallar in diesen finsteren Mauern schon peinigen und ermorden lassen? Was meine Augen erfassten, erinnerte mich an die Marterkammern einiger süddeutscher Rathäuser, die zuweilen noch in unserer Zeit in Gebrauch sind. Hier fand sich alles, was zur Tortur im letzten Grade nötig war. Ich sah Instrumente, die mich mit Grauen erfüllten, lange Holzstangen mit Sicheln daran, um Frauen die Brüste abzuschneiden, Reiß- und Marterzangen, Knebelspieße, lange Ohrennadeln, Beinschrauben, Zahnzangen, wohlsortiert im Regal aufgereiht, Haken, um Menschen an die Decke zu hängen, wie unseren armen Meister Josef, Becken mit glühenden Kohlen, eine Holzwanne voller menschlicher Glieder – Finger, Hände, große Hautfetzen –, blutige Strohballen, Schalen mit Innereien, ein Glas voller Augen, Mollen voller Fett und Haare, Peitschen, Eimer – und immer wieder an Haken von der Decke herabhängende Menschen. Zum Teil waren sie tot, zum Teil lebten sie noch, auf das Grausamste verstümmelt. Anhand ihrer Kleidung, die den armen Kerlen nur noch in Fetzen von den gebrandmarkten Körpern hing, erkannte man in ihnen wohlhabende Leute. Einige sahen mich an, so als wollten sie mir sagen: »Ihr Ärmsten – willkommen in der Hölle!«

»Folgt uns bitte, meine Herren«, sagte Said as-Sallar, und an Meister Josef gewandt: »Du bleibst noch eine Weile so hängen.« Er blickte uns verschlagen an, seine Augen leuchteten. »Jetzt kommt ein Schauspiel, welches Ihr wahrlich so schnell nicht vergessen werdet!«

Er gab seinen Wachen ein Zeichen, uns zu entwaffnen. Wir waren wehrlos in den Händen des neuen Paschas Said as-Sallar, eines Menschen oder vielmehr Unmenschen, den ich völlig unter- und ziemlich falsch eingeschätzt hatte. Er also war der Drahtzieher des gesamten Komplotts! Er und kein anderer steckte hinter dem Mord an dem alten Pascha, selbst Ali ibn Mohammed hatte er mit unserer Hilfe aus dem Weg geräumt.

»Baron von Helffersdorf musste sterben, weil er Euch durchschaut hatte?«, fragte ich den Pascha.

»Euer Baron«, antworte der Gefragte, dabei die Prinzessin einem seiner Janitscharen in die Arme werfend, »wollte mich nicht unterstützen bei meinem Vorhaben. Ganz einfach. Die anderen im Übrigen auch nicht. Sari hat da ganze Arbeit geleistet – und natürlich meine beiden Berater!« Dabei sah er zu Yussuf und Mustafa, die sich geschmeichelt fühlten und ehrerbietig vor ihrem neuen Herren die Köpfe senkten.

»Doch lasst uns zum unterhaltsamen Teil kommen«, sagte er mit heiterer Stimme. »Seht!« Er hob den Arm und deutete auf eine Art Streckleiter, an der etwas hing, das an ein überlebensgroßes abgebalgtes Kaninchen erinnerte. Doch es war natürlich kein überlebensgroßes Kaninchen, es war eine furchtbar verstümmelte Frauenleiche.

»Erkennt Ihr sie nicht wieder, Prinzessin?«, säuselte Said as-Sallar. Er streckte die Hand aus und zerrte ihr den Schleier vom Gesicht. »Wie undankbar von Euch. Denn es handelt sich um Fatima, Eure getreue Dienerin! Wir mussten sie ein bisschen zwicken, um zu erfahren, wo Ihr und Euer edler Vater sich zu gewissen Zeiten aufhieltet. Sie erwies sich jedoch als ziemlich verstockt.«

Er lachte satanisch. Sein Scharfrichter, ein entstellter, hässlicher Kerl mit fettem, aufgedunsenem Gesicht und übel riechendem Körper, streifte die Ärmel seines Lederwamses empor und schnitt die Frauenleiche ab. Wie ein geschlachtetes Tier, welches man zum Ausnehmen in eine Metzgermolle wuchtet, warf er die sterblichen Überreste Fatimas in eine hölzerne Kiste.

Said as-Sallar war eine ausgemachte Bestie, und wir hatten dieser größten und schlimmsten aller hiesigen Schlangen auch noch geglaubt und geholfen. Prinzessin Melechsala war angesichts des zerschundenen Körpers ihrer Leibdienerin schluchzend zusammengebrochen.

»Hoch mit dir!«, befahl darauf Said as-Sallar. Er packte die

Prinzessin und riss ihr das Gewand vom Leib. Dann schubste er sie zu seinem Schinder, der das arme Ding roh ergriff und sich anschickte, ihr Seile um Hals, Arme und Beine zu binden, um sie anschließend auf die blutverschmierte Leiter zu spannen.

Bei Allah, jetzt konnten wir uns nicht mehr zähmen! Ich sah abwechselnd zu Kosemaul und zu Ahmad ibn Murhaf, und auch aus ihren Blicken konnte ich nur eines lesen: kämpfen! Selbst wenn diese Auflehnung völlig aussichtslos war – keiner von uns wollte diese Untat ohne Gegenwehr mit ansehen.

Kosemaul packte zwei verblüffte Janitscharen an den Ohren und schlug ihre Köpfe derart kraftvoll gegeneinander, dass ihre Schädel krachten und ihnen das Blut um die Schultern spritzte.

Ahmad ibn Murhaf ergriff geistesgegenwärtig einen fallengelassenen Säbel und streckte einen dritten Gegner nieder.

Ich selbst sprang dem Scharfrichter an die Kehle. Nach altem Recht war er kraft seiner Profession eine unehrliche Person, mit der sich zu schlagen Ehrverlust bedeutete, aber das war mir in diesem Moment herzlich egal.

Der Schinder erwies sich als ungemein stark, als ich ihn von seinem Opfer, der Prinzessin, wegzerren wollte, aber im Ringen kann mir so schnell niemand etwas beweisen. Mein Blick streifte das Kohlenbecken. Ich beschloss sofort, den armen verbrannten Kerl, der sich weder regte noch atmete, zu rächen. Ich nahm den Henker in den Schwitzkasten, zog das rauchende Becken mit dem Fuß heran und drückte seinen kahlen Schädel mit ganzer Kraft in die Kohlenglut. Der Kerl begann gellend zu schreien und schlug wie wild um sich, doch einem geübten Ringergriff kann man nicht so leicht entschlüpfen. Ich drehte sein Gesicht in die Glut und ließ es so lange schmoren, bis der Unmensch erschlaffte. Nun löste ich meine Umklammerung – ohnmächtig und mit verbrannten Zügen sackte er auf dem Boden zusammen.

Aber so wütend wir auch kämpften, die Übermacht war zu groß.

Drei, vier harte Schläge gingen auf meinem Kopf nieder, weitere Hiebe trafen meinen Bauch und meinen Rücken, sodass ich benommen in die Arme der Leibwächter taumelte.

Ahmad ibn Murhaf wurde durch einen Säbelhieb schwer an der Schulter verwundet.

Selbst Kosemaul wurde niedergeworfen, wenngleich es acht Mann bedurfte, um ihn am Boden an Händen und Füßen festzuhalten.

Said as-Sallar beobachtete den Kampf mit sichtlicher Freude. Er stand etwas abseits, mit dem Rücken zur Treppe, um zur Not schnell nach oben entweichen und noch mehr Janitscharen zur Unterstützung seiner Leibwachen ins Getümmel schicken zu können.

Was er nicht bemerkte, war Sari, die auf der obersten Treppenstufe erschien. Sie war barfuß und in türkisfarbene Seide gehüllt. Kosemaul, der das Mädchen nach mir als Zweiter erblickte, erstarrte. Dann versuchte er sich mit verdoppelter Wut loszureißen, aber auch die Janitscharen verstärkten ihre Anstrengungen und hielten ihn fest gepackt.

Sari sah Kosemaul an und lächelte ihm zu. Es war ein Abschiedslächeln, denn Kosemaul schrie ein ohrenbetäubendes »Neiiiin!«

Dann ging alles blitzschnell.

Sari warf sich von hinten auf Said as-Sallar, der sich nach Kosemauls Aufschrei zu spät umdrehte, und biss ihn in den Hals.

Fassungslos und entsetzt starrte der frisch gekürte Pascha auf das Mädchen, seine eigene Kreatur und Waffe. Im nächsten Augenblick schüttelte er sie ab und schleuderte sie auf den Boden.

Kosemaul wollte ihr zu Hilfe springen, aber seine achtfach überlegenen Bezwinger waren einfach zu stark.

Inzwischen hatte Ahmad ibn Murhaf sich besonnen und zu einer neuen Waffe gegriffen – der des Wortes. Er hob den unverletzten Arm und richtete einen leidenschaftlichen Appell an die verwirrten Janitscharen. Während der Emir der Drusen eindringlich redete und mit dem gesunden Arm gestikulierte, wandelte sich ihre Verwirrung in Verunsicherung und sogar so etwas wie Erleichterung. In einem beschwörenden Wortfluss machte Ahmad ibn Murhaf ihnen klar, dass ihr neuer Pascha ein Mörder sei und durch den Biss des Giftmädchens ohnehin sterben müsse. Sie sollten sich bei Allah nicht ebenso versündigen wie ihr dem Untergang geweihter Herr, sonst werde der nächste

Pascha, egal, wer dem jetzigen folge, sie erbarmungslos zur Rechenschaft ziehen.

Said as-Sallar taumelte tödlich gebissen vor seinen Soldaten hin und her, und noch während der Emir seine Ansprache hielt, sank der Pascha röchelnd in die Knie, die Hände um die Bisswunde gekrallt.

Sari war indessen aufgesprungen, hielt eine kleine braune Schlange in der Hand empor und schleuderte sie dem Pascha direkt ins Angesicht. Dort verbiss sich das Reptil und pumpte zum zweiten Mal sein tödliches Gift in den Tyrannen. Dieser heulte noch lauter auf als zuvor, so stark war der Schmerz, den das Gift auslöste.

Jetzt wollten Yussuf und Mustafa salvieren*, aber ich kam ihnen zuvor. Ich entwand mich meinen abgelenkten Wächtern, riss einem Janitscharen den Dolch aus dem Gürtel und stellte mich dem Doppelköpfigen entgegen, ihm die Klinge vor die Brust haltend.

Yussuf und Mustafa hoben ihre zwei Arme, so als wollten sie sich ergeben. »Wir wollten nie bei diesem Plan mitmachen!«, erklärte Yussuf und setzte eine überzeugende Miene auf.

»Bei Allah, nein, edler Herr von Krosigk, Said as-Sallar, dieser Hund von einem Türken, hat uns gezwungen!«, bekräftigte Mustafa.

»Ja, glaubt bitte meinem Bruder!«

Ich warf einen kurzen Blick zur Seite, um zu sehen, was Kosemaul wohl machte. Mein braver Adjutant hatte sich doch noch befreit und seine doppelläufige Pistole zurückerobert. Mit ungläubiger Miene starrte er abwechselnd zu mir und zu dem Mann mit den zwei Köpfen.

Jetzt fiel mir die Missgeburt im anatomischen Theater Faisal ad-daulas wieder ein, die dieser neben vielen anderen in Gläsern verwahrte. Das Wunderkind verfügte neben seinen beiden Köpfen über einen dritten Arm, der ihm plötzlich aus dem Bauch gewachsen schien.

»Ich habe dir gesagt, wir sollten bei der Sache nicht mitmachen!«, kreischte nun Yussuf.

* Flüchten.

»Schweig, du Feigling!«, knurrte daraufhin Mustafa. »Und sieh, was ich jetzt mache!«

»Krosich!«, schrie Kosemaul etwas verspätet, als Yussuf und Mustafa – oder war es nur Mustafa? – die Dolchklinge nach vorne stießen.

Mich traf sie allerdings nicht, denn ich hatte meinen Schrecken über das Auftauchen des dritten, aus dem Bauch wachsenden Armes schnell überwunden und war zurückgesprungen. Und doch ging der Dolchstoß nicht ins Leere. Sari, das Giftmädchen, hatte sich zwischen mich und die todbringende Klinge geworfen.

Zugleich krachten kurz hintereinander zwei Schüsse. Kosemaul hatte sie aus seiner Doppelläufigen abgefeuert und jedem der beiden Köpfe eine Kugel genau zwischen die Augen verpasst.

Mustafa ließ den Dolch fallen und fasste sich mit der dritten Hand an die Stirn. Einen Augenblick später fiel die Missgeburt, die ›der Mann mit den zwei Gesichtern‹ genannt worden war, auf den Steinboden und rührte sich nicht mehr.

Auch Sari, von dem Dolch tödlich getroffen, war zusammengesackt. Doch ich konnte sie auffangen, ehe sie neben ihrem Mörder auf den Boden sank. Ich hielt sie in den Armen, und sie blickte zu mir auf. Aus ihrem Mundwinkel sickerte ein Rinnsal aus Blut, doch ihre Lippen lächelten, und ihre Augen leuchteten.

Doch bald trübte sich ihr Blick, ein letzter Atemzug floh über ihre Lippen – und sie starrte durch mich hindurch in eine andere Welt.

Da trat Kosemaul an mich heran. Er nahm sie mir behutsam aus den Armen und raunte mir tonlos zu: »Lasst mal, Krosich, dit iss meine Sache!«

Das Verderben Said as-Sallars und des Doppelköpfigen hatte Ahmad ibn Murhafs Worten schließlich zur Wirkung verholfen. Der Anführer der Janitscharen lief an dem todgeweihten Said as-Sallar vorbei und gebot den vierhundert bereitstehenden Soldaten, sich neutral zu verhalten.

Der große Pascha krümmte sich mit schmerzverzerrtem Angesicht in konvulsivischen Zuckungen. In der rechten Hand hielt er die todbringende Schlange, die mit aufgerissenem Maul Gift spie.

Ich hieb ihr den Kopf ab.

Dabei sah ich dem sterbenden Said as-Sallar in die Augen. *Zur Hölle mit dir,* dachte ich und wandte mich ab.

Zarrentin, der mit Gamal in den Keller vorgedrungen war, kümmerte sich um Meister Josef und die übrigen Folteropfer, die noch am Leben waren.

Ich selbst schnitt Prinzessin Melechsala los und hob sie behutsam vom Foltergerüst. Dann entsandte ich Gamal zu meinem ärztlichen Freund Faisal ad-daula, der auch umgehend erschien und sich der geschwächten Prinzessin und der übrigen aus dem Folterkeller Befreiten annahm.

EPILOG

Kosemaul hob Sari auf und trug sie fort. Ich habe niemals erfahren, wohin er das Giftmädchen brachte.

Erst zwei Tage nach diesen Vorfällen kehrte er wieder in der Karawanserei der de Witts ein, wo wir alle beisammensaßen, und war ein völlig anderer Mensch.

Mir scheint, als habe er das Mädchen geliebt. Dass sie ein außergewöhnlicher Mensch war, und das nicht nur wegen ihrer – nun sagen wir: besonderen Beschaffenheit –, stand außer Zweifel. Der deutsche Dämon und das orientalische Giftmädchen, er ein Crako, sie eine Attentäterin. Das kam niemals zu den Akten, ich versprach es meinem braven Kosemaul, und er dankte es mir mit treuer Freundschaft und großer Aufopferung.

Sari war nicht giftig gewesen. Tatsächlich hatte sie, der man einst die Zunge herausgeschnitten hatte, giftige Schlangen geschluckt. Über ihre Herkunft erfuhren wir nichts. Einer der Diener des ›Mannes mit den zwei Gesichtern‹, den man kurz vor seiner Flucht hatte stellen können, machte ein interessantes Bekenntnis: Sari war als kleines Mädchen gemeinsam mit ihren beiden Brüdern, den Giftjungen, an den Hof Said as-Sallars gekommen. Durch einen alten Diener, den er von einer weiten Reise nach Indien mitgebracht hatte, wusste er von der Kunst des Tötens durch Giftmädchen oder giftige Knaben. Daher ließ er die Kinder im Umgang mit Schlangen und anderem giftigen Gewürm erziehen. Um sich ihrer Verschwiegenheit zu versichern, gab er Befehl, den Geschwistern die Zungen herauszuschneiden. Die große Schlange, die er in dem Bordell unter strengster Obhut hielt und die Saris einzige Freundin werden sollte, ließ er sich ebenso aus Indien herbeischaffen. Von ihr stammte die tödliche Brut, mit der Sari die Diplomaten, darunter Baron von Helffersdorf, getötet hatte.

Sari selbst war durch den Umgang mit den Schlangen und der

täglich dosierten Einnahme von Gift unempfindlich gegen deren Bisse geworden. Sie entwickelte im Verschlucken und wiederhervorwürgen der giftigsten Schlangen eine derart geübte Geschicklichkeit, dass sie schon in ihrem dreizehnten Lebensjahr als perfekte Attentäterin taugte.

Der in die Prinzessin verliebte Ali ibn Mohammed, der Aga der Janitscharen, legte sich nach der erfolglosen Belagerung des Palastes, in welchem die Prinzessin wohnte, in einen Hinterhalt, überfiel die drusische Eskorte und brachte auf diese Art und Weise die Prinzessin in seine Gewalt. Wie heißt es so schön: Wie die Tat, so der Lohn ...

Said as-Sallar wurde im Verlaufe seines Lebens durch ein anderes Gift – das Gift der Macht – in ein Scheusal verwandelt. Er war es, der Saris Brüder zu Ali Hassan Bey als Lustknaben geschickt hatte. Von ihrem Schicksal hat der Leser bereits erfahren.

Ich habe es häufig beobachtet, wie Männer, anfänglich betraut mit kleinen Staatsgeschäften, an kleinen Ämtern hängend, immer mehr der Gier nach Macht verfielen und dieses Gift so sehr in sich aufsogen, dass sie alle Skrupel verloren und sich zu Teufeln in Menschengestalt verwandelten. Doch ich habe es auch immer wieder erlebt, wie solche Männer fielen.

Said as-Sallar, der uns alle getäuscht hatte, krepierte wie ein Tier, getötet von seiner eigenen Kreatur, die weit weniger abscheulich war als er selbst. Sein Leichnam, wie auch der Ali ibn Mohammeds, wurden in der Wüste den Vögeln zum Fraß vorgeworfen. Doch vorher hatte man sie enthauptet, geschunden und viele Tage auf dem Marktplatz von Damaskus an ein Brett genagelt zur Schau gestellt.

Yussuf und Mustafa schließlich waren willfährige Helfer bei Said as-Sallars Streben nach den drei Rossschweifen des Paschas von Damaskus. Faisal ad-daula, der als Leibarzt des neuen Paschas noch berühmt werden sollte, erhielt die Köpfe Yussufs und Mustafas, die Gamal kurz nach dem Kampf im Keller abgeschlagen hatte, für seine Sammlung im Anatomischen Theater. So schwimmen nun ihre beiden einem einzigen Hals entspringenden Köpfe in einer trüben Flüssigkeit und dienen jungen Medizinern als Studienobjekt.

Prinzessin Melechsala verließ Damaskus und zog mit ihrem Gefolge zu einem Oheim, der ein Wesir des großen Sultans in der Hauptstadt der Pforte war. Ihre Leibdienerin Fatima wurde mit allen Ehren bestattet.

Wir begleiteten die Prinzessin bis nach Konstantinopel, weil sich Kosemaul weigerte, ein Schiff zu besteigen. Dank der Fürsprache der Prinzessin und unseres Status als Beamte Seiner Majestät des Königs von Preußen erhielten wir ein Schutzschreiben des Sultans höchstselbst, welches uns gestattete, sicher durch den europäischen Teil der Goldenen Pforte zu reisen.

Zarrentin blieb in Damaskus und wurde Nachfolger des Barons von Helffersdorf. Er scheint für die Sache prädestiniert zu sein, denn er kennt die Türken, ihre Staatsgeschäfte, ihre Intrigen und Machenschaften wie kein Zweiter. Tatsächlich verstand er es, sich sehr schnell der Gunst des neuen Paschas zu versichern. Als Dank für die guten Dienste, die er seinem König und seinem Königreich in diesem Fall geleistet hatte, ernannte ihn Seine Majestät zum Major und Botschafter Preußens in Damaskus.

Ahmad ibn Murhaf zog zurück in den Libanon. Seinetwegen, des großartigen Emirs der Drusen, hatte Kosemaul seine zynische Haltung gegenüber allen Muselmanen aufgegeben.

Gleiches hatte der gute Gamal bewirkt, der uns ein treuer Begleiter und fast schon ein Freund geworden war. Er war tief bewegt, als wir einander Lebewohl sagten.

Kosemaul war seinerseits so gerührt, dass er ihm mit der Frage »Den brauche ick als Crako doch nich mehr, oder, Krosich?« zum Abschied seinen über alles geliebten Offiziers-Ringkragen schenkte.

Meister Josef genas so gut wie vollständig und verließ Damaskus kurze Zeit später in Richtung Rheinland. Was weiter aus ihm wurde, weiß ich nicht.

Der mysteriöse Mord an Baron von Helffersdorf war also aufgeklärt. Eigentlich hätte ich froh sein müssen, aber aufgrund grässlicher Albträume, die mir nur zu wahrhaftig erschienen waren, flüsterte mir eine innere Stimme ein, dass ich fortan einen gefährlichen übergroßen Feind haben würde, einen Feind, aber kein Tier und kein Mensch. Sondern der Teufel selbst.

Kosemaul und ich zogen Ende November 1731 bequem auf

dem Landweg von Konstantinopel in Richtung Heimat. Wenn die geschätzte Leserschaft jetzt aber glaubt, wir hätten eine fröhliche, entspannte oder gar erholsame Reise gehabt, so muss ich ihr versichern, dass dem nicht so war – im Gegenteil. Zwar hätte ich mir eine solche Reise wohl gewünscht, aber schon nach wenigen Monaten stießen wir im Gebiet der Thüringer auf eine Stadt, in der geheimnisvolle, schier unbegreifliche und schreckliche Dinge vor sich gingen.

Doch davon ein anderes Mal.

Band 3 in Vorbereitung

Nachbemerkung

Die Geschichten des Eremiten entstammen Eberhard Werner Happels *Gröste Denckwürdigkeiten der Welt Oder so-genannte RELATIONES CURIOSAE*, Hamburg 1683, der sich wiederum auf den berühmten Athanasius Kircher bezieht. Die kulturhistorischen und philologischen Wurzeln des Giftmädchenmythos wurden gründlich durch den Germanisten Wilhelm Hertz in seiner Studie *Die Sage vom Giftmädchen* (München 1893) behandelt. Einiges wurde für diesen Roman verwendet.

Neben eigenen Reisen und Forschungen in Ägypten, Syrien und Libanon wurde neben dem bereits vom Crako erwähnten Salomon Schweigger für die Denkweisen und Landessitten der Orientalen vornehmlich auf die *Vermehrte Moscowitische und Persianische Reisebeschreibung* (1639) des Adam Olearius sowie die *Reisebeschreibung nach Arabien und andern umliegenden Ländern* (1772) von Carsten Niebuhr zurückgegriffen.

Bei der Umschrift arabischer Personen- und Ortsnamen, deren beträchtliche Länge schon Karl May beschrieb, wurden die in der arabistischen Fachliteratur üblichen Transliterationsregeln nur bedingt befolgt. Der Autor war um eine einfache Umschrift bemüht, um dem Leser zusätzliche Erschwernisse zu ersparen.

Königskobras leben vornehmlich im indischen Raum und zählen mit 5,5 Meter Länge zu den größten Giftschlangen der Welt. Ihr Nervengift ist für den Menschen tödlich. Sie sind in der Lage, sich bis zu 1,5 Meter aufzurichten, was sie besonders gefährlich macht. Bei dem gebänderten Widersacher der großen Kobra im XVIII. Kapitel handelt es sich um einen Felsenpython. Einst waren die syrischen Riesenschlangen für ihre Größe berühmt; heute findet man sie nur noch selten oder gar nicht in freier Wildbahn. Der Kampf dieser beiden Giganten soll keine Furcht oder Abscheu vor Schlangen wecken, sondern möchte vielmehr die Größe der Naturgewalten aufzeigen.

Menschen mit zwei Köpfen sind mehrfach verbürgt. Nach einem zeitgenössischen Flugblatt wurde 1683 vor Wien ein türkischer Bogenschütze gefangen genommen, der zwei Köpfe hatte.

An dieser Stelle danke ich Heinz Sokolowski (Sömmerda) für die numismatische Beratung sowie Faisal Hamouda (Leipzig) für die Übersetzungen ins Hocharabische.

Bildnachweis für den Frontispiz:
Doppelköpfiger türkischer Bogenschütze, lebendig gefangen beim Gefecht von Morea.
Einblattdruck von 1697.

DAS OBSCURUM

Mord- und Schauergeschichten
aus Chroniken des Alten Europa

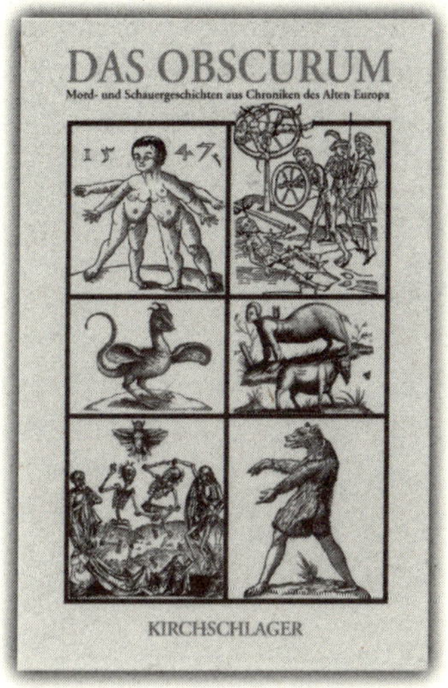

320 Seiten, 45 Abbildungen, Lesebändchen
ISBN 3-934277-09-8, 18,80 Euro

Herausgegeben von Lothar Bechler und Michael Kirchschlager.

DAS OBSCURUM enthält 130 Geschichten von Monstren, Serienmördern, Menschenfressern, Hexen, Werwölfen, Vampiren und Geistern, erschrecklichen Martyrien sowie bösen Taten der Wollust und Habgier. Der besondere Reiz der schaurig-morbiden und zum Teil fantastischen Geschichten liegt in ihrem Wahrheitsgehalt.
Die Herausgeber kommentieren, erläutern und entschlüsseln. Zahlreiche zeitgenössische Holzschnitte und Kupferstiche illustrieren diese einmalige Edition zur Kriminalgeschichte und zum Aberglauben des Alten Europa in einzigartiger Weise.

pax et gaudium: *Wer die vielen detaillierten Beschreibungen von Folterungen und Hinrichtungen liest, sollte jedenfalls nicht allzu zart besaitet sein.*

ICH WILL EIN GUTER KOCH SEIN

Küchengeheimnisse des Mittelalters und der Renaissance

288 Seiten, 136 Abbildungen,
Lesebändchen
ISBN 3-934277-08-X, 19,80 Euro

Von Michael Kirchschlager,
Küchenmeister der ARD-Serie
»Abenteuer Mittelalter«

Mit diesem prächtig gestalteten Kochbuch tauchen die Leser und Hobbyköche in die Geheimnisse der mittelalterlichen Küche ein. Der Historiker und Krimiautor Michael Kirchschlager, Küchenmeister der ARD-Serie »Abenteuer Mittelalter«, die auf Schloss Burgk in Thüringen spielte, hat aus etwa 8000 alten Rezepten die schönsten und kuriosesten ausgewählt.
Gewürzt wurde das Buch mit zahlreichen Anekdoten, Erläuterungen und interessanten Empfehlungen, die allesamt auf dem Erfahrungsschatz der alten Meister beruhen. So gibt Pfauenfleisch böses Geblüt, Bär schmecke besser wie Reh (zumindest die Tatzen) und Auerochsen jage man am besten in der Gruppe. Salat wird jungen Eheleuten nicht empfohlen, da er die eheliche Lust dämpfe, wohl aber dem Bischof. Wer die Bücher aus dem Verlag Kirchschlager kennt, kommt auch in puncto schwarzem Humor nicht zu kurz, denn ein Gericht für Damen empfiehlt z. B. ein Spanferkel mit lebendigen Aalen zu füllen und diese nach dem Tranchieren über den Tisch laufen zu lassen … An anderer Stelle gibt es interessante Tipps für das »medizinische« Kochen, beruhend auf der Viersäfte-Lehre, »... denn erkennst du deine Natur, so weißt du, was gut für dich ist«.
Dieses reich illustrierte Koch- und Lesebuch gewährt allen Freunden des verwöhnten Gaumens einen umfassenden Einblick in die Welt der mittelalterlichen Küche und ihrer originellen Möglichkeiten.

Karfunkel: *Da die historischen Rezepte nicht immer unseren modernen Ansprüchen von Genauigkeit entsprechen, ist zum tatsächlichen Nachkochen dann allerdings hin und wieder etwas Fantasie und Improvisationsvermögen gefragt.*

pax et gaudium: *Dieses Buch spricht jene an, die dem Mittelalter mehr als saufende, grölende Rittersleut' zutrauen.*

MÖRDER/RÄUBER/MENSCHENFRESSER

Einhundert Biografien deutscher Verbrecher des 15. bis 18. Jahrhunderts

Taschenbuch
240 Seiten, zahlreiche Abbildungen,
ISBN 3-86552-024-3, 10,95 Euro

Die erste Auflage dieses Klassikers der »Kriminalliteratur« erschien 1786 in Bornholm. Die Herausgeber blieben anonym und konnten nicht ermittelt werden. Noch im 19. Jahrhundert zählte das Buch zu der empfohlenen Handliteratur für den Polizeimann.
Diese Sammlung stellt eine interessante, leicht lesbare und verständliche Quelle zur Kriminal- und Kulturgeschichte des Verbrechens vergangener Jahrhunderte dar. Das Spektrum der beschriebenen Verbrecher reicht von fürstlichen Ehebrecherinnen, Giftmörderinnen, gemeinen Mördern und Hexen bis hin zu korrupten Beamten und Politikern.

Bearbeitet und herausgegeben von Michael Kirchschlager. Ausgestattet mit zahlreichen Abbildungen seltener Kupferstiche.